영수와 0수

영수와 0수

김 영 탁
장 편 소 설

arte

차례

영수와 0수   1 ································· 7
2
3
4
5
．
．
．
．
．
46

작가의 말 ································· 337

일러두기

이 소설에는 쉼표로 끝나는 문장이 등장합니다. 이는 단순한 문법적 오류가 아닌, 무거운 소재를 다루면서도 특유의 어조를 유지하려는 작가의 의도적 선택입니다. 주인공의 내면에 존재하는 망설임과 이야기 전체의 리듬감을 표현하기 위한 문체적 장치이기도 합니다.

1

"가기 싫다."

습관처럼 혼잣말을 뱉는다.

또 또 또, 박영수는 출근하기가 싫다. 나무를 보고 앉았다.

누가 영수에게 좋아하는 게 뭐냐고 물으면 흔들리는 나무를 보는 일이라고 답할 수 있었다. 바람에 몸을 맡기고 흔들리는 나무를 보고 있으면 그렇게 좋을 수가 없었다.

나무는 아무것도 하지 않으면서 동시에 가장 하고픈 일을 하는 것처럼 보였다. 그게 바람 덕분인지 땅속에 숨겨둔 뿌리 덕분인지는 몰랐다. 거기까지는 알고 싶지 않았다. 그건 나무의 사생활 같고 해서 묻기도 좀 그랬다. 매일 보는 사이긴 하지만 말을 튼 적은 없으니까.

영수는 침대에 걸터앉은 채 창밖으로 무리 지어 흔들리는 나무들 중 한 나무를 눈여겨보고 있었다. 해볼 만한 나무였다.

해볼 만한 나무.

제법 덩치가 있지만 눈을 가늘게 뜨면 나름 민첩해 보이는 영수는 최대한 가늘고 길게 만든 눈으로 집 안을 살폈다.

먼저 창의 크기를 가늠해봤다. 침대에서 일어나 창으로 다가갔다. 반대쪽 벽까지 걸어봤다.

다섯 발자국.

영수는 잔걸음으로 다시 걸어봤다.

일곱 발자국.

'잔걸음으로도 도움닫기가 될까?'

영수가 찍은 해볼 만한 나무는 창에서 조금 떨어져 있었고 조금 아래로 내려다보였다. 영수 집은 8층이었으니까, 나무는 충분히 컸다.

게다가 풍성한 가지들.

뾰족하고 튼실한 그 가시들.

덩치가 좀 있지만 눈을 가늘게 뜨면 민첩해 보이기도 하는 이제 막 서른이 된 영수는 최대한 창에서 떨어져 벽에 등을 대고 섰다.

나무는 여전히 흔들리고 있었다. 저렇게 아무렇게나 흔들리는 게 아무래도 땅속으로 뻗친 뿌리를 믿어서인 것 같다.

영수는 자신의 두 다리를 살폈다.

튼튼했다.

영수는 이윽고 달리기 시작했다. 도움닫기라고 하기에는 너무 짧은 거리고 영수가 통과하기에 창은 살짝 작은 듯 보이기도 하지만 영수는 잔걸음으로 일곱 걸음을 달려 아슬아슬하게 창을 통과해 아주 잠깐 날아 정확히 뾰한 나무 위로 떨어졌다.

그 많고 뾰족하고 튼실한 가지들이 영수의 몸을 관통한다. 각각의 가지들이 만든 구멍에서 피가 흐르기 시작한다. 피는 줄기를 타고 아래로 흐른다. 줄기는 피의 갈래가 된다.

영수의 몸에서 시작된 핏줄기가 8층 높이까지 자란 나무의 뿌리까지 이르는 데는 제법 시간이 걸린다. 방향을 잘못 잡아 엉뚱한 곳에서 고이기도 하지만 뒤따라온 핏줄기에 밀려 다시 흐르고 이 가지 저 가지에서 흐른 핏줄기들이 중간 지점 어딘가에서 만나 굵어지고 무거워져 속도를 낸다.

꼬물거리며 어딘가로 흐르는 핏줄기는 시선을 끈다. 사람들이 핏줄기의 흐름에 시선을 빼앗기고 있는 동안 그 핏줄기가 결국에는 뿌리에 이르고 그사이 영수는 죽음을 맞이한다.

아파트단지 한쪽에 있는 나무 위에 영수의 죽음이 전시된다. 나무의 일부가 되었으니 뿌리에 의지한 채 바람에 흔들리게 될지도 모른다.

하지만 그 죽음은 그리 오래 전시되진 못한다. 주민들 누가 신고할 새도 없이 자살방지국에서 가장 먼저 달려온다.

그들은 영수의 시신을 깔끔하게 처리하고 가족들에게 연락을 한 거다. 페널티를 적용해 영수가 자살한 죄를 남은 가족들에게 물을 것이다.

마지막으로 만난 엄마는 말했다.

"너는 죽지 마라. 니 죽음의 죄까지 짊어질 자신이 나는 없다."

엄마를 너무 오래 못 봤다.

'나 알아나 볼까?'

영수는 엄마와 점점 멀어지고 있었다. 'A'와 'B'에서 'B'와 'C'로, 지금은 'B'와 'D'로. 모두가 이별하는 시대였다. 모두가 혼자인 시대였다.

*

바이러스와 에이아이가 세상을 바꿔놓았다.

한여름이면 지나갈 줄 알았던 바이러스 독감은 같은 해 겨울 새로운 이름으로 찾아왔다. 그리고 떠나지 않았다. 격리에 격리를 거듭했지만 바이러스는 손에서 봄으로 지인에서 타인으로 가까이서 멀리로 옮겨오고 옮겨갔다. 백신의 개발 속도는 끊임없이 변이되는 바이러스의 종들을 쫓지 못했다.

정부는 극단의 격리조치의 일환으로 새로운 거주지 등록법을 만들었다. 바이러스 노출에 취약한 정도에 따라 A구역에서 E구역까지 거주지를 구분했다. 젊고 건강한 사람들은 'A'에, 늙고 면역력이 약한 사람들은 'E'에 살게 되었다.

함께 사는 가족은 드물었다. 가족이라는 개념도 모호해져갔다. 스스로가 유일한 가족이 되어 서로가 서로에게서 격리됐다. 물리적 거리두기는 심리적 거리감으로 이어졌고, 결국 모두가 동등하게 고립되어갔다.

어떠한 노력을 해도 인간들은 바이러스 감염에 취약하기만 했고 자연스레 바이러스 감염에서 자유로운 에이아이에 대한 관심이 높아졌다.

에이아이 관련 기술은 급속도로 발전했다. 에이아이는 인간의 단순한 노동부터 대신하기 시작했고, 얼마 지나지 않아 인간은 더 이상 노동을 할 필요가 없게 되었다.

노동으로부터 해방된 인간은 즐거웠다. 처음에는 그랬다. 가져본 적 없는 무한한 자유를 만끽했다. 한동안은 그랬다. 삶에서 노동이 사라진 인간은 그러나, 조금씩 나태해지다가 점점 무기력해지고, 끝내 우울해져갔다.

그러자 자살이 늘기 시작했다. 인력보다 수백 배 효율적이고 무엇보다 안전한 에이아이들이 복잡하고 섬세한 업무들까지 꿰차게 되자, 인간들은 더욱 우울해졌다. 삶의 질도 급격히 떨어졌다. 자살률은 더욱 치솟았다. 인구가 눈에 띄게 줄어갔다.

더 이상의 자살을 막아야 했던 정부는 정신 건강을 위해 인간에게 노동이, 일이 필요하다고 판단했다. 정부는 최소한의 일을 해야 하는 강제 근무제를 도입했고, 자살을 법으로 금하기에 이르렀다. 만 스무 살이 되는 국민이라면 누구나 주 5일 근무를 해야 했다

하지만 인간들은 그래도 죽었다. 죽는 자에게 법은 소용이 없었다.

정부는 새로운 페널티를 도입했다. 가족 중 누군가가 자살을

하면 남은 가족 중 셋이 그 자살의 죄를 나눠서 짊어지는, 일종의 연좌제를 두는 것이었다. 연좌제를 두고서야 자살률은 줄어갔다.

죗값은 근무일의 연장이었다. 주 5일 근무에서 주 6일 근무가 되는 식이었다. 일주일은 7일밖에 없었으니 그 이상 근무일 연장은 불가능했다. 연장이 불가능한 후부터는 막대한 벌금이 매겨졌지만, 새로운 페널티는 꽤 효과가 있어서 주 7일 근무자는 흔하지 않았다.

그런데도 영수의 아빠는 죽었다. 기저질환이 있었던 아빠는 영수가 태어나고 3년이 지난 후부터 줄곧 혼자 'E'였다. 죽음을 논의할 사람도, 실행을 막을 사람도 아빠 주변엔 없었다. 사실 많은 사람들이 그랬다.

아빠가 자살을 하자 영수의 남은 가족은 근무일이 하루 늘어났다. 영수까지 자살을 한다면 남은 가족들은 주 7일 근무를 해야 했다.

영수에게 인생은 퇴직 없는 근무일 뿐이었다. 영수의 유일한 바람은 영원한 퇴근이었다.

하지만 영수는 혼자 좋자고 남은 가족들에게 그 짓을 차마 할 수가 없었다. 영수는 착한 사람까지는 아니지만 모진 사람은 못 되었으니까.

영수는 죽을 수가 없다. 영원한 퇴근은 언제나 상상 속에서만 가능한 일이었다.

출근 전 침대에 걸터앉아 바라보는, 바람에 흔들리는 나무. 해볼 만한 나무. 매일 아침 상상 속에서만 벌어지는 그 나무를 향한 도움닫기, 도약, 빅 점프! 드디어 죽음!

하지만 현실은 한숨을 쉬며,

"가야지."

영수는 침대에서 일어났다. 냉동실에서 냉동 음식을 꺼내 전자레인지에 데워먹었다. 습관대로 챙이 짧은 모자를 썼다.

2

 방호복을 입고 출퇴근을 한 지 십 년이 다 되어간다.
 외출 시 방호복 의무 착용이라는 결정이 처음 났을 때 사람들의 반발은 대단했다. 하지만 방호복을 입지 않으면 바이러스에 감염될 확률이 높아지고 그러다 죽을 수도 있다는데 어쩔 도리가 없었다.
 사람들은 방호복을 입어 무거워진 몸으로 집을 나섰다. 외출을 하면 항시 느껴야 하는 방호복의 무게 딱 그만큼의 부담이 일상에 더해졌다. 사계절 겨울옷을 입고 사는 것 같았고, 머리에는 진공관을 쓴 기분이었다. 공명하는 자신의 숨소리를 번번이 들어야 했다.
 영수는 그게 또 싫었다. 숨을 쉴 때마다 귓가에 울리는 숨소리가 너무 살아 있는 것 같아서 싫었다. 뱉어내는 숨이 모두 눈에 보이는 겨울의 바깥이 불편했던 것처럼, 그렇게 싫었다.
 영수는 집을 나와 버스 정류장까지 걸었다. 정류장엔 이미 사람들이 제법 있었다. 방호복을 입은 사람들이 정류장에 모여 있는 모습은 우주복을 입은 우주인들이 새로운 행성의 진입을 기다리고 있는 것 같았다.

버스를 타면 적어도 Proxima Centauri b 정도는 갈 것 같았지만, 영수가 내린 곳은 여전히 지구의 B구역이었다. 영수의 근무지, 회사 앞이었다.

회사 입구에서 에탄올 샤워를 했다. 직사각형의 긴 철제 프레임 안에 일렬로 늘어서면 촤하하 소리와 함께 에탄올이 뿜어져 나왔다.

그럴 때마다 술 냄새가 났다. 방호복 유리 위로 떨어지는 에탄올을 향해 코를 벌렁거리는 사람들, 혀를 날름거리는 사람들, 변태 같은 사람들.

'맛을 보면 정말 술맛일까?'

영수도 종종 남몰래 코를 벌렁거려보긴 했지만 언제나 그뿐이었다.

영수는 자리마다 늘어서 있는 거대한 모니터들의 뒤통수를 보며 복도를 따라 걸었다. 복도 끝 모퉁이를 돌아 사무실 문을 열고 들어서면 그제야 모니터들의 정면이 보였는데, 모니터에는 제각기 다른 영상들이 띄워져 있었다.

영수는 자기 자리로 가서 모니터를 켰다. 본인에게 할당된 오늘의 영상이 올라왔다.

자살을 꿈꾸는 영수는 아이러니하게도 자살방지국에서 일했다. 정확히는 자살방지국 산하의 트라우마 관리센터에서 일했다.

트라우마 관리라는 것은 기억을 지우는 것이었다. 자살 방지의 일환으로 사람들은 트라우마 관리센터를 통해 정신적으로 큰 상처가 되는 기억은 합법적으로 지울 수가 있었다.

하지만 합법의 그늘 아래 불법이 자라는 법이었다. 이 기관은 합법적으로는 트라우마가 될 기억만 지웠지만, 뒤로는 기억을 매매했다. 그들은 인상적인 기억들을 사들이고 또 팔았다.

회사 외부엔 은밀히 고객을 확보하는 브로커들이 있었다. 브로커들이 기억을 사거나 팔 고객들을 확보해 회사 내부의 매매팀으로 보냈다. 매매팀에서는 고객이 팔려는 기억에 값을 매겨서 샀다.

기억을 사려는 고객들에게는 그들이 원하는 스토리에 걸맞은, 미리 확보해둔 타인의 기억들을 제안했다. 고객이 기억을 고르면 매매팀은 편집팀으로 그 기억을 보냈다. 편집팀은 그 기억을 고객마다의 요구와 디테일에 맞게 편집해서 매매팀으로 돌려보냈고, 매매팀이 고객의 최종 컨펌을 받은 후 값을 조율해서 팔았다.

기억은 값이 나갔다. 고립되어 혼자 사는 사람들의 세상은 좁았다. 실제의 다채로운 기억을 가질 확률은 낮아질 수밖에 없었다. 증강현실, 가상현실에서는 어디든 가고 누구든 만나고 어떤 경험이든 했지만, 그럴수록 진짜 경험을, 그 경험의 산물인 생생한 기억을 원하는 사람들이 생겨났다. 진짜의 매력적인 기억은 흔하지 않았다. 그러니까, 돈이 됐다. 제법 비싸게 팔렸다.

하지만 누가 기억을 팔고 샀는지는 알 수 없었다. 어딘가 은밀한 곳에 매매자들의 기록이 남아 있을지도 모르지만, 기억을 매매한 사람들은 그 매매의 기억을 지웠다.

기억을 산 사람도 기억을 판 사람도 어떤 기억을 팔았는지, 가진 기억 중 어느 것이 산 기억인지 모두 몰랐다. 그래야 자신의 기억으로 믿고 살 거니까. 그래야 기억을 판 사람도 아쉬움 없이 살 거니까. 그렇게 판 사람은 기억이 사라진 줄 모르고, 산 사람은 그 기억이 원래 자신의 것인 줄 아는 거였다.

영수는 편집팀에서 일했다. 영수가 지금 보고 있는 영상은 누군가의 기억이었다. 영수는 아직 신입이어서 주된 편집을 하는 건 아니었다. 메인 편집자가 편집을 해서 넘기면, 구매자가 원하는 요구 사항들이 편집된 기억에 잘 반영되었는지, 튀는 컷은 없는지 정도를 확인하고 수정했다.

이를테면 영수가 상사에게 주로 듣는 말들은 이랬다.

"이거 미취학 아동한테 갈 건데 담배 제대로 지워야죠. 담배를 사탕으로 바꾸라는데 그거 하나 제대로 못 하지, 왜?"

"아니, 이 손가락도 브이로 하지 말고. 누가 승리했어요? 사탕을 잡아야지, 손가락 사이에 꽂으면 안 되는 거잖아요!"

"배경은 갈아 끼우라고 말씀드렸잖아요. 같은 강원도 맞는데, 고객 사시는 곳은 강릉 아니고, 평창이라니까? 바다는 다 산으로! 오케이?"

"연결 될 수도 있는 거 아는데, 그래도 이 장면은 그냥 잘라내시라구요. 고객님이 싫다잖아요. 영수 씨, 개연성에 왜 이리 집착해? 드라마도 안 따지는 개연성을 영수 씨가 왜!"

고된 편집을 마치고 나면 편집자의 기억도 지워야 했다. 정확히는 모니터 앞에서 편집 작업을 한 순간들만 지웠다. 편집실을 나갈 때마다 수십 명씩 나란히 앉아 파마기계 같은 걸 머리에 썼다.

편집자들은 매일 출근과 퇴근을 했지만 무슨 일을 했는지는 몰랐다. 출근한 기억도 있고 짬짬이 화장실 간 기억도 있고 점심 먹은 기억도 있고 퇴근한 기억도 있지만 편집한 기억은 없었다.

매일 일을 하지만 일한 기억은 없는 것, 이게 좋은 건지 나쁜 건지 몰랐다. 퇴근해서 집에 와 앉으면 영수는 자주 멍해졌다. 하루가 어떻게 갔는지 실제로 모르니까 그랬다. 이게 정말 좋은 건지 괜찮긴 한 건지 몰랐지만, 그러거나 말거나.

*

영수는 오늘 할 일을 하고 있다. 누군가의 기억을 편집 중이다. 한데, 시선이 느껴졌다.

돌아봤더니 오십은 되었을 것 같은 직장 동료 오한이었다. 오한은 늘 대놓고 쳐다보는 사람이었다.

오한은 영수랑 달랐다. 영수처럼 허접한 편집을 하는 게 아니었다. 오한은 진짜 베테랑이었다. 담당 브로커가 따로 있을 정도였고 기억의 스토리도 수정하는 것 같았다. 기억 매매가 생긴 직후부터 쭉 이 일을 해왔다는데, 오한의 머릿속은 괜찮을까?

일을 멈춘 김에 영수는 또 올려다본다.

천장에 고정돼서 둥둥 떠 있는 모니터들.

'저 모니터들 중 하나에 목을 매고 죽으면 어떨까?'

실은 어디랄 것 없이 수십 개는 되는 모니터에 순서대로 매달려보는 중이었다. 그러니까, 오늘은 몇 번 모니터에 매달려볼까를 고민해보는 거였다. 어디 매달릴 만한 곳만 보면 어떻게 매달려 죽으면 좋을까 고민하는 게 영수의 낙이었다.

'에효.'

에효다 에효.

다시 돌아보니 오한은 여전히 영수를 보고 있다.

'왜 저래?'

화장실을 나서는 영수에게 오한이 다가왔다. 본인도 화장실을 가는 길에 우연히 마주친 건지, 여자 화장실도 방향은 같으니까 충분히 그럴 수 있지만 혹시나 거기서 영수를 기다린 건지, 기다린 거라면 절친도 아닌데 화장실까지 따라왔던 건가, 변태 끼가 있는 건가? 끼라는 표현을 갖다 붙이려니까 그러기에는 나이 너무 드신 것 같은데.

실례하겠습니다 하고 지나치려는데 오한은 대뜸 영수에게 말

을 걸었다. 직장 동료니까 말을 걸 수도 있지. 한데 오한은,

"박영수 씨, 무슨 고민 있어?"

살가운 질문을 거리를 두고 물었다.

'고민 있은 지 삼십 년인데 이제 물어요?' 하고 싶었지만, "아니요"라고 답했다.

'흠'인지 '큼'인지를 하더니 베테랑 직장 동료 오한은 돌아서려다가 영수를 다시 봤다. 대뜸 물어왔다.

"당신, 매달릴 생각 한 거지?"

'어라, 절 좀 아시네요?' 하고 싶었지만, 영수는 입을 꾹 다물고만 있었다. 한데도 오한은 이어 말했다.

"혹시나 관심 있을 거 같아서 말인데."

이러니 영수가 묻지 않을 수가 없었다.

"뭘요?"

3

 오한과 대화를 나눈 후로, 원래도 생각이 많던 영수는 오한의 질문을 계속 생각하느라 영상 속 담배는 막대 사탕으로 잘 갈아 끼웠는지, 배경은 구매자 동네로 잘 덮어씌웠는지, 산에 배가 떠 있고 바다에 등산객이 있진 않았는지, 파마기로 지우기 전이었는데도 하나도 기억이 안 났다.
 퇴근 시간이 되었고, 영수는 동료들과 함께 파마기를 덮어쓰고 앉았다.
 '만약에 말이야. 오한과 나눴던 그 대화도 지워져버리면, 그럼, 그냥 없던 일로 해버리자.'
 파마기에서 지이잉 소리가 잠깐 났고, 영수는 편집실을 나왔다. 복도를 따라 걸으며 다시 모니터들 뒤통수를 봤고, 영수는 회사를 벗어났다.
 버스 정류장에서 버스를 탔고 아파트에 들어서서는 나무를 올려다봤고 집에 들어왔다. 냉동실을 열어 냉동 음식을 해동해서 저녁으로 먹었다. 방이 좁아서 앉을 데가, 작은 책상에 딸린 더 작은 의자에 앉을까 하다가 하던 대로 침대에 걸터앉아서는 잠깐 멍, 오늘의 사라진 여덟 시간에 대한 애도의 모멘트를 가지고는, 그러고는, 그랬는데,

'지워지지 않았네.'

그러니까 현재까지 직속 상사 말고 말을 건 유일한 직장 동료 오한이 한 말이, 그와 나눴던 대화가 지워지지 않았다.

*

딱 영상을 편집한 기억들만 지운다는 회사의 설명은 거짓말이 아니었다. 영수는 차라리 오한과 나눴던 대화가 지워졌기를 바랐는데, 그게 속 편할 거 같았는데 선혀 그렇지가 않았다.

오한은 그 후로도 한참을 말했었다.

"모니터가 되게 많잖아, 당신 그 모니터마다 다 매달려본 거지? 매일 올려다보던데."

그때 영수가 얼마나 격하게 고개를 끄덕였는지 지금도 목이 뻐근하다.

오한의 얘기는 이러했다. 오한은 개인적으로 아는 브로커가 있다고 했다. 있겠지. 이런 일을 하는 우리고 오한은 그중에서도 베테랑인데, 당연히 있을 거다. 여하튼 그 브로커가 우리 일뿐만 아니라 돈 되는 건 뭐든 정말 많은 걸 하는데, 영수한테 딱 필요한 게 있는 것 같다고 했다. 오한의 얘기는 불법이긴 해도

알 만한 사람은 다 아는, 복제인간에 대한 얘기였다.

대개의 경우는 복제인간 하나 길러 아플 때마다 장기를 꺼내 쓰는 영생 프로젝트의 일환이었다. 하지만 오한이 영수에게 제안한 건 일반적인 경우가 아니었다. 영수의 경우는 인생 근무를 대신할 복제인간이었다.

"그러니까, 복제인간을 사서 저 대신 살게 하고 저는 죽으라구요?"

오한의 제안을 들은 영수는 되물었고 오한은 고개를 끄덕였다.

'이 얼마나 신박한 생각인가! 선배님 왜 이제 나타나셨어요!'

영수는 이렇게 외치고 싶었지만, 차분하게 답했다.

"아무렴 제가, 아무리 죽고 싶어도 아무리 가족 눈치 보여서 못 죽고 있다고는 해도 미친놈도 아니고 자살하려고 그 비싼 복제인간을 사고 그러겠어요?"

"영수 씨 간절해 보여서 말해주는 거야. 매일 죽고 싶어 하는 거 같은데 뻔뻔하게 죽을 인간은 못 되는 거 같고, 불쌍해 보여서 말해주는 거야."

"……."

"계속 그렇게 못 죽어서 꾸역꾸역 살 거면 됐고."

그렇게만 말하고 오한은 입을 딱 닫았다. 그러곤 영수를 말없이 보기만 했다.

이분, 영수를 알았다. 영수를 잘 알았다. 오한은 영수를 계속 보고 섰다. 안 간다. 안 가고 계속 섰다.

결국, 영수의 이성은 말렸지만 본능이 나대고 말았다. 영수는 물어버렸다.

"얼만데요?"

*

너무 환했다. 브로커라는 사람을 처음 만나지만 그래도 이런 데서 만날 줄은 몰랐다. 한데 만나는 게 아니었다. 브로커는 나타나지 않았다. 대신 가게 직원으로 보이는 누군가가 영수에게 전화를 건넸다.

"……."

영수는 잠깐 망설이다가 조심스럽게 전화를 받았다.

브로커는 복제인간에 대해서 이런저런 설명을 늘어놓았다. 가격에 대해서도 말해줬다. 예상한 대로 무척 비쌌다.

돈이라면 꾸준히 모으긴 했다. 혼자 살고 어차피 외출도 잘 안 하고 집은 좁고 인터넷으로 물건 사들이는 것도 한계가 있고 해서 돈은 좀 모여 있을 거였다. 하지만 복제인간 하나 뚝딱 카드로 긁을 정도의 돈은 아니었다.

분위기를 읽은 건지 브로커는 돈이 준비되면 다시 연락하라는 말만 남기고 전화를 끊었다.

'대출을 받아야 하나?'

'죽자고 대출?'

영수는 일단 은행엘 갔다. 대출이 가능하긴 했다.

하지만, 인생 떠맡기는 것도 맘이 쓰이는데 대출까지 떠안기고 가는 건 좀 아니지 않나? 그냥 살기도 힘든데, 아빠가 죽어 주 6일 근무도 버거울 텐데, 대출금까지?

물론 복제인간 본인 태어나는 데 쓸 돈이지만, 그래도 이건 아니지 싶었다. 태어났는데 빚까지 있으면, 그건 아니지.

그냥 내가 살자. 어떻게든 살겠지. 영수는 됐다 하고 자리를 뜨는데, 직원이 말했다.

"대출까지 왜 받으시려는 거예요? 예금이 꽤 많으신데."

"……제가요?"

매달 월급 들어오는 통장에 그간 모인 돈이 많다고 할 수 있는 정도인가 싶어 영수는 되물었다. 직원은 그렇다고 고개를 끄덕였다. 그래서 영수는 자신의 예금을 오랜만에 확인했다. 한데 놀랍게도 월급 계좌 말고 까맣게 잊고 있었던 계좌가 하나 더 있었다. 게다가 그 계좌에는 꽤 큰 돈이 있었다. 복제인간 하나 뚝딱 살 만한 돈이었다.

'언제 이렇게 모았데?'

영수는 의아했지만, 어차피 죽을 마당에, 죽을 수 있게 된 마당에 대수는 아니었다. 영수는 기뻐서 은행 직원분과 하이파이브라도 하고 싶은 심정이었다. 하지만 참았다.

영수는 환한 가게를 다시 찾았다. 직원에게 자신이 왔다는 걸

은밀히 알렸다. 영수는 곧 브로커의 전화를 건네받을 수 있었다. 브로커는 이런저런 설명을 이어갔다. 영수는 틈틈이 물었고 브로커는 착실히 답을 했다.

마지막에는 브로커가 물었다.

"어떻게 하고 싶어요?"

"네?"

"복제인간 말이에요. 알게 해요, 아님 모르게 해요?"

"뭐를요?"

"복제인간이 자신이 복제인간인 걸 알게 하나 아님 모르게 하나, 그걸 묻는 겁니다."

"그런 것도 정할 수 있어요?"

"그런 걸 정할 수 있어야죠, 당연히."

영수는 아무도 안 보는데 주변 눈치를 봤다.

"어떻게들 해요?"

"대부분은 알게 하죠."

"알게 하면요?"

"그럼 말 그대로 아는 거죠. 아, 나는 대체품이다. 나는 주인이 필요할 때마다 장기 퍼주다가 죽겠구나."

"그렇게 되면."

"갇혀 지내는 거죠. 동물처럼 우리 같은 곳에. 가끔 운동도 시키고. 건강해야, 그 뭐야, 안에 장기들도 건강하니까. 그게 귀찮으면 아예 잠들게 해놨다가."

영수는 짧게 생각했다.

사실, 생각할 것도 없는 거였다.

"모르게 해주세요. 본인이 복제인간인 거, 몰라야 해요. 절대로."

4

 한 달쯤 지난 어느 토요일, 영수는 브로커가 알려준 대로 퇴근길에 지하도로 들어갔다. 그러곤 공용화장실로 들어갔다. 브로커가 말한 공용화장실 좌변기 칸으로 들어갔다. 거기 옷이 있었다.
 영수는 옷을 갈아입고도 몇몇 사람들이 화장실로 들어올 때까지 기다렸다. 그 사람들과 함께 화장실을 빠져나왔다. 브로커가 알려준 모텔로 가서 이틀을 잤다. 그리고 월요일, 영수는 집 근처로 찾아갔다.
 영수는 매일 바라봤던 해볼 만한 나무 뒤에 숨어, 그가, 혹은, 내가, 아니, 네가, 출근하는 모습을 지켜봤다.
 '어깨가 말려서 좀 구부정해 보이는구나.'
 그뿐, 영수는 가벼운 마음으로 돌아섰다.

*

브로커가 알려준 모텔은 무인텔이었다. 근처부터 해서 CCTV가 없는 외진 곳이었다. 습관대로 눌러쓴 모자는 챙이 짧아 얼굴을 가리긴 힘들었지만 모텔 안에서 사람을 마주친 적은 없었다.

'일주일만, 딱 일주일만 놀고, 그러고 깨끗하게 죽자.'

드디어 영수가 바라던 대로 되었다. 늘 바랐지만 실제로는 한 번도 되어본 적 없는, 무책임, 무쓸모, 심지어 무존재의 존재.

겁이 좀 나기는 했었다. 그게 가능이나 할까? 매일 아무것도 하지 않는다는 게 그래도 된다는 게 말이다. 영수는 심지어 주 5일도 아닌, 주 6일 근무자였으니까.

근무에 재능이 있어서가 아니었다. 재능 따위 발견해본 적이 없다. 책임감으로, 우격다짐으로, 가족의 일원으로 아버지의 죗값을 나눠 져야 하는 의무감으로 그냥 살았다.

자신의 의지로 사는 게 아닌 건데 반드시 돈을 벌어야 했고, 그냥 버티는 데도 몹시 애를 써야 했다.

영수는 남들처럼 살아보려고 눈치만 보는, 덩치가 제법 있는데도 작게 구겨진, 무능한 근무자였다.

한데, 막상 바라던 사람이 되어 며칠을 지내고 보니 영수는 무능하지 않았다. 재능이 있었다.

엄마에게 전화를 걸고 싶었다. 엄마한테 전화를 해서, '엄마, 나 잉여에 재주 있나 봐!'라고 말해주고 싶었다. 하지만 물론 그러면 안 되었다. 영수는 이제 존재하지 않으니까.

영수는 방학을 맞은 초등학생마냥 성실하게 놀았다. 근무 시간에 사무실에 가기도 했다. 들어가진 않고 사무실이 보이는 카페에 앉아서 보란 듯 놀았다.

볕이 좋으면 아무 때나 나가 걸었다. 잠을 아꼈다. 괜히 버텼다. 아무것도 안 하는 밤이었고 밤을 버티는 게 유일한 업무인 새벽이었다. 그러다 내키면 또 잤다. 냉동 음식에 익숙해져 있었지만 기억에 남아 있던 음식들을 먹으러 식당에 가기도 했다.

그렇게 며칠을 보내고 나니 다시 죽을 생각이 들었다. 반평생을 죽을 생각이었다. 영수의 유일한 바람은 영원한 퇴근이었으니까.

영수는 시계를 봤다. 아직 퇴근 시간 전이었다. 영수는 방호복을 걸치고 모텔을 나왔다. 평소보다 천천히 걸었다. 그래도 되니까. 갈 곳이 있긴 하지만 정해진 시간이 있는 건 아니니까.

영수는 집으로 왔다. 집에 그, 혹은 나, 아니, 너는 없었다.

'근무 중이겠지.'

영수는 침대로 가서 누웠다. 방호복도 안 벗고. 그러다 깜빡 잠이 들어버렸다. 근무 시간에 근무를 하지 않으니 되레 노곤했다.

후다닥 잠에서 깬 영수는 시계부터 봤다. 퇴근 시간이 지나 있었다. 영수는 창을 열고 내려다봤다. 저기 나무 아래로 내가, 그러니까 나의 복제인간인 네가, 아파트로 다가오는 게 보였다.

'라운드 숄더 그건가? 어깨가 앞으로 너무 쏠리네. 땅에 꽂힐라.'

영수는 자신의 모습을 한동안 보게 되었다. 꼭 우주복 같은 방호복인데, 그래서 우주 유영이네 뭐네 좋아했던 기억도 있기는 했는데, 저렇게 보니 우주 유영과는 영 딴판이었다.

무엇보다도 중력이 그대로였다. 우주복을 입었으면 발걸음이 사뿐사뿐 날아갈 듯해야 하는데, 아니었다. 오히려 너에게만 중력이 더해진 거 같았다. 발에 무게 추를 몇 개나 더 단 것처럼 걷고 있었다.

'쟤한테 너무 무거운 걸 짊어지게 했나?'

착하진 않지만 모질지도 못한 영수는 잠깐 신경이 쓰였다. 그러거나 말거나,

어서 집을 나서야 했다. 영수는 재빨리 주변을 둘러봤다. 서둘러 메모할 걸 찾았다. 떠나기 전에 복제인간에게 꼭 전하고 싶은 말이 있었다. 그것 때문에 왔었다. 영수는 메모지에 말을 남겼다. 그리고, 그리고 이걸,

'이걸 어디다 두지? 꼭 볼 수 있는 데 둬야 하는데?'

영수는 아슬아슬하게 집을 나왔다. 엘리베이터 앞에서 복제인간과 마주쳤다. 방호복이 만들어주는 거리 덕분이기도 했지만 바닥에 닿아 있는 복제인간의 시선 때문에 다행히 서로가 알아볼 일은 없었다.

모텔로 돌아온 영수는 자신의 복제인간 생각을 잠깐 했다. 정

말 이런 일이 가능할지 몰랐지만, 복제인간은 있었다. 영수와 똑 닮은 복제인간은 잘 살아가고 있었다. 그러니 이제 영수만 사라지면 되었다.

남은 이틀은 어떻게 죽을지만 생각했다. 우선, 낙하하는 방법들. 어디 난간에 기대어 있다가 건너편 누군가를 알아본 척 반기며 과하게 몸을 내밀고 손을 흔들다가 떨어지기.

이 경우 그 누군가를 뭐라고 부를까 한참 고민했는데, 사실 아는 누구가 없고 그냥 엄청 반갑게 야! 여기! 나 보여? 야! 하기로 했음. 그럼 이름이 기억 안 날 정도로 너무 오랜만인데 그럼에도 반기는, 반가움이 배가 되는 개연성이 확보될 가능성이 높음.

'이놈의 개연성 집착은 죽기 직전까지도 못 버리겠지?'

초고층 빌딩 헬기 착륙장에서 착륙하는 헬기 프로펠러 바람에 못 이기는 척 뒷걸음치다가 빌딩에서 떨어지기.

'헬기 내리는 빌딩이 동네 어딨지? 있었나?'

산 정상에서 셀카 찍으려고 조금씩 뒤로 물러나다가 떨어지기.

창문 닦이 알바를 어떻게든 지원해서 삼 분의 일 정도까지 창문을 닦은 후에 떨어지기. 거기서 떨어져도 충분히 죽고, 그래도 선불 받은 게 있을 건데 삼 분의 일 정도는 닦아주는 게 맞을 거 같음.

초고층 빌딩과 빌딩 사이를 외줄로 잇고 긴 봉 하나만 들고 건너는 곡예사의 스태프가 어떻게든 되어서, 곡예사에게 그 긴 봉 건네다가 실수인 척 떨어지기. 이 와중에도 곡예사가 될 생각은 안 함.

'요즘도 곡예사가 있긴 있나?'

그 외의 각종 사고들. 인체 자연발화야말로 영수가 바라는 것이었지만, 그건 아직까지도 어떻게 일어나는지 정확하게 밝혀지지 않았고, 그래서 어떻게 해야 가능한지, 영수 인체가 자연발화가 되는 인체인지 알 수도 없어서 불가능.

큰 트럭이 다가올 때 뛰어들거나 지하철로 뛰어들 수도 있지만, 그건 어쩐지 운전기사분들에게 못 할 짓. 그분들 평생 트라우마 될 수도.

불타는 건물을 우연찮게 발견하고 들어가서 안 나오는 방법도 있는데, 우선 건물이 불타길 바라는 마음이 불편하고 그런 우연은 거의 없음.

화재라면 사실 영수는 로망이 있는데, 산불.

산불이 난 그 와중에 해볼 만한 나무 찾아서 그 나무 꼭대기까지 올라가 불로 뒤덮인 붉어진 숲 구경하며 재도 안 남기고 죽기.

물론 그 산불은 영수 외의 누구의 생명도 앗아가지 않는 무해한, 그 옛날 시골 논을 태우는 일 같은, 그저 영수만을 위해 영수 눈앞에 펼쳐졌다가 영수만 삼키고 금세 사그라드는 그런 불. 그런 산불을 만나면 바로 뛰어들 텐데. 그것은 하늘이 콕 집어서 영수에게 내린 선물일 테니까.

하지만 이 모든 건 영수 혼자인 경우만 생각한 거였다. 자살이 자유로울 경우. 영수가 자살했다는 게 밝혀져도 그만인 경우. 하지만 이제는 아니었다.

지금은 복제인간이 남았다.

자살하지 않은 사람이 되려고, 남은 가족에게 피해 없이 자살하기 위해 이렇게까지 한 거 아닌가?

복제인간이 박영수로 계속 살 건데, 박영수는 그럼 죽은 게 아닌 건데, 이런 방법들로는 안 되었다. 이런 방법들은 흔적이 남을 수 있었다. 시신이 발견될 경우가 많았다. 흔적도 없어야 했다. 영수는 죽시만, 박영수는 죽은 게 아니어야 했다. 영수는 그냥 완전히 사라져야 했다.

5

 다행히 모텔에는 욕조가 있었다.
 영수는 약국을 돌며 염산을 사 모았다. 또 다른 약국들을 돌며 수면유도제를 사 모았다. 철물점에 가서 플라스틱 테이프들을 샀다. 낡은 욕조 전체를 꼼꼼하게 플라스틱 테이프로 감쌌다. 그 욕조를 염산으로 가득 채웠다. 욕조 머리 쪽에 작은 의자를 위태롭게 올려놓았다. 조금만 흔들, 하면 욕조 안으로 떨어질 곳에.
 '……'
 영수는 잠시 후에 벌어질 일을 떠올려봤다.
 욕조 머리 쪽에 놓인 의자에 조심히 올라가 앉는다. 사 온 수면제들을 한 번에 다 삼킨다. 곧 잠이 든다. 잠이 든 몸은 이미 의자가 기운 쪽으로 기울어진다. 영수 몸은 자연스럽게 욕조로 떨어진다. 욕조 속엔 염산이 가득하다. 염산이 영수 몸을 녹인다.
 청소직원이 모텔로 들어오고 누군가가 죽었다는 걸 알 수도 있겠지만 그 누군가가 영수인지는 밝혀내지 못할 거다. 아니, 굳이 밝혀낼 생각도 안 할 거다. 청소직원은 평소보다 조금은 힘든 청소를 할 거고, 다른 손님이 또 올 거다. 여기는 그러고도 남을 곳이다.

그럼 영수의 근무자, 영수의 복제인간이 박영수의 인생 앞으로도 잘 살 거고,

'너는 죽지 마라, 조바심 내던 엄마도 평화를 찾게 되겠지.'

영수는 의자에 앉았다. 조심스럽게 수면제들을 손에 모았다. 수면제 몇 개를 놓쳤다. 잡으려다가 미끄러질 뻔했다. 염산이 가득한 욕조에 떨어진 수면제 몇 개가 흔적도 없이 사라졌다.

'⋯⋯.'

괜 재고 늑고 싶진 않았나. 수면제를 와구와구 입속에 밀어 넣었다. 씹으려는데, 떠올랐다.

'나는 왜 늘 죽고 싶었던 걸까?'

그냥 어쩌다, 사는 쪽이 아니라 죽는 쪽으로 관성이 생긴 건가? 아니면 계기가 있었나? 결정적인 이유가 따로 있었나?

'이제 와서 따져 뭐하겠어.'

입안 가득한, 그래서 이미 조금은 녹기 시작한 수면제들을 이제 아에 씹어볼까 싶었을 때, 모텔 전화가 울렸다.

'모텔 직원인가? 여기 무인텔인데? 내가 여기 있다는 걸 알 사람이, 알 만한 사람이 누가 있나? 이미 좀 졸리는 거 같은데, 저러다 끊기겠지.'

하지만 전화는 끊기지 않고 계속 울렸다. 영수는 망설이다 약을 욕조에 모조리 다 뱉어냈다. 일어나는데 의자가 욕조 속으로 떨어졌다. 플라스틱 의자는 녹지 않고 욕조 속에 떠 있다. 영수는 어쩐지 잠깐 사이 죽음과는 많이 멀어진 느낌이 들었다.

영수는 전화를 받았다. 전화 너머에서 말했다.

"자살하려고 했어."

'나한테, 묻는, 건가?'

영수는 욕조를 쳐다봤다. 본인 대신 투신한 의자가 보였다.

"아직입니다만?"

영수는 답했다.

"그쪽 말고, 니 복제인간."

전화 너머가 답했다.

영수에게 처음 든 생각은.

'지랄이다.'

그리고 든 생각은.

'그게 말이, 아니, 가능한가?'

영수는 물었다.

"불량품인 거네요? 바꿔주셔야죠, 그럼."

한동안 고민하는 전화 너머.

그리고는,

"지금 뭐 하고 있었어?"

"네? 저는 하려던 대로 자살을 할까 하고."

"그럼 불량품인 거야?"

영수는 대답을 못 하는데,

"복제인간이 지 인간 닮은 게 불량인 거냐고?"

전화 너머가 따졌고, 거기서 영수도 더 따져들었어야 하는데 그 지점에서 영수는,

"아……."

세상 가장 긴 '아……'를 해버렸다.

그 긴 '아……'가 끝나자마자 전화 너머에서 물었다.

"폐기해줘?"

"네?"

"다니던 회사에서 자살을 시도해서 경찰까지 오고 난리가 났었어."

"혹시."

전혀 신나면 안 될 상황인데 영수는 자신도 모르게 약간 신이 나서,

"혹시, 모니터에 목매달아서인가요? 그러니까…… 22번 모니터?"

"맞아. 22번."

'소름. 정말 나랑 똑같은 건가?'

일단 전화 건 사람은 브로커였는데, 한데, 생각해보니, 영수랑 똑같다면서, 어떻게,

"어떻게 일주일 만에 그래요?"

"뭐?"

"나는 삼십 년을 버텼는데, 걔는 어떻게 일주일 만에 그러냐구요."

"너랑 다른 게 있나 보지."

"다르면 그게 복제인간이냐?"

영수는 욱하는 마음에 자신도 모르게 반말을 했다. 영수가 말이 없자, 브로커는 다시 물었다. 계속 반말이었다.

"폐기해, 어떡해?"

"폐기하면, 그러면 내가 계속 살아야 되는 거잖아요?"

"그렇지 않지. 넌 그냥 준비한 대로 죽어. 그럼 그냥 남은 가족들 중 세 명이 니 죄 좀 나눠 지고."

'그게 되는 나였으면 이런 고생을 했을까? 가족이고 뭐고 누구에게든 민폐는 질색입니다.'

"그건 안 돼요! 절대!!"

의외의 답이었던지, 한동안 침묵이 이어졌다. 침묵 끝에 브로커가 말했다.

"그럼 설득하든가."

"네?"

"그쪽이 설득을 하든가."

"뭐를요?"

"걔를 자살 안 하고 살도록, 설득을 하라고. 그럼 되잖아."

'설득을? 살라고?'

영수는 욕조 속에 떠 있는 플라스틱 의자를 다시 한번 봤다.
'내가, 내 인생 포기한 내가, 누구를 살라고, 설득을 하라고?'
"내가 나랑 똑 닮은 복제인간 걔를 설득한다고요?"
"딴 방법 있어?"
'내가, 복제인간 너를,'
살도록, 설득한다는 게, 이게······.
'말이 돼?'

6

0수는 눈을 떴다.

깬 건 맞는데 그게 잠인지 꿈인지 어딘지 출처를 모를 곳에서 깨어난 느낌이었다.

침대에 걸터앉았다. 0수는 좀 멍하기도 했다. 멍한데 또 멍한 것과는 다른 느낌이고, 하던 짓들인데 이질감이 느껴진다고 해야 할까? 알아온 것들인데 서먹하다고 해야 하나?

속이 너무 울렁거렸다. 몸에 수분이 너무 많은 거 같다.

0수는 익숙한 것들을 찾으려다가 문득 손을 내려다봤다. 엄마가 꽉 잡았던 손. 너는 죽지 말라던 엄마의 다정했던 악력에 위축되어버린 손.

'…….'

0수는 창을 봤다. 창문을 열어두고 잤던가? 열린 창으로 나갔다. 갑작스레 구역질이 났다. 토하면 바다가 쏟아질 것 같다.

0수는 열린 창 앞에 서서 헛구역질을 몇 번 했다. 그러다 나무를 봤다. 늘 보던 나무.

'근데 내가 저 나무를 왜 즐겨 봤더라? 아,'

해볼 만한 나무.

회사는 가야 했다.

0수는 냉장고 냉동실 문을 열었다. 냉동 음식을 꺼내 녹여 먹었다. 몸에 배어 있는 행동들이 맘을 조금 느긋하게 해주었다. 아파트를 나왔다. 나무들을 지나쳤다.

나무 뒤로, 누군가가 이쪽을 쳐다보는 것도 같았다.

버스를 타고 회사 근처에 내려 걸었다. 회사 입구에서 추하하에탄올 샤워를 했다. 한데 사무실로 들어가는 긴 복도를 걷는 동안 0수는 신경이 쓰였다. 방호복 머리에, 그 앞유리에 묻어 있는 에탄올 방울들. 흔들흔들 걷는 시선과 일직선이 되면 복도를 왜곡시키기도 하는 에탄올 방울들. 거기다가 이 냄새. 뭐랄까, 술 냄새.

복도 끝 모퉁이에 다가가서, 사무실 바로 앞까지 와서 0수는 참지 못하고 방호복 앞유리에 묻은 에탄올 방울에 손가락을 꾹 찍어 묻혔다. 방호복 머리를 살짝 들어 올리고, 드러난 입술에 가져가 댔다. 맛을 봤다.

자리에 앉자 오한이 0수를 쳐다봤다. 저 사람은 늘 대놓고 보는 사람이었지? 그러라 하고,

'몇 번까지 했더라?'

0수는 천장에서부터 내려와 있는 모니터들을 쭉 훑어봤다.

16번. 오늘은 16번 모니터 차례였다. 0수는 16번 모니터를 올려다봤다.

'매달리고 싶다.'

0수는 오늘 유독 더 오래 쳐다봤다.

오한도 그런 0수를 유독 오래 보는 거 같았다. 처음 보는 사람인 양.

0수는 일을 했다. 판매자와 구매자의 연령대가 너무 차이가 나서 갈아 끼워야 할 영상이 좀 많았다.

파마기에 머리를 넣고 앉았다. 버스를 탔다. 냉장고 냉동실 문을 열고 냉동 음식을 꺼내 먹었다. 자려던 시간에 누웠지만 잠들지 못할까 겁이 나 늦은 시간까지 잠들지 못했다.

0수는 좀 늦게 일어났다. 일어나 앉자마자 0수는 좀 울었다. 그냥 터져 나왔다.

회사는 가야 했다.

냉동실에서 음식을 꺼내 먹었다. 오한이 또 0수를 쳐다봤다. 오늘은 17번 모니터. 0수는 몹시 매달리고 싶었지만 집으로 돌아와 냉동 음식을 먹었다. 평소보다는 좀 일찍 잠들었다. 20번 모니터에 매달리고 싶었던 날도 무사히 넘어갔다.

어쩐지, 모든 게 조금, 아주 조금만, 흐릿했다.

오래된 안경을 낀 것 같았다. 아주 조금이지만 눈은 더 나빠졌는데 그걸 모르고 끼던 안경을 계속 끼고 있는 것마냥, 나빠진 눈에 맞는 제대로 된 안경을 다시 맞춰 쓰기 전까지는 본인도 이유를 알지 못했을, 그 정도의 사소한 흐릿함이었다. 그 흐릿함만큼 아득함도 느껴졌다. 모든 것으로부터 아주 조금 멀어진 느낌이었다.

그리고 그 거리감만큼 모든 것에 아주 조금 더 나른해졌다. 똑같은 침대 매트리스에 걸터앉아도 늘어질 듯 나른해진 몸뚱이 때문에 엉덩이가 아주 조금은 더 들어가는 느낌이었고, 매트리스도 나른해져 0수를 밀어내는 걸 귀찮아하는 것 같았다.

모든 사물에 다가가는 속도가 아주 조금 느려졌고, 그들의 응대 또한 아주 조금 더디어졌고, 그렇게 일상을 마주하는 모든 마음이 아주 조금 시들해졌다. 한데, 그게 언제를 기준으로 흐릿해진 건지, 아득해진 건지, 나른해져버린 건지, 그 언제를 몰랐다. 다만 그 아주 소금의 차이가 0수를 아주 몹시 무기력하게 만드는 거 같았다.

어쨌든, 회사는 가야 했다.

'오늘은 22번 모니터에 매달릴 차례구나.'

모두가 편집하느라 모니터를 뚫어져라 보고 있었다. 0수는 모니터 약간 위쪽을 봤다. 천장과 단단하게 이어진 그 은색 봉을 봤다.

22번 모니터. 하늘에서 0수를 향해 곧게 내려온, 바로 0수 자리에 있는 해볼 만한 모니터.

'천장에 뿌리를 둔 나무들이 나를 향해 자라난 것 같다. 일어나서 폴짝 뛰기만 하면 나무에 떨어질 수 있을 거 같다.'

해볼 만한 나무, 22번 모니터.

점심시간이 되고 직원들이 편집실을 빠져나갈 때까지 0수는 기다렸다. 마지막 사람까지 모두 나갔을 때 0수는 조용히 일어나 문을 안에서 잠갔다.

방호복을 입은 사람들은 대체로 앞만 보고 걸었다. 돌아보는 일 따위는 잘 없었다. 그러니 직원들이 뒤에 남겨진 0수를 알아차릴 일도 드물었다.

0수는 컴퓨터와 연결되어 있는 긴 코드 선을 뽑아 들고 재빨리 모니터를 잡고 올라갔다. 아주 잠깐 엄마가 생각났다. 너는 죽지 말아라 하던, 너는 살아 있어라 하던.

그럼에도,

0수는 방호복 머리를 벗어 던졌다. 천장과 이어져 있는 모니터 지지대에 코드를 한번 두르고 나머지 선으로는 스스로의 목을 감았다. 선 끝에 있는 코드 대가리 덕에 매듭이 쉽게 풀리지 않았다. 다행히 발은 바닥에 닿지 않았다. 0수는 나른해진다. 마지막으로 든 생각은, '내가 이렇게 해내는구나'였던가?

하지만 0수는 눈이 떠졌다. 집이었다. 해내지 못했고, 눈앞에는 경찰이 있었다.

경찰은, 자살을 시도했으나 이행되지는 않았으니 아직까지는 위법 행위는 아니지만 그래도 가족 셋에게 경고는 들어갔다고 0수에게 전했다. 관찰 대상이 되어서 자살방지국에서도 직접적인 관리가 들어갈 거라고도 했다.

'남은 가족이 셋이나 되나?'

0수는 문득 이런 생각을 한 것도 같았지만 다시 잠이 들었다. 그리고 다시 눈을 떴을 때……

*

0수는 영수를 만났다.

0수가 한 첫 질문이 아마도 "어떻게 들어왔어요?"였을 텐데. 곧,

"아, 경찰이 나갈 때 들어오셨나? 그럼 한참 기다리신 건가? 근데,"

'이 사람, 나랑 좀 닮았다.'

'아니, 좀 많이 닮았는데?'

'아니네? 똑같이 생겼는데!'

생각이 거기까지 미치자 0수는 말문이 막혔다. 자신과 좀 닮은 게 아닌, 자신과 많이 닮은 게 아닌, 자신과 똑같이 생긴 사람. 이 사람 도대체 누구지? 아니 이게 도대체 무슨 상황이지? 싶었는데 막상 나온 말은,

"근데 어디에 있다가, 지금, 어떻게 나타난 거예요?"

0수는 뭘 묻는지도 몰랐지만 어쨌든 질문을 던지고 나니까 머리가 좀 돌아가기 시작했다. 경찰의 말이 먼저 떠올랐고, 그

러니까 자살방지국! 거기서 관리를 한다고 했었다. 관찰 대상이 되었으니 직접적인 관리를 하기 위해 이 사람을 보냈다는 거지?

"자살방지국에서 보낸 거 맞죠?"

0수가 물었더니, 0수랑 똑같이 생긴 사람이 대답했다.

"……그렇죠. 자살방지국에서 일하는 거 맞네요. 자살을 시도해서, 아무래도 제가……."

'와 대박, 목소리까지 비슷해!'

처음 들은 그 사람의 목소리마저 자신과 너무 비슷해서 0수는 몹시 놀랐지만 최대한 안 그런 척, 0수가 다시 물었다.

"관찰 대상 관리 차원에서, 직접적인 관리, 그거죠?"

"……그렇네요. 그러니까 맨투맨 서비스라는 건데."

0수는 자신과 똑같이 생긴 사람이 똑같은 목소리로 계속 말을 하는 게 너무 신기해서 넋 놓고 보다가,

"너어무, 직접적이네요."

홀린 듯 말했다.

자살방지국이 일 처리를 이렇게까지 하나?

'자살방지국은 나의 자살을 관리하기 위해서 아마도 나를 가장 잘 안다고 판단되었을, 나의 복제인간을 보낸 거다!'

0수는 그렇게 생각했다.

'이거 정말 제대로 직접적인데? 자살방지국이 그 정도 조식이야? 복제인간을 막 뚝딱뚝딱 만들어낼 만큼?'

하긴 그 정도 조직이 되고도 남을 거였다. 전 국민의 자살을

막는다는 게 여간한 조직 규모로는 감당할 수 있는 게 아닐 테니까. 그나저나 소문으로만 들었던 복제인간을 실제로 보니, 정말 똑같았다.

한동안은 둘 다 말이 없었다. 0수가 또 질문을 했는데,

"너라고, 불러도 돼?"

"……."

"내가 주인? 뭐 그런 거긴 하겠지만, 하인아, 종놈아, 아랫것아, 이렇게 부를 수는 없고. 물론 이름은 같은 이름일 거고 나랑 같으니까, 근데 그렇다고 '나야!'라고 부르기도 이상하고, 너라고 부르는 게 가장 좋을 거 같은데. 어때?"

너는, 그러라고 답을 했고, 너는 음악부터 틀었다. 넓지 않은 집이였지만 둘이 마주 서고도 너부니없이 남은 공간들, 처음 만난 사이가 나누는 대화의 긴 간극들을 음악은 무리 없이 채워주었다.

너는 요리도 했다. 주어진 일을 해내듯이, 어떻게든 나를 기분 좋게 해주려고 참 많이 애를 썼다.

그 와중에, 나에서 비롯된 너라서 그런지 음악 취향도 입맛도 다 맞는데, 고마운데, 나는 자꾸 너에게 마음이 쓰였다. 나 같은 걸 복제해서 또 네가 태어났다니 말이다.

게다가 애가 확실히 복제해서 그런가, 좀 모자란다고 해야 하나? 부족해 보인다고 해야 하나? 짠하다고 해야 하나?

좁은 침대에서 같이 자긴 그렇다며 너는 바닥에서 잔단다.

'너라고 편하게 부르라곤 했지만 아무래도 주인님과 함께 자는 건 신경이 쓰이겠지.'
'아, 왜 이렇게 자꾸 짠해 쟤?'
너를 만난 오늘은 영 잠을 못 이룰 것 같다.

7

영수는 잠들어 있는 0수를 본다.

"코에 구멍 하나 더 있는 거야?"

0수는 코를 드럽게 곤다.

'내가 코를 저렇게까지 골았었나?'

영수는 인간인 자신을 복제인간이라 여기는 복제인간 0수를 어떻게 대해야 하나 싶다. 자신의 침대에서 세상모르게 잘 자고 있는 0수를 보고 있자니 영수는 맘이 복잡했다. 지금쯤 잠들어 있어야 할, 영원히 잠들어 있어야 할 사람은 영수였다.

주인님까지는 물론 바라지 않았다. 영수를 대신해 앞으로 계속 쭈욱 살아야 하는 건 0수가 맞으니까. 0수가 본인이 복제인간인 걸 알기를 전혀 절대 바라지 않으니까. 이 삶의 주인은 제발 오직 0수니까.

'그렇지만 나님에게 너라니. 내가 너가 아니고 니가 나가 아니고 내가 난데, 자기가 먼저 나한테 너란다. 하지만,'

"그렇게 해요"라고 했다.

'하긴, 뭐라고 부르겠어?'

그리고 덧붙여서,

"제가 어떻게든 계속 사시는 방향으로 도울 테니, 그러니까 해봐요. 자살방지. 이게 제 일이니까요" 했더니, 복제인간 이분, 그러니까 네 식대로 하면 내 쪽에서도 너가, 훌쩍훌쩍 울었다. 울면서 내게 말했다. "불쌍해. 나 같은 걸 복제까지 해서 또 니가 태어났다니까, 나는 니가 너무 불쌍해."

그렇게 내 존재는 급 불쌍해졌다.

"음악, 틀어줄까요?" 했더니 고개를 끄덕이는 너.

'그래, 음악이라도 듣자. 훌쩍이는 니 목소리 내 목소리라 민망해.'

음악을 틀어주겠다고 했을 뿐인데, 애가 말없이 나에게 다가왔다. 왜 이러지 싶은데, 코앞까지 다가와서는 내 이마며 눈이며 얼굴 이곳저곳을 꾹꾹 눌렀다. 내 코를 잡아 비틀어도 봤다.

"왜, 왜 이래요?"

"이런 데 어디 누르면 음악 딱 틀어지고 그런 거 아냐? 아니면 이건가?"

급기야 내 머리를 잡고 옆으로 젖혔다.

"저 복제인간이에요. 에이아이, 그런 거 아니구요."

"아……."

'그래, 모자란 날 복제한 너니 오죽하겠어.'

내가 듣던 음악을 틀어줬더니 딱 자기 취향이라고 좋아하는 모습을 보니 확실히 닮은 것 같았다.

"뭐라도 좀 먹을래요?" 물었더니, 너는 또 끄덕끄덕.

나는 하던 대로 냉장고 냉동실 문을 열어 냉동 음식을 꺼내려다가, 어쩐지 죽다가 살아난 애한테 냉동 음식은 아닌 것 같아 기다리라 하고 집을 나왔다.

가장 가까운 마트에 갔다. 맨날 냉동 음식들을 배달시켜서 냉동실에 채워놓기만 했는데, 마트를 가보는 게 얼마 만인지. 나는 맨날 냉동 음식만 먹었는데 너는 먹을 복은 타고난 건지. 하지만 네가 살아야 내가 편히 죽지, 라고 생각하니 없던 힘도 불끈 났다.

마트에는 여전히 물건이 많았다. 나는 고기도 사고 야채도 사고 과일도 샀다. 일절 몸에 좋은 걸로만 샀다. 양손 무겁게. 며칠은 먹을 수 있게.

'그나저나 이 짓을 며칠이나 해야 할까?'

인터넷에 떠도는 레시피를 뒤져서 요리라는 걸 했다. 전자레인지에서 녹인 게 아닌, 불로 가열하고, 썰어 넣기도 하고, 휘젓기도 하고, 뿌리기도 하고, 간도 보고, 기다리기도 하는, 그러다가 결국은 참기름을 퍼부은, 마침내 고소한, 진짜 요리를 했다. 너 앞에 내놨더니,

"이거 정말 니가 한 거야?"

너가 휘둥그레 놀라서 쳐다봤다.

그 모습을 보고 있자니, 그러게, 요리라는 걸 해먹은 게 이게

얼마 만인가? 엄마가 해준 거 말고는 집 나와서는 설마 처음? 그런가?

너는 나에게 먹어봐라 권하지도 않고 먹기 시작했다. 참 잘 먹었다. 입맛에 맞나 보다.

하긴 내 입맛이나 니 입맛이나.

한데, 너무 잘 먹는다. 며칠 굶은 사람 같다.

'살을 좀 빼기로 하지 않았나? 나 말야, 그러니까 너 말야.'

영수는 작은 책상 앞에 딸려 있는 작은 의자에 앉아 0수가 먹는 모습을 봤다.

실은 영수도 아까부터 비슷했다. 자신과 똑같은 0수를 보는 일이, 내가 아니지만 또 나인 너를 바라보는 일이 이렇게 쓸쓸한 일이냔 말이지.

어떤 감정은 긴 시간을 이야기해야 한다는 걸 알았다. 긴 밤, 한 시절, 어쩌면 일생 동안을 이야기하게 만드는 감정. 보통은 연애의 감정이, 사랑의 심정이 그럴 수도 있다던데. 하지만 어쩐지 영수에게는 스스로에 대한 연민이 될 것 같은 불안한 확신이 들고 있었다.

"왜 죽으려고 했어요?"

너무 잘 먹어서, 정말 자살을 시도했던 사람 맞나 싶어서 나도 모르게 물었다. 그랬더니 너는 답은 안 하고 대뜸 훌쩍였다. 나는 네가 한동안 울게 뒀다. 그래서 설거지도 내가 했다.

너는 이제는 묻지도 않고 내 침대를 차지했다. 내 침대에 누운 너는 내가 허공에 펼친 이불이 미처 바닥에 닿기도 전에 코를 골기 시작했다.

나는 늘 새벽까지 잘 못 잤는데,

'나도 누가 와서 놀아주면 일찍 자려나?'

*

영수는 0수보다 한참 늦게 잠들었다. 바닥이 딱딱해서 깼다가 다시 잠이 들려 하는데, 어디서 찬바람이 드는 것 같아 눈이 떠졌다.

'창문을 열어두고 잤을 리가 없는데?'

영수는 창 쪽을 봤다. 웬걸, 창이 열려 있었다.

오래 생각할 것도 없었다. 이건 영수에겐 익숙한 그림이었다. 영수는 재빨리 창 반대쪽 벽을 살폈다.

거기, 0수가 벽에 딱 붙어 서 있었다. '뭐 해요?'라고 묻기 어색할 정도로 0수가 뭐 하는지 영수는 너무 잘 아는 상황이다 싶은데, 0수가 달리기 시작했다. 열린 창을 향해.

순식간에 벌어진 일이었다. 영수도 침대에서 일어나 창 쪽으로 달렸다. 하지만 영수보다 0수가 먼저 창에 닿았다. 0수는 달려오던 속도 그대로 창 앞에서 점프를 했다.

잔걸음으로 일곱 걸음은 도움닫기가 되었다.

영수가 막아서기도 전에, 영수가 잡아채기도 전에, 0수는 폼

나게 창을 향해 몸을 날려버렸다.

'이렇게 결국 너를 잃는구나.'

'내가 나를 왜 따라잡지를 못하지?'

'그러니까 살을 틈틈이 좀 뺐어야 해.'

'이 인생 결국 내가 계속 살아야 되는 건가? 나 영원한 퇴근 영원히 못 하나?'

찰나에 영수는 오만 가지 생각을 했다.

다행히도, 창틀은 조금 작았다. 그래서 0수는 날렵하게 창을 통과하지 못했다.

영수가 늘 상상했던 것과는 조금 달리, 0수는 창틀에 어깨 한쪽이 부딪히면서 어설프게 몸의 반만 빠졌다. 꼴사나워진 걸 영수가 잡을 수 있었다.

'다이어트 했으면 죽었을 뻔.'

*

색이 바랜 낡은 아파트단지. 고요한 파랑의 새벽. 꽤 고층에 열린 창 하나가 보인다. 그 창으로 인간 하나가 튀어나온다. 느닷없다.

튀어나오며 창틀에 어깨 한쪽을 부딪힌다. 방향이 틀어지고 속도가 준다. 어설프게 몸뚱이 반 정도가 창에 걸쳐진다. 저러다 떨어지지 싶은데, 또 다른 인간 하나가 그의 다리를 잡는다.

몸을 창밖으로 내민 인간은 울상이지만, 다리를 잡은 인간은 웃는 얼굴 같다. 죽으려는 인간과 말리는 인간, 두 인간은 몹시 닮았다. 한 사람이라 해도 믿겠다. 대체로 한 사람이긴 하다. 죽으려는 것도 나, 말리는 것도 나.

8

영수는 0수를 끌어올려놓았다. 0수가 어깨를 부딪히던 모습이 자꾸 생각나서 영수는 웃음을 참기가 힘들었다. 진짜 너무 웃겼는데, 진짜 이게 얼마 만에 웃는 건가 싶은데,

0수는 또 울었다. 한데, 0수는 영수랑 똑같이 만들었다고 했는데, 0수는 영수를 복제한 거라고 했는데, 영수는 늘 상상만 하던 걸 0수는 정말 실행했다.

울고 있는 0수를 보며 영수는 생각했다.

'상상만 하던 다른 것들도 이미 넌 한 게 아닐까? 그런데, 나는 그래도 삼십 년은 버티고서야 진짜 죽으려고 했는데, 나를 복제한 너라면 너도 삼십 년은 버텨주고 이래야 하는 거 아닌가?'

'너 나랑 도대체 뭐가 다른 거야?'

이침이 될 때까지도. 울기만 하던 0수가 고개를 들어 영수를 봤다. 지쳤는지 울음은 멎어 있었다. 0수는 쭈뼛쭈뼛 영수에게 물었다.

"같이 갈래?"

영수는 0수와 같이 출근을 했다. 영수는 습관대로 모자 하나 눌러썼다. 챙이 짧아 방호복 안에서도 거치적거리지 않는.

안 그래도 되는데, 사람들은 전혀 관심도 없고 어차피 방호복이 가려줘서 크게 티도 안 나는데, 그런데도 사람들과 눈이 마주칠 때마다 0수는 "쌍둥이예요"라고 말했다. 이어서, "제가 조금 먼저 태어났어요"라고. 굳이 따지자면 영수가 먼저긴 했다.

0수가 근무할 동안 딱히 할 일이 없어서 영수는 또 마트에 갔다. 오늘은 뭘 먹이나 장을 봤다. 사무실 앞에서 기다렸다가 같이 퇴근을 했다. 아파트에 다 와서는 나무도 같이 올려다봤다.

해볼 만한 나무.

그 나무를 보자 영수는 어젯밤 창에 끼어 있던 0수가 또 생각났다. 죽지고 보던 나무 볼 때마다 웃음 터질 일이 영수에게 생겨났다.

"회사에선 어땠어?"

영수가 0수에게 물었다. 진짜 하고 싶은 질문은 여전히, '왜 죽으려고 했어?'였지만. 그랬다가는 또 질질 짤 것 같았다.

"오늘 어땠냐면, 그 왜 나이 좀 있는, 늘 대놓고 보는 우리 직장 동료 있잖아? 오한 씨."

'우리? 뭐 어쨌든.'

"있지. 그 사람이 왜?"

'그 사람이 왜?'라고 한 거였다. 한 시간 동안 답할 이야기는 아니었는데, 0수는 참 길게도 늘어놨다.

영수는 그사이 슬쩍 "왜 죽으려고 했는데?" 하고 끼워 물었더니 0수는 또 금세 우울해져서,

"우리 죽고 싶었던 순간 그런 거 얘기해보기 할까?"

"죽고 싶었던 순간?"

"아니 진짜 죽고 싶다가 아니라, 일테면 어색한 자리 가서 아무도 신경 안 쓰는데 혼자 어색한 티 안 내려고 말을 너무 많이 할 때라든가."

"어색한 자리? 우리가 그런 자리 갈 일이 뭐가 있어?"

"……예를 든 거야."

"그럼, 음, 그런 자리 가서 어색해서 괜히 너무 웃을 때? 그러다가 아무도 안 웃는 타이밍에 혼자 웃어서 엄하게 존재감 드러낼 때?"

어쩌다 보니 주거니 받거니가 됐다.

"지루한데 견딜 방법을 모를 때."

"기다리는 거 도저히 익숙해지지 않을 때."

"아무도 나 안 좋아할 수도 있다는 걸 받아들여야 할 때."

"그래도 못 받아들일 때보다는 덜 쪽팔린데 그걸 알고 나면 더 쓸쓸하고."

"인생의 모든 감정이 쓸쓸함으로 귀결되는 신묘한 경험을 했을 때."

"사는 게 재밌겠거니 기대했던 때를 떠올릴 때."

"지루한데 초조할 때."

"웃는데 지루할 때."

"웃는 소리가 엄청 큰데, 적막해."

"아, 엄청 큰데 적막하니까, 우리 왜 엄마랑 같이 살 때, 그니까 열한 살 때였나? 그때 내가 거실에서 티브이 보다가 방구를 뿌아앙!! 꼈는데 부엌에서 저녁 준비하던 엄마가 나한테 큰 목소리로 왜? 엄마 불렀어? 했었는데, 기억나?"

"크크 크크 크크 크크 크크. 어어 기억난다. 크크 크크 크크 크크 크크. 서른 인생에서 젤로 웃었다."

"……서른 인생에서 제일 웃긴 순간이 열한 살에서 끝난 걸 알았을 때."

"……엄마랑 내가 즐거웠던 기억이 열한 살에서 끝난 걸 알았을 때."

"웃기려고 준비한 말들 다 뱉었는데 아무도 안 웃었을 때."

"굳이 누가 애써 웃어줄 때."

"그거 듣고 다시 웃긴 말 준비할 때."

"최선을 다해 친절을 베풀었는데 사람들 사나울 때."

"술에 취해서 길을 못 찾는 건데 나는 목적지가 없는 건가 우울해질 때."

"내일도 있고 모레도 있는데 자꾸 어제만 생각날 때."

"나도 내가 싫을 때."

"나도 나를 포기했나 싶을 때."

이후로도 티키타카는 한참 이어졌다. 신기한 게, 영수의 지난 기억들에 대해서는 오히려 0수가 더 분명히 기억하고 있었다. 그러고 보니 복제인간이 태어날 때 그 시점까지의 주입된 기억은 절대 잊히지 않는다던, 그건 그냥 지워지지 않는 업로드된 데이터 같은 거라던 브로커의 설명이 영수는 떠올랐다.

앞으로 엄마와의 어릴 적 기억은 0수에게 물으면 되겠구나. 엄마가 해주던 음식의 레시피 같은 것도 기억 속 어딘가에 있을 텐데, 영수는 물어볼까 싶었다. 그러다가도,

'곧 죽을 텐데 묻긴 뭘 물어.'

*

나는 조용한 사람인 줄 알았다. 혼잣말이 습관이 되긴 했지만 이렇게 수다스러운 줄 몰랐다.

대상이 없었을 뿐이었다. 혼잣말이라는 게 들어줄 사람만 있으면 언제든 대화가 될 수 있다는 걸 알게 됐다. 내가 나로 혼자가 아니라 너와 둘이라는 게 어쩌면 번거로운 일이 아니라 살가운 일일지도 몰랐다.

네가 하나 뱉으면 나도 하나 떠올렸다. 딱히 죽고 싶은 순간이라고 할 수도 없는 대화로 이어졌다. 수다를 떠느라 새벽까지 못 잔 건 처음이었다. 신나서 떠들고 있는 너를 보고 있자니, 얘 외로웠나? 싶었다. 아니다.

아니지.

'나 외로운 사람이었나?'

한 번에 너무 많은 언어를 쏟아내 취해버린 사람처럼 불쑥 네가 내게 말했다. 헛소리에 가까웠다.

"외로워지지 마. 아무나 만나게 돼. 그럼 더 외로워져."

저 처절한 당부의 말은, 실은 혼잣말이었다. 내가 내게 하던 말이었다.

저런 말까지 알고 있는 걸 보면, 너는 나의 복제인간이 확실히 맞았다. 한데, 뭐가 달랐던 걸까? 왜 너는 태어나자마자 죽으려고 했던 걸까? 뭐가 빠진 게 있나?

'나한테는 있고, 너한테는 없는, 그런 게 있으려나?'

9

0수는 신경 써주는 영수가 어쨌든 고마웠다.

전자레인지가 아닌 가스레인지를 쓴 요리를 먹은 게 얼마 만인지 몰랐다.

'입맛도 나랑 똑같이 디자인되었으려나? 그래서 내 입맛에 맞는 음식들을 만들어주는 걸까?'

하지만 나의 대체품일 뿐인 너가 나를 살리려고 애쓰는 모습을 보는 건 쓸쓸했다.

'내가 만약 저렇게 태어났다면 하루라도 살 수 있었을까?'

0수는 영수가 잠든 틈을 타 창을 열었다. 벽에 등을 붙이고 해볼 만한 나무를 향해 달렸다. 이번엔 정말 끝낼 수 있을 거 같아서 몇 걸음 안 되는 거리를 달리는 동안 입꼬리까지 올라갔었는데, 바보같이 창틀에 어깨를 부딪히고 말았다.

창틀에 걸려 있는 0수를 영수가 또 끌어올렸다.

'너는 정말 나를 못 죽게 할 작정인가 보다.'

'끝내 내가 죽고 나면 너는 어떻게 되는 걸까?'

'쓸모가 없어지는 걸까? 쓸모가 없어진 너는 그럼 어떻게 될까? 폐기처분이 되는 걸까?'

0수는 사실 묻고 싶은 게 너무 많았다. 도대체 언제 만들어진 건지, 만들어진 채로 어디에 있다가 나오는 건지, 다 큰 채로 태어나는지, 나랑은 어떤 게 다른지, 나는 당장 죽고 싶은데 너는 왜 아무렇지 않은지, 감정만큼은 똑같이 태어나지 않은 건지.

함께 출근을 했다. 함께 버스를 탔다. 함께 대화를 나누었다. 함께 걸었다. 다음 날도 그다음 날도 함께였다. 너무 많은 걸 함께하느라 0수는 죽을 틈이 없었다.

0수는 사람들의 시선이 신경 쓰였다. 쌍둥이 동생이라고 영수를 소개했다. 그렇게라도 영수의 존재를 인정해주고 싶기도 했다. 대체품이 아닌, 동생으로라도.

*

오한은 원래가 대놓고 쳐다보는 사람이긴 했지만 요즘 들어 너무 자주 0수를 쳐다봤다.

점심을 먹으러 가려는 0수를 오한이 다가와 앞을 막고 섰다. 오한은 0수에게 물었다.

"왜 이렇게 낯설어해요?"

오늘따라 오한의 쳐다보는 눈빛이 심히 강렬하고 깊었다. 모든 걸 꿰뚫어 보는 것 같았다. 뭐라도 뱉어내지 않고는 피해 갈 수 없을 거 같았다. 0수는 자기도 모르게 입이 열렸다.

"계속 허전해요. 빈속에 물만 가득 찬 거 같아요. 또……."

어제 영수와 오랜 대화를 나눈 게 하루 사이 습관이라도 되었는지 0수는 요즘의 자신에 대해 오한에게 꽤 상세히 얘기했다.

0수의 이야기가 끝나자 오한은 눈을 가늘게 떴다. 그리고 은근하게 물었다.

"확인을 한번, 해볼까?"

"뭐를요?"

"기억을 팔았는지."

오한의 말은 그랬다.

0수의 증상이 기억을 판 사람들의 그것과 비슷하다고.

0수가 기억을 팔았을 수 있겠다고.

물론 0수는 알았다. 기억을 판 사람과 산 사람 모두 매매에 대한 기억은 지워졌다. 그러니까 0수가 기억을 팔았어도 당연히 그 기억은 없다. 그렇지만 기억 하나 팔았다고,

'사람이 이렇게 우울해?'

*

하지만 이 이야기를 너에게 전했을 때 너는 그럴 수 있을 것 같다고 했다. 일단은, 확인은 해봐야 할 것 같다고.

"그래서 오한 씨가 도와준대?"

영수는 물었다.

"응, 기록실에 매매에 대한 기록, 편집자에 대한 기록 같은 게 남아 있긴 하대. 하지만 아무나 들어갈 순 없겠지."

"거길 들어가게 도와준다는 거겠지?"

"아마도."

"그럼…… 나도 같이 가."

*

영수에게 복제인간 정보를 준 건 오한이었다. 브로커를 소개해준 것도 오한이었다. 직장 동료 오한은 어쩌면 자살을 시도한 0수가 영수의 복제인간인 걸 이미 알고 있을 수도 있었다.

브로커가 오한과 업무 관계를 넘어선 가까운 사이고 게다가 입도 무겁지 않은 사람이라면, 영수가 복제인간을 샀다는 이야기를 오한에게 했을 가능성이 높았다. 오한은 어쩌면 그래서 0수를 유심히 본 건지도 몰랐다. 그러니 오한이 0수에게 한 말은 영수에게 전하는 말일 수 있었다.

'기억을 판 사람은 0수 니가 아니라, 나니까.'

그렇다면 말이 될 수도 있었다.

0수가 영수와 다른 점.

계좌에 있던 그 돈이 기억을 팔아서 번 돈이라면 그것도 말이 되었다. 0수는, 영수에게는 있었던 기억을 갖지 못한 채 태어난 거였다. 0수와 영수의 차이점이 그것일 수 있었다. 시작부터 달랐던 거였다.

기억 하나 없다고 사람이 이렇게 다를 수 있어? 얼마나 소중한 기억이기에?

하지만······.

'아주 소중한 기억이었다면?'

동료 오한의 말이 맞다면, 그런 거라면 그 기억만 되찾으면 되었다. 그럼 영수는 이렇게 매일 애쓰지 않아도 되었다. 0수가 그 기억만 되찾는다면, 그래서 영수와 출발점이 같아지면 적어도 영수처럼 수십 년은 더 살아가겠지.

물론 그렇게 간단한 문제는 아니겠지만, 그래도 시도는 해봐야겠지?

'나한테는 있고, 너한테는 없는'이 아니라, '나한테는 있었고, 너한테는 없는'이었던 거다.

영수는 오한을 만나보고 싶었다. 영수와 0수는 밤이 올 때까지 기다렸다. 모두가 잠들었을 시간에 버스를 타고 함께 회사로 갔다.

10

 오한은 둘을 기다리고 있었다. 잔뜩 긴장한 0수가 쌍둥이라고 둘러대긴 했지만, 영수와 0수를 동시에 보고도 오한은 아무것도 묻지 않았다. 그저 한동안 영수와 0수를 번갈아봤다. 오한은 늘 대놓고 보던 사람이었으니까.
 분명히 영수를 알아보는 눈빛이었다. 다 알고 있다고 오한의 눈은 말하고 있었다. 그 눈빛이 불편해질 즈음 0수가 물었다.
 "어떻게 들어가요?"
 오한은 보안카드를 들어 보이며 말했다.
 "이것만 있으면 되지만 이걸 구하는 게 무척이나 어려운 일이니까, 나한테 큰 신세 지는 거예요."
 그렇게 말하며 오한은 정확히 영수를 바라봤다.
 오한이 앞장섰다. 오한과 영수, 0수는 곧장 2층 기록실로 올라갔다. 좁고 긴 복도를 따라 걷다가 0수가 물었다.
 "근데 기억 하나 팔았다고 사람이 이렇게 우울하고 그럴 수 있는 거예요? 우리는 매일 근무한 기억 지우는데 아무렇지 않잖아요?"

오한은 돌아봤다.

"우리가 근무하는 기억을 누가 사요?"

"네?"

"값이 나가냐구."

"아."

"팔 수 있을 정도의 기억이라면 당신한테 지대한 영향을 끼치는 거였겠지. 안 그래?"

"……."

"한번은 그런 일이 있었어요. 누가 기억을 팔러 회사에 왔어. 한눈에도 가진 거라곤 없는 사람처럼 보였어. 저런 사람에게 과연 팔 만한 기억이 있을까 싶었는데, 매매팀 팀장 말이, 제법 높은 가격이 측정된 기억을 팔았다는 거야. 어떤 기억을 팔았는지는 모르지. 언젠가 올라오는 영상들 중에 하나겠거니 하고 말았는데, 근데, 그때 봤어. 회사를 나가는 그 사람 얼굴. 들어올 때의 얼굴과 너무 달라진 얼굴. 그 얼굴, 기억을 팔고 나갈 때의 그 사람 얼굴은 분명히 뭔가가 빠져나간 얼굴이었어. 뭐가 빠져나갔는지는 몰라도 어쨌든 그게 손에 안 잡히는 그런 거라는 생각이 들었어. 일테면, 영혼 같은 거."

"그래서 그 사람이 자살이라도 했나요?"

0수가 조바심을 내며 물었다.

"뛰어들었어. 회사에서 나가자마자, 달려오는 차에. 몸 어디에서 출혈이 시작되었는지 몸에서 쏟아진 피가 방호복 앞유리를 못 열어서 피가 방호복 머리를 가득 채우고 있었어. ……그 사람도 몰랐던 거지. 그 기억 하나가, 겨우 자신을 지탱하고 있었다는 걸. 나는 그때 분명히 봤어. 기억의 힘을."

놀란 얼굴을 한 0수를 오한은 봤다. 그리고 0수 옆의 영수를 봤다. 똑같이 놀라 있었다.

참 신기한 일이다, 오한은 생각했다. 그리고 이어서 말했다.

"인간은 기억으로 스스로를 인식하니까."

기록실에 이르자 오한은 보안카드로 문을 열었다. 여러 대의 거대한 컴퓨터들이 늘어선 공간이 드러났다. 불을 켜도 크게 밝아지지 않았다. 마치 공산 전체가 타인에게 드러나길 바라지 않는 것 같았다.

저 많은 기록장치 안에 인간의 기억들이 저장되어 있었다. 돈을 매개로 누군가에서 누군가에게로 옮겨가버린 기억. 돈이 많은 사람들은 기억조차 윤택해지고 가난한 자는 추억도 메말라 갔다. 말라비틀어질 걸 알면서도 팔겠다고 내놓은 기억이 이렇게 많았다.

여기 쏟아버리고 비워져버린 머릿속은 뭐가 채우고 있을까? 그 상실의 공허를 돈이 메꿀 수 있을까? 영수는 저 컴퓨터들이 상실의 저장고 같았다.

공간 안에는 오직 컴퓨터들만 있을 뿐, 의자며 책상 같은 다른 가구들은 없었다. 컴퓨터와 컴퓨터 사이가 자연스럽게 협소한 길이 되어 있었다.

오한은 그 길과 길을 오가며 컴퓨터 하나를 골라내었다. 컴퓨터에는 작은 접이식 의자가 달려 있었다.

컴퓨터 몸체에 붙은 의자를 펴서 앉자, 숨겨져 있던 키보드와 모니터가 의자 앞으로 튀어나왔다.

오한은 그 의자에 앉아 키보드에 손을 올리고 놀리기 시작했다. 모니터에는 빼곡한 데이터들이 떠올랐다가 사라지고 다시 떠올랐다. 영수와 0수는 좀 더 가까이서 오한의 작업을 보고 싶었지만 오한은 그런 그들의 마음을 읽기라도 했는지, 둘을 밀어냈다.

"거기서 기다려요. 시간이 많이 걸릴 거야."

오한이 영수의 기억 매매 기록을 찾아보겠다고 저러고 있지만, 영수 또한 그게 궁금해서 이곳까지 오긴 했지만, 사실 영수는 기억을 팔지 않았을 것 같았다. 무엇보다도 영수는 본인에게 팔 만한 기억이 있을 것 같지 않았다.

그럼에도 영수는 묘한 초조함에 사로잡혔다. 그러다가 문득 옆을 봤다. 자신과 똑 닮았지만, 자신보다 훨씬 긴장한 얼굴이 거기 있었다

*

긴장감이 과했던 탓인지 영수와 0수는 까무룩 잠이 들어버렸다. 그러다 뾰족한 것이 볼을 찌르는 것 같아 영수는 화들짝 눈을 떴다. 송곳 같은 게 아니었나 싶어 영수는 눈을 뜨자마자 볼을 비벼댔다. 피가 나는 건 아닌지, 설마 구멍이 나진 않았는지.

하지만 정신 차린 눈앞에 보이는 건 사람의 손가락이었다. 오한의 길고 가는 손가락, 그 끝에 제법 긴, 잘 관리된 손톱.

영수의 호들갑에 0수도 깼다. 오한은 정확히 영수를 보며 말했다.

"있어."

"……."

"두 번이나."

'내가 기억을, 그것도 두 번이나 팔았다고?'

영수는 머릿속이 순식간에 뒤엉켰다. 질문을 한 건 0수가 먼저였다.

"제가 기억을 두 번이나 팔았다구요?"

오한은 끄덕였다. 영수가 급히 물었다.

"언제요?"

11

 "몇 달 차이는 있지만, 둘 다 십삼 년 전인데? 하나는 매매가 이뤄진 텀이 짧고, 다른 하나는 회사가 당신의 기억을 사들이고 한참 뒤에 판매가 이뤄졌어. 어쨌든, 당신이 기억을 팔아버린 시점은 둘 다 십삼 년 전이야. ……그때 무슨 일이 있었던 거야?"

 놀란 0수가 "십삼 년 전에요?" 하고 되묻자, "기억 매매가 시작된 지 몇 년 안 지나서인데, 돈이 급했나?"라고 오한이 영수에게 되물었고, 그 말에 영수는 잔고가 그득했던 그 계좌가 다시 생각났다.

 기억을 두 개나 팔아서 번 돈이라면 확실히 말이 되었다.

 '내가 돈이 급했었나?'

 급했디면 왜 쓰지 않았지? 그 돈은 이제 와 저기 0수를 사는 데 썼다.

 이번엔 영수가 오한에게 물었다.

 "어떤 기억요? 어떤 기억을 판 거예요?"

"그건 몰라."

"그쪽 말이 맞다면, 제가 기억을 판 것 때문에, 소중한 기억을 두 개나 잃어버려서 이렇게 된 거라면, 그 기억을 되찾아야 하는 거잖아요? 근데 ……무슨 기억인지 모르면 무슨 소용이에요? 안 그래요?"

0수가 오한에게 따졌다. 듣고만 있던 오한이 태연하게 말했다.

"기억을 산 사람한테 들려달라고 하면 되지."

영수가 서둘러 물었다.

"누군데요? 내 기억을 산 사람이?"

'내 기억'이라는 말이 신경이 쓰였는지, 0수가 영수를 쳐다봤다. 오한은 답했다.

"그것도 몰라."

0수는 다투어 물었다. 이 이야기의 주체는 자신이라는 것마냥.

"제가 기억을 팔았다는 정보 말고 더 알 수 있는 게 뭐예요?"

"누가 편집했는지는 나와 있네."

"누구예요? 편집자가?"

오한은 영수와 0수를 바라보고는 먼저 호흡을 골랐다. 대단한 발견을 알리듯 말했다.

"나예요. 물론 나도 몰랐지만."

"……."

"근데 뭐, 내가 이 회사의 가장 오래된 메인 편집자니까, 여기 있는 것 중에 내가 편집한 게 제일 많겠지? 안 그래요? 어떻게 보면 당연한 거죠."

영수가 놀라고만 있는 사이,

"그렇지만 그쪽도 편집한 내용은 모를 테고."

0수가 단언했고, 오한은 천천히 고개를 끄덕였다.

0수는 돌아섰다. 그리고 영수에게 말했다.

"가자."

영수는 0수를 따라 나갔다. 오한도 뒤따랐다.

회사를 완전히 벗어날 즈음 오한이 영수를 붙잡아 세웠다. 0수와는 거리가 좀 있었다.

오한은 영수에게 재빨리 말했다.

"그 기억을 되찾아야 쟤가 완전해질 거야. 그래야 비싼 돈 주고 산 값을 하지. 안 그래?"

"……."

앞서 있던 0수가 돌아봤다. 오한은 목소리를 키워 부러 영수가 아닌 0수에게 물었다.

"궁금하지 않아? 당신이 무슨 기억을 팔았는지?"

"알 방법이 없다면서요."

"브로커는 알아요. 구매자가 누군지. 그 브로커는 내가 알고. 어때?"

"그럼……."

0수가 더 말하기 전에 오한이 말을 이었다.

"구매자를 찾아가서 들려달라고 하면 되지."

영수도 0수도 생각에 잠긴 사이, 이미 결정을 내린 건지 오한이 물었다.

"언제 떠날 거예요?"

오한은 재촉했고, 영수와 0수는 망설였다.

0수가 되물었다.

"하지만 구매자가 꼭 그 기억을 가진 사람은 아닐 수도 있잖아요? 구매는 했지만……."

"그렇죠. 누군가에게 선물로 줬을 수도 있고, 아니면…… 뭐 어쨌든, 브로커는 알고 있어. 그 브로커는 내가 잘 알고."

"그 사람이 하는 말 중에 내가 판 기억이 어느 건지 어떻게 알아요?"

영수가 물었고, '내가 판 기억'이란 말 때문인지 0수는 또 영수를 봤다.

"……사람은 누구나 자신이 가진 인상적인 기억부터 자랑하고 싶어 하잖아."

오한은 답했다. 그래, 그렇겠지만, 그렇다고 해서 그 기억이 영수가 판 기억이라는 건 여전히 확인되지 않는다. 원래부터 본인이 가지고 있던 소중한 기억일 수도 있었다.

영수의 마음을 읽은 것마냥 0수가 물었다.

"그래봐야 그 기억이 제가 판 기억이라는 걸 어떻게 확신

하죠?"

오한은 그 질문을 기다렸다는 듯 흐뭇한 얼굴이 되었다.

"편집자들은 표식을 남겨요. 내가 편집한 기억은 내가 알아."

"어떤 표식인데요?"

오한은 답하지 않았다. 대신,

"나도 데려가요."

"당신을 왜요?"

"내가 꼭 필요하니까."

오한은 이어서 말했다.

"내가 나의 전용 브로커를 만나서 구매자가 누군지, 그리고 실제로 그 기억을 가진 자가 누군지, 어디 사는지 알아 올게. 당신 기억을 가진 그자가 말하는 기억이 당신의 기억이 맞는지는 내가 확인시켜줄 수 있어요. 내가 분명히 구분할 수 있어. 내가 편집을 했으니까. ……나만 아는 표식을 그 기억 속에 남겼으니까. 그러니까, 나도 데려가요."

영수와 0수는 근처 24시 카페를 들렀다. 곧 아침이었다. 집으로 돌아가 씻고 옷도 갈아입고 아침도 먹고 무엇보다 출근을 해야 했지만, 영수도 0수도 생각에 잠겨 커피만 들이켜고 있었다.

"휴가를 얼마나 낼 수 있을까?"

0수가 혼잣말인지 모를 말을 했다.

"찾아가보는 게 좋겠지?"

이번에는 분명히 물었고, 영수는 고개를 끄덕였다.

영수는 0수가 가기 싫다 해도 설득해서 어떻게든 데려갈 작정이었다. 자신의 기억을 가진 사람을 만나서 자신이 판 기억이 뭔지 들어야 했다. 그 기억으로 0수를 더 채우고, 더 살게 해야 했다. 이렇게 된 이상 무조건 가야 했다.

다만 영수는 오한이 조금, 아주 조금 맘에 걸렸다. 오한은 분명히 필요한 사람이 맞았다. 오한 없이는 기억을 확인할 길이 없었다. 하지만 영수는 분명히 봤었다. 오한이 재촉하는 순간을.

언제나 쳐다보는 쪽은 오한이었다. 영수는 오한을 눈여겨본 적이 없었다. 영수는 오한이 어떤 사람인지 몰랐다. 오한이 왜 자신을 돕는지 몰랐다.

영수는 왜 오한이 영수와 0수를 재촉했는지 알 수 없었다. 재촉하는 이유를 몰라 신경이 쓰였다. 그때,

"오한 씨도 데려가야겠지?"

0수가 물어왔다. 망설임 끝에 영수가 답했다.

"……아마도."

두 사람은 한산한 버스를 타고 집으로 향했다.

"아침은 뭐 해줄까?"

"아침을 뭘 먹어."

"그래도 뭘 먹어야지?"

영수가 다시 물을 때는 아파트단지 안이었고 나무들이 보였는데, 거기, 차가 한 대 있었다.

해볼 만한 나무 아래, 불법 주차 차량. 언제나 해볼 만한 나무에만 고정되던 두 사람의 시선을 처음으로 빼앗아 간, 낯선 차 한 대.

12

엘리베이터를 타고 올라오니 집 앞에 누가 있다. 스무 살 정도 되었을까?

"여기 살아?"

스물이 물었다. 영수는 모자를 쓰고 있어서 얼굴이 그나마 조금 가려져 있었다.

스물은 얼굴이 훤히 보이는 0수를 보며 묻고 있었다. 0수가 고개를 끄덕이자, 스물은 영수와 0수를 번갈아 보더니,

"어느 쪽이야?"

"뭐가요?"

"어느 쪽이냐고. 회사에서 대놓고 나 죽겠다 자살 시도한 사람."

0수가 어째선지 주눅이 들어 손을 들었다.

"저요. ······근데, 누구세요?"

"나 어떻게 보여?"

영수와 0수는 동시에 답했다.

"남자?"

"여자!"

"나를 남과 여 이렇게 얄팍하게 구분할 생각 말고 좀 넓게 거시적으로, 그러니까, 에이아이와 인간 뭐 이 정도 경계에서 봐줬으면 좋겠어. 나는 에이아이는 아니니까, 그냥, 음…… 인류라고 생각해줘."

스물의 느닷없는 선언에 영수와 0수는 어리둥절했다. 뭐 어쩌라는 건가?

"그러니까……누구?"

0수가 다시 물었다.

"짧게 말하면, 친척."

"……친척?"

"사촌에 팔촌에 십육촌에 삼십이촌에 육십사촌에, 헤아릴 수도 없이 멀고, 멀고, 먼, 그런 친척."

스물의 인류가 답했다. 답을 하자마자 0수를 쳐다보고는 다시 말했다.

"니가 공개적으로 자살 시도를 하는 바람에 경찰이 찾아왔었어. 경고해주러. 남은 가족이 셋이 안 되나 봐?"

'그렇다! 맞다! 셋이 안 된다. 남은 가족은 엄마와 누나뿐.'

영수는 아차, 싶었다.

"자살 페널티 알지? 니가 뒤지면 그 죄를 남은 가족 셋이 나눠 져야 되는데 너네 가족, 둘밖에 안 남았대. 그래서 니가 죽으시면 남은 가족들 플러스, 가장 가까운 친척 하나가 그 죄를 나눠 져야 되는데 어찌어찌 자살이든 타살이든 자연사든 이미 죽은 사람들 제끼고 제끼고 또 제끼고 또 제끼고 또 제끼고 나면 그게 나래. 내가 너의 가장 가까운 친척이래. 너 나 첨 보지? 나도 그래. 근데 우리 이렇게 만났네? 어떻게 생각해?"

0수도 영수도 답을 안 하자, 인류이며 스물은 별안간 버럭 소리를 질렀다.

"내 기분이 어떨 것 같냐고!!!"

"아…… 그 기분 생각도 하기 싫으네요."

듣고 있던 영수가 자신도 모르게 말해버렸다. 아빠가 죽어 그렇게 살아본 적 있는 영수는 이미 그 기분에 너무 질려 있었다.

그런데 신기이 얼굴도 본 적 없는 멀고 멀고 또 멀고 먼 친척 때문에 남은 인생이 쭈욱 꼬인다니 영수는 그 기분을 정말, 정말 상상도 하기 싫었다.

"넌 뭐야?"

스물은 처음으로 영수를 보며 물었다. 물으니까 영수는 모자를 벗었을 뿐인데 스물은 크게 놀랐다. 기이한 감탄사를 뿜으며 두 발짝 뒤로 이동하고 나서야,

"너 너 너 뭐야?"

영수랑 0수의 얼굴을 번갈아 보는데, 스물이라 그런가? 눈 돌아가는 속도가 대단했다.

"니, 니, 니들 진짜 뭐야?"

스물은 두 발짝 더 뒤로 이동했다. 저러다 뒷걸음질로 집에 가겠네 싶은데,

"쌍둥이요."

0수가 대답했다.

"아 아 아……."

그래도 손님인데 그냥 보내긴 그렇고, 별 뜻 없이 영수가 물었다.

"잠깐 들어갈래요?"

두 사람도 들어가야 하니 문을 열었는데, 영수를 휙 지나쳐 스물이 입장했다.

영수가 들였으니 응대도 영수가 했다. 방에 들어온 스물은 좀 조용해졌다.

"어디서 왔어요?"

"……멀리서."

"밖에 차 본인 거예요?"

"……어."

여전히 낙낙히 반말은 잘했지만, 아무래도 남의 집이라 어색한가?

그건 아닌 것 같았다.

스물이 영수를 바라보는 눈빛이 뭔가 좀 달라진 것 같았다.

'방 안 공기가 왜 갑자기 덥지?'

영수는 창문을 좀 열까 싶었는데 스물이 영수에게서 시선을 돌리더니 난데없이 창 쪽을 바라봤다. 바라보기만 하고 말이 없으니 창을 빨리 열라는 신호인가 싶어 영수는 일단 엉덩이를 들었는데, 스물은 창밖에 아는 나무라도 있는 건지 여전히 말이 없고, 도대체 어쩌자는 건지, 왜 저러는지 도저히 가늠이 안 될 즈음, 스물은 앞날을 예보하는 말을 해버렸다. 선언으로 해결할 수 있는 성격의 일이 전혀 아니었지만, 선언 같았다.

사촌에 팔촌에 십육촌에 삼십이촌에 육십사촌에 헤아릴 수도 없이 멀고 멀고 먼, 남보다 먼 그런 스물의 두 번째 선언은,

"나 지금 반했다."

스물의 이름은 기특이었다. 성은 기요, 이름은 특, 기특. 기특은 진짜 스물이었다.

13

 기특에겐 1년이 남았었다. 1년 후면 기특 또한 자살 페널티에 책임을 져야 했다. 아직은 만 스무 살 전이라 제외되었을 뿐이었다. 기특은 엄마와 둘뿐이었다. 그 엄마가 죽은 것이었다.

 엄마는 건강한 사람이었다. 적어도 육체적으로는. 기특과 엄마는 끝까지 함께 살았다. 보기 드문 경우였다. 기특은 그게 감사한 일이고 얼마나 큰 행복인지 알았다.

 기특과 엄마는 1년에 세 번 파티를 했다. 엄마가 태어난 날, 기특이 태어난 날, 그리고 거주지 변경 심사를 위해 공무원이 방문하는 날. 엄마는 그렇게 1년에 세 번 소파에서 일어나 집을 돌아다녔다. 여전히 병 하나 없는 몸뚱이를 뽐냈다.

 엄마는 오전 근무만 하는 사람이었다. 무기력했지만 약을 먹지 않았다. 약을 먹기 시작하면 기록이 남는다고 싫어했다. 기록이 남으면 거주지 변경 심사 때 문제가 될 수도 있고, 그럼 기특과 함께 살 수 없게 될지도 모른다며 참아냈다.

 대신 기특에게 종종 양해를 구했다. 간절하게.

"우리 아들, 엄마가 돈을 이 정도만 벌어도 되겠니?"

아침마다 함께 집을 나섰지만 기특이 중학교에 가기 시작한 후로는 늘 엄마가 먼저 집에 와 있었다.

기특은 꾸준히 돈을 벌었다. 기특이 돈을 벌기 시작하면서 둘은 부자가 되었다. 소파 앞의 배달 음식들이 조금 더 비싸졌고 엄마는 소파에 누운 채 혹은 잠깐 앉은 채 먹었다.

좁은 소파에 엄마와 함께 비집고 누워 있으면 그렇게 좋을 수가 없었다. 어깨는 구겨지지만 맘이 그렇게 넓어질 수가 없었다. 세상 힘든 일이 도대체 뭐야! 웅장한 마음이 들곤 했고, 그런 기특의 마음을 알기라도 하듯 엄마는 그럴 땐 웃기도 했다. 엄마의 웃음이 떨어질까, 기특도 서둘러 웃었다. 기특의 웃음은 언제나 엄마 웃음소리의 메아리였다.

기특은 엄마의 무기력을 이해하려고 애썼다. 아니, 엄마를 통째로 이해하고 싶었다. 엄마 나이가 되면 엄마를 이해할 수 있을 것 같아 기특은 서둘러 나이를 먹었다.

하지만 기특이 부지런히 나이를 먹는 동안 엄마도 쉬지 않았다. 기특이 자라는 만큼 엄마도 꼬박꼬박 늙어갔다. 한 치의 양보가 없었다.

이래서는 평생 엄마를 따라잡을 수가 없구나, 그래서 이해라는 건 늘 너무 늦겠구나, 이래서 무덤 앞에서 땅을 치며 우는구나, 그딴 속상한 것들만 짐작하게 되었을 즈음, 엄마의 나이는 멈췄다.

기특의 스무 살 생일날이었다. 이제 술도 먹어도 된다며 기특과 맥주 한 캔을 나눠 마시고, 인생 첫 술에 잠이 든 기특을 남겨두고, 엄마는 죽었다. 마치, 겨우 겨우 겨우 기특이 법적 성인이 되기만을 기다린 듯 엄마는 하루도 더 살지 않고, 삶을 중단했다. 엄마는 기특에게 평생 잊을 수 없는 생일을 남겼다.

지금까지라도 살아준 엄마에게 고마운 마음이 컸지만, 어차피 인생 혼자니까, 게다가 이제는 다 컸으니까 괜찮다 괜찮다고 달랠 수 있었지만, 기특은 억울한 마음이 들었다. 기특은 잠에서 깨지 않는 엄마에게 따졌다.

"……엄마, 이거 무슨 생일 이벤트야? 누가 누가 오래 자나 같은 거? 아님 뭐, 선물이야? ……이런 선물이 어딨어, 생일을 이렇게 망치는 게 어딨어……. 이러면 내 어른은 첫날부터 너무 빡세잖아."

"……엄마는 왜 내가 있는데도 힘이 안 났어? 내가 엄마 따라 그렇게 웃었는데, 엄만 내가 벌어오는 돈도 힘이 안 났어? 엄마, 말 좀 해줘봐. 응? 엄마?"

파티는 한 번으로 줄었다. 엄마의 생일도 공무원의 방문 날에도 파티를 할 필요가 없어졌다. 엄마가 없으니 거주지 변경을 불안해할 이유가 없었다.

결국은 기특의 생일 파티도 안 하게 됐다. 기특은 혼자 스스로가 태어난 걸 축하할 마음이 들지 않았다. 축하받을 만한 사람인지 자신도 없었다. 엄마를 지켜내지 못한 못난 사람 같았다.

기특은 혼자가 된 외로움을, 그 몹시 허전함을 사람으로 채우려고 했다. 밖으로 나돌면서 아무에게나 반했다. 기특은 쉽게 마음을 빼앗기는 사람이 되어갔다.

요즘 젊은이들 누가 인간을 좋아하나, 완벽한 외모에 그들이 바라는 이상형에 딱 들어맞는 에이아이들이 널려 있었다. 에이아이를 셀럽처럼 쫓고 짝사랑하는 젊은이들이 대부분이었다. 현실과는 충분히 멀어 과하게 욕망할 필요 없는, 동시에 휴대폰 속에 언제나 가까이 있는.

하지만 기특은 달랐다. 기특은 레트로가 좋았다. 에이아이가 흔해지며 인간 자체가 레트로가 되었고, 그래서 기특은 실물의 인간이 좋았다.

기특은 성별을 가리지 않고 좋아했다. 남녀 모두와 어울리고 싶어 자신의 젠더를 지워갔다. 기특의 인류애는 포괄적이고도 막무가내였다.

기특은 성급하게 대상을 정했고, 정하고 나면 곧 애정했다. 애정할 대상이라면 누구든 상관없었다. 아니, 누구든 애정하기 위한 대상으로 삼았다. 누군가를 좋아하는 자신이 보기 나아서, 누군가에게 빠져 있는 상태가 덜 외로워서 기특은 연애를 게을리하지 않았다.

친구가 되어도 될 텐데, 기특은 친구보다 더 가까운 사이가 되고 싶었고 기특은 그게 연인인 줄로만 알았다.

　기특도 언젠가는 연인보다 친구가 오히려 더 오래가고 깊은 관계가 될 수 있다는 걸 알겠지만, 언젠가는 기특에게도 그런 친구가 생길 수도 있겠지만, 아직까지 기특은 친구의 우정보다 연인의 애정이 더 특별하다고 생각했다.

　실제로 기특이 맺은 연인이라 부르는 관계들 대부분은 친구 이상의 사이도 아니었음에도 기특은 유독 연인이라고 여기고 싶어 했다.

　기특은 늘 누가 자신을 알아봐주기를 바랐다. 기특은 누구라도 자신을 애정해주길 기다렸다. 사소한 이해의 기척에도 마음을 빼앗겼다. 기다리다 지치는 게 싫어 먼저 심장을 꺼내 보였다. 몸 밖으로 꺼내져버린 기특의 심장은 언제나 설익고, 여리고, 헤프고, 그리고 나댔다.

　기특은 연애에만 빠져 살았다. 세상사에는 관심이 없어졌다. SNS에 전시할 거리 같은 것도 관심 없었다. 기특의 유니크함은 연애, 기특의 차별성은 연애, 기특의 정체성은 연애, 기특의 준비는 연애, 기특의 목표는 연애, 기특의 생사는 연애가 되어갔다.

　그러던 어느 날,

　경찰이 찾아왔다. 누가 자살을 시도했단다. 다행히 성공하진 못했지만 그 사람이 죽는다면 기특은 또 페널티를 받게 될 거라고 했다.

엄마가 자살을 해서 이미 근무일이 하루 늘어난 주 6일 근무자인데, 그 사람, 기특의 멀고 멀고 멀고 멀고 남보다 먼 친척이 자살을 하면 주 7일 근무자가 될 거라고, 만 스무 살이 되는 내년이면, 그러니까 몇 달 후부터는 그렇게 살아야 할 거라고 담백하게 저주를 알려왔다.

원래가 법적으로 알려주게 되어 있다고, 이렇게 대면으로 고지하는 이유는 이제부터라도 서로 왕래도 하면서 사는 쪽으로 서로 격려도 하고 그러라고, 근데 사실 이런다고 평생 안 보던 먼 친척들이, 심지어 가족들도 다시 보거나 하는 꼴을 본 적은 별로 없다고, 하다못해 전화라도 하면 좋은데 그러지도 않더라고, 경찰은 구구절절 설명을 덧붙였다.

일평생 듣노 보도 못한 무려 친척이라는 새끼는 B구역에 살았다.

기특은 한 번도 A구역을 떠난 적이 없었다. 타 구역에 사는 가족들이 있다면 가끔 다른 구역을 오가기라도 했겠지만 기특한 테는 그럴 일이 없었다.

A구역에 남아 있는 가족도 이제는 없으니 떠나지 못할 이유도 없었다.

'가볼까?'

14

B구역은 멀었다. 머니까 차를 타고 갔다. 자율주행이 가능했지만 직접 운전을 했다. 이참에 운전에 익숙해지고 싶었다.

도착한 곳은 아파트단지였다. A구역과 크게 다를 게 없는 아파트단지.

눈에 띄는 나무가 있어 기특은 그 옆에 차를 세웠다. 집을 찾았지만 아무도 없어서 기다렸다.

그리고 영수와 0수가 왔다. 기특은 둘 중에 자살하려 했던 놈이 어느 놈인지 확인하고는 니가 얼마나 멍청한 짓을 한 건지, 그게 기특에게는 얼마나 뭐 같은 짓인지 쏟아 부었다.

"평생 들도 보도 못한 멀고 멀고 먼 친척이라는 새끼 때문에 이미 망가진 내 인생 더 망가질지도 모른다는데, 내 기분이 어떨 거 같냐고!!!"

화를 내다 보니 결국은 젤로 중요한 기분, 기특 본인의 기분이 어떨지 따지게 되었는데, 대뜸 자살하려 한 새끼 말고 옆에 모자 쓴 새끼가 한다는 말이,

"아…… 그 기분 생각도 하기 싫으네요."

어쩌면 재수 없게 말한 건데, 그게 어쩐지 생각도 하기 싫은 기특의 기분을 알아주는 것 같은, 모두가 사소하다 해도 기특에게는 이해의 기적.

'응?'

그래서 기특은 자신도 모르게 이미 마음을 반쯤 열고,

"넌 뭐야?"

따지듯이 물었지만 이미 좀 애틋한데, 모자 쓴 새끼가 모자를 벗으니 자살하려던 새끼와 같은 새끼.

"으아아아아아아아."

첫인상도 구겼는데 기특은 살면서 가장 긴 '으아아아아아아아'를 해버렸다.

쌍둥이라는 설명을 듣고서야 진정이 좀 되었다. 그랬는데 기특은 겨우 진정된 마음에 파장을 일으키는 발언을 듣고야 말았다. 모자 쓴 새끼가 모자 벗었더니 얼굴도 똑같아서 진짜 괜찮다 싶었던 그 새끼가, "잠깐 들어갈래요?"라고.

'와씨, 뭐야. 지금 나 초대한 거?'

기특이 얕게 알고 있는 몇 안 되는 것 중에 뱀파이어라는 게 있었다. 뱀파이어는 안 죽는다 해서 엄마랑 자기랑 그렇게 안 죽고 영영 살고 싶어 관심이 갔던 건데, 어쨌든 뱀파이어는 그랬다.

문을 열어줘서 초대를 해야 들어갈 수 있었다. 기특은 뱀파이어는 아니지만 걔들이랑 닮은 구석이 있었다. 똑같이 인물을 따졌다. 아름다운 게 좋았다. 뱀파이어가 좋아하는 애들 봐라, 다 핸섬. 지금 그런 애가 기특을 초대했다.

일은 벌어진 거다. 무를 수 없지. 그때부터 기특은 모자 쓴 새끼를 똑바로 쳐다볼 수가 없었다.

'새끼 아니고 님이라고 불러야 되나?'

그러니까, 자살 시도했던 새끼가 몹시 짜증이 났지만 웬걸 얼굴에 제법 아름다운 구석이 있어서 매력은 좀 있네 싶었는데, 옆에 있던 모자 쓴 새끼는 뱉는 말 한마디 한마디가 기특을 터치하고 어딘가 기특과 공감대마저 형성되고 있어서 얼굴만 괜찮아봐라 하는데 쌍둥이니까 당연히 얼굴은 똑같이 괜찮고, 근데 졸라 까칠하면? 그래도 시작하는 덴 상관없지 싶었는데, 다정하기까지. 이러니 기특이 어찌 안 반해.

이미 기특은 심장을 꺼내놓은 상태였고, 꺼내든 심장이니 나대기 시작한 상태였다.

이만하면 충분하다, 이만하면 내 마음 충분히 확인했다 싶었을 때, 기특은 옆으로 고개를 돌려 창을 봤다. 기특은 옆모습이 나으니까. 그리고 무르익은 마음을 모자 쓴 님에게 전했다.

"나 지금 반했다."

그랬는데 님은,

"서둘러야겠어요. 해 떨어지기 전에 돌아가시려면."

대놓고 기특을 밀어냈다.

절대 죽지 않을 거라고 했다. 걱정하지 말라고도 했다. 또다시 자살 시도를 하는 일은 없을 거라고. 모자 쓴 님이 한 말이니 믿고 싶었지만, 기특은 떠나고 싶지 않았다.

'어떻게 해야 되나? 뭘 어떻게 해? 안 떠나면 되지.'

"그걸 어떻게 믿어? 자살하면 그 죄를 내가 뒤집어써야 되는데, 이미 한 번 시도한 너를 뭘 믿고? 내 눈으로 확실히 이제 살겠구나 확인할 때까지는 나는 가까이서 감시를 좀 해야겠어."

"……얼마나 가까이서요?"

"조올라 가까이서."

기특은 영수에게 오늘은 일단 차에서 자겠다고 했다. 그랬더니 영수와 0수는 자기들이 차에서 자겠다고 친척님은 집에서 자라며, 이불을 빨아야 하나 베개는 뒤집으면 되겠지, 설쳐 댔다.

'이 무슨 순진 발광?'

조올라 가까이 같은 소리 하고 자빠졌네! 얼른 썩 못 꺼지냐! 미친놈인지 년인지 인류지, 조올라 처맞을래? 이딴 식으로 나오면 같이 싸움질이라도 해야 하나 벼르고 있었는데, 베개 뒤집는 소리나 하고 앉았다.

그래서 기특은 바로 알았다. 이것들, 조금만 세게 나가면 한 없이 작아질 놈들, 주머니에 넣어 다녀도 배기지도 않을 놈들, 인간이 아닌 짐승으로 태어났다면 살아남지도 못했을 놈들.

'꺼내놓은 내 심장과 닮은 놈들.'

"내 차에선 내가 자. 아침에 와서 깨워."

기특은 차로 내려왔다. 나무 아래라 낮에는 그늘이 생겼다. 밤에는 바람도 불었다. 타지에서 알게 된 나무의 부지런함이 기특에게는 바지런한 환대 같았다.

*

기특은 차창을 두드리는 소리에 깼다. 아침이었다. 뜬 눈 앞에 동시에 등장한 님과 새끼를 기특은 잠시 헷갈렸다. 하지만 곧 님을 찾는 재미에 설레었다.

기특은 두 사람의 양손에 들린 짐들이 보였다. 뭐냐고 물었더니 실은 오늘부터 휴가라고 했다. 그러니 이제 그만 떠나달라고 했다. 정말 걱정은 말라고, 안 죽을 거라고.

기특은 그럴 수 없다고 했다. 어제 차에 대해서 묻던 꼴을 떠올려보면 이것들, 차가 없는 게다. 내 차로 가자, 기름값만 내라, 했더니 님 말고 새끼가 답했다.

"한 명 더 태워 가야 해요."

기특은 두 사람을 차 뒷좌석에 태웠다. 백미러로 아무리 봐도 님과 새끼가 너무 똑같아서, 쌍둥이도 좀 다르다던데 어떻게 저렇게 똑같아? 그 뭐야, 클론(clone)이라도 되는 거 아냐? 어이없는 생각도 하며 약속 장소로 향했다.

동료는 사십 대 중반 정도로 보이는 사람이었다. 한데, 이 여성분은 기특을 보자마자 기특과 차를 의심스럽게 번갈아봤다. 기특 옆에 타자마자 물었다.

"몇 살인데 차를 운전하지?"

"어차피 자율주행, 몇 살이 왜 중요하지?"

"……그쪽이 운전하고 오는 걸 봐서 그래요."

'나이가 있어서 그런지 눈썰미가 대단하네. 얘는 좀 경계를 해야겠다.' 싶어서, D구역에 산다 해도 무방해 보였지만 점수 좀 따려고 기특은 부러, "어디서 오는 길이에요? C 정도에 사실 거 같은데?" 했더니, "B"라고 답했다.

동료의 대답에 기특도 뒤에 둘도 진심 놀랐다.

0수가 물었다.

"그 나이에 B요?"

알고 보니 오한이라고 부르는 동료는 오십 대 하고도 중반이었다.

'그 나이 정도면 D에 살아야 정상. 지병이 있다면 E로도 갔을 텐데 어떻게 B에 살지? 도대체 몸뚱이 관리를 어떻게 했으면? 얼마나 악착같이 잘 살겠다고 오버했으면 저래?' 싶었지만, "와, 엄청 동안이세요!"라고 기특은 나름 진심으로 한 말이었는데 오한은 웃지도 않는 얼굴을 해서는 기특을 계속 봤다. '너에 대해서 다 알고 있다' 뭐 이런 눈빛?

그 눈빛이 그닥이어서, "자살하실 일은 없으시겠어요?"라고 기특은 꼬아 말했으나, 오한은 동요하지도, 답을 하지도 않고 기특을 보기만 했다. 마치 한 번 더, '니 정체를 나는 알아. 나는 저 뒤의 모지리들과는 달라'라고 말하는 듯했다.

"나는 나와 내 삶을 사랑하죠."

오한은 한참 만에 답했다. 답하면서도 기특에게서 눈을 떼지 않았다.

기특은 더 말해봐야 기분만 더러워질 것 같고, 어디로 가야 되는지 행선지나 물었다. 하지만 동료는 주소를 알려주지도 않았다. 대신에 신중하게 말을 골랐다.

"일단 직진."

15

 오한과 0수는 각종 휴가와 연차를 모두 합쳐 살아온 동안 가장 긴 휴가를 냈다. 두 달이 조금 넘었고 짧은 계절 하나가 거의 될 시간이었다.

 스스로를 인간이라 여기는 복제인간 0수는 자신이 잃어버린 기억이라 여기는 영수의 기억을 찾으러 떠났다. 복제인간 0수를 살게 해야 하는 인간 영수는 당연히 동행했다. 왜 같이 가려는지 정확한 이유는 몰랐지만 필요한 사람이긴 해서 오한을 데려가야 했고, 마침 차가 없던 그들에게 차를 가진 기특이 기특하게 나타나 모두 그의 차에 올랐다.

 그래서 네 사람이었다. 운전석에 기특, 조수석에 오한, 뒷자리에 영수와 0수가 앉았다.

 넷은 처음에는 말이 없었지만 이동 중인 차 안에서 할 수 있는 일이라는 게 그리 다양하지 않았다. 창밖으로 변하는 풍경에 눈을 두거나 눈 둘 곳이 없어지면 눈을 감거나 감은 김에 자거나 아니면 끝내 입을 놀렸다.

먼저 오한이 기특에게 물었다.

"젊은 친구가 성실한가 봐. 벌써 차를 다 사고?"

백미러로 뒷자리를 힐끔거리던 기특이 말했다.

"성실한진 모르겠고 엄마가 돈을 적게 벌겠다고 하니까 나라도 벌자 하다 보니까 차도 사고 뭐. 중곤데 그래도 이 차 괜찮죠? 좋은 값에 사가지고."

기특의 차는 올드 스타일에 낡기도 했지만 그래도 제법 태가 났다. 말했듯이 기특은 레트로를 좋아했고 마침 레트로가 다시 유행이기도 했다. 유행은 돌고 돈다는 말은 사실이었다.

"샀는지 훔친 건지 알 수 없지."

오한이 아무렇지 않게 답했고 기특 또한 난처한 기색도 없다가 0수에게 물었다.

"근데 우리 어디 가는 거?"

그러자 0수가 오한에게 말했다.

"어디 가는지 왜 주소를 말 안 해주세요? 이제는 믿으셔도 되잖아요?"

"길에다 나 버리면?"

그걸 들은 기특이 대꾸했다.

"우리 중에 제일 건강해 보이는 사람을 어떻게 버려?"

"그럼 어느 구역으로 가는지나 알려줘요."

0수가 되물으니 오한은 한참을 더 고민하다가 답했다.

"C구역. 첫 번째 기억부터 순서대로 듣게 될 거야."

"제가 첫 번째로 판 기억을 가진 사람이 거기 있다는 거죠?"

0수가 오한에게 다시 확인했고 오한은 고개만 끄덕였다.

기특이 불쑥 물었다.

"C구역 가봤어들?"

"아니."

"나도 아니."

"십 대 때 가본 것 같은데. 그럼 한 사십 년 만이니까."

"나도 거기 처음 가는데! 그럼 우리 이거 여행인 건가? 오, 나 여행도 처음인데!"

기특이 별안간 들떴다. 스무 살의 들뜸은 금세 전염되었다. 아무도 이 일정을 여행이라는 달달한 범주에 넣어본 적 없었지만, 에너지가 가장 출중하고 게다가 운전대를 쥔 사람이 저러고 있으니 어쩐지 이제는 제법 여행 같았다.

"낯선 곳으로의 이동 정도를 여행이라고 할 수 있으면, 이것 또한 여행이 될 수 있겠지."

영수가 싫지 않은 듯 말했고, 오한이 길게 덧붙이기 시작했다. 나이를 짐작하게 하는 썰들이었다. 거기에 기특이 꼬박꼬박 받아쳤다.

"옛날에는, 그니까 이딴 방호복 입고 다니기 전에, 이런 거지 같은 시절이 오기 전에는 우리 참 여행 많이 다녔어요. 국내로 또 해외로."

"오, 나이 인증 제대로 해주시고."

"여행이 왜 좋은지 알아요?"

"여행이니까 좋죠? 안 좋은 여행도 있나?"

"여행이 왜 좋은가 하면, 여행은 인생에서 방관자가 될 수 있게 해주니까."

"뭔 소리래?"

"우리는 우리 인생의 주인이죠?"

"윽, 꼰대 같은 소리."

"우리가 우리 인생에서 객이 될 수 있어요? 우리 인생에서 방관자가 될 수 있냐고. 손 놓고 우리 인생 구경만 하고 있을 수 있냐고. 없죠? 근데 여행을 가면 남의 인생의 객이 되어서 그들의 인생을 구경할 수 있는 거야. 방관해도 된다고. 여행지니까, 남의 인생이니까. 그러니까 여행을 가면 맨날 인생에서 주인이 돼야 하네, 주체가 되어야 하네, 그런 부담 좀 덜고 한 발짝 떨어져서 인생을 좀 느긋하게 관망하고 즐길 수가 있는 거라고. 인생에서 방관자가 될 수 있는 유일한 순간이라고. 그래서 여행이 좋은 거야."

"와, 개똥철학 오지네."

휴게소가 나왔다. 기특은 의견을 구하지도 않고 차를 세웠다. 기특은 떡볶이와 소시지를, 영수는 호두과자를, 오한은 감자를 샀다. 0수는 입맛이 없다고 했다.

넷은 항균 휴게 공간에 들어왔다. 다들 방호복 머리를 벗어들었다. 기특은 떡볶이를 먹다가 영수의 호두과자를 집어먹고 호두과자를 삼키기도 전에 오한의 감자를 포크로 찍었다.

기특은 영수에게 소시지를 내밀기도 했다. 영수는 당황했지만 기특은 포기를 몰랐고 영수는 결국 받아먹었다. 한입 물어뜯는 것으로 끝나지 않았다. 기특은 영수가 소시지 하나를 다 먹을 동안 계속 내밀었고 영수가 받아먹는 모습을 보며 실실거렸다.

그런 기특이 못마땅한 건지, 정말 신기해서인지, 오한이 의아해하며 물었다.

"아직도 인간이 그렇게 좋은가?"

기특은 영수가 마지막 소시지 한입을 먹는 모습에 눈을 고정한 채 말했다.

"달리 뭘 좋아해?"

"……."

"그러는 그쪽은 왜 따라왔어? 아니 그렇잖아, 그냥 알려줄 것들 알려주고 빠지면 될 걸, 굳이 왜 같이 가냐고?"

기특이 따지듯 묻자, 그 답이 궁금하긴 마찬가지였던 영수도 오한을 쳐다봤다. 오한은 표정의 변화까지는 없었지만 예상을 못 한 질문이었는지 아니면 없는 답을 만들어내야 했던 건지 꽤 오래 침묵했다.

기특과 영수는 답을 기다렸다. 한참 만에 오한이 입을 열었다.

"퇴근을 하고 집에 오면 멍해져. 내가 뭘 했더라? 떠올려봐도

기억을 지운 기억만 남아 있어. 어떤 기억을 봤는지 어떻게 편집을 했는지 알 수가 없지. 일을 하고 일한 기억은 지운 채 고되어진 몸을 끌고 퇴근을 해. 십오 년을 넘게 그렇게 했어. ……문득 말이야, 이 고되어진 몸의 근거를 알고 싶더라고. 평생 남의 기억을 편집했잖아. 내가 편집한 기억이 수천, 수만 개가 될지도 모르지. 내 노동의 실체를, 그 기억들 중에 하나쯤은, 내가 편집한 기억 직접 들어보고 싶지 않겠어?"

질문을 던진 기특은 따지는 데 목적이 있었는지 듣는 둥 마는 둥 했다. 영수는 오한의 대답이 그럴듯하다고, 오한이 따라나선 이유가 되기에 충분하다고 생각했다.

영수는 오한에게 가졌던 막연한 불안함을 말끔하게 씻어냈다. 오히려 같은 일을 하는 후배로서, 그 긴 세월을 그렇게 보낸 오한에게 연민이 느껴지기까지 했다.

지나가는 사람들이 그들을 자꾸 쳐다봤다. 대부분의 행인들은 같은 나이대였다. 그렇게 구분되어 격리된 지역에서들 살았으니까. 세대가 다른 사람들이 한자리에 모여 있는 모습은 참으로 오랜만이었다. 그들은 구경거리가 되었다.

영수의 죽음을 위해서 태어난 0수, 영수의 기억을 편집한 오한, 0수의 죽음을 막으려는 기특. 그들은 그렇게 이어져 있었다.

넷은 다시 차에 올랐다. 자리 배치는 똑같았다. 기특이 운전석에 앉았다. 기특은 이번에도 직접 운전을 했다.

오한이 드디어 기억의 위치를 알려줬다. 첫 번째 기억은 C구역의 끝, D구역과 경계 짓는 어느 산 중턱 요양병원에 있었다.

몇 시간을 더 달리자, 길을 따라 산이 쫓아왔다. 길이 좁아지고 산이 가까워졌다. 차는 산이 숲이 될 때까지 바짝 다가갔다.

거기서 길은 끝났다. 주차된 차들이 몇 대 있었다. 그들은 차에서 내려 숲의 입구에 섰다.

"응급환자는 없나 봐."

기특이 말했다. 설명이 필요하다는 듯 영수가 기특을 봤다.

"응급차가 다니는 길이 안 되잖아."

기특은 입으로 삐죽 한곳을 가리켰다.

나무와 나무 사이로 길이 나 있었다. 차가 다니기엔 좁았다. 오한이 보탰다.

"저 너머에서 고쳐 나오거나, 아예 죽나 보지."

"우리가 찾아야 하는 사람, 내 기억 가진 사람, 이름은 뭐예요?"

0수가 물었다.

"해도연."

"여자야?"

기특이 되물었지만 오한은 대답이 없었다.

바람이 부는 흐린 날, 넷은 빼곡한 나무 사이 유일한 길로 들어섰고, 몇 걸음 옮기자 곧 그 길 안으로 사라졌다.

16

 울창한 숲을 지나자 요양병원 건물이 드러났다. 건물은 숲 너머에 있었고, 그 너머 또한 숲이었다. 요양병원은 숲으로 만든 벽과 벽 사이에 위치해 세상과 담을 쌓고 있었다.

 건물 앞으로는 꽤 넓은 터가 있었는데, 잔디를 입혀 정원으로 꾸며져 있었다. 흩어져 있는 긴 의자들에는 환자로 보이는 사람들이 앉아 있기도 했다.

 그중 몇이 넷을 쳐다봤다. 외부인인 게 이렇게 바로 티가 나나? 넷은 의아했지만 곧 알아차렸다.

 그곳에 방호복을 입은 사람은 그들밖에 없었다. 누가 먼저랄 것 없이 방호복 머리를 빼서 들었다. 굳이 그럴 필요까진 없었는데 영수는 방호복 아래위를 다 벗었다. 뒤따라 기특이, 또 0수도 방호복을 훌훌 벗어 던졌다. 오한은 사람들이 지켜보는 앞에서 옷을 벗는 게 내키지 않았지만, 혼자 방호복을 입고 있는 모습 또한 도드라지는 일이라 결국에는 방호복을 벗었다.

 하루 만에 뚝딱 기억을 듣게 될 수도 있겠지만, 기억을 가진 사람이 어떤 사람이냐에 따라서 기억을 듣는 데에 몇 날 며칠 더 긴 시간이 필요할지도 몰랐다.

그동안 여기서 머물 곳이 필요했다. 이런 외진 곳에 있는 병원이라면 방문객들 숙소가 있을 거라며 오한은 정원을 가로지르기 시작했다. 가는 김에 직원들에게 해도연에 대해서도 물어보겠다고. 오한이 해도연을 언급하자, 0수는 오한을 따라나섰다.

오한과 함께 병원 건물로 향하던 0수는 문득 뒤를 돌아봤다. 기특은 두리번거리며 주변을 둘러보고 있었지만, 영수는 등을 보인 채 숲을 향해 붙박이가 되어 서 있었다.

'도대체 뭘 하고 있는 건지.'

0수는 자신에게서 나왔지만 자신과는 어딘가 다른 영수를 보느라 한동안 멈춰 섰다가 다시 오한을 쫓았다.

숲을 향해 선 영수는 귀를 기울이고 있었다. 바람이 숲을 돌아오는 소리. 사람을 감돌 때는 고요하다가 숲을 만나면 소리를 내는 바람들.

영수는 그리고, 시선을 빼앗겨 있었다. 언제나 두 눈을 머물게 하는 풍경, 바람에 흔들리는 나무들에게.

누가 영수에게 좋아하는 게 뭐냐고 묻는다면, 물론 여태 물은 사람은 아무도 없었지만, 영수는 언제나 바람에 흔들리는 나무를 보는 일이라고 답할 수 있었으니까.

"저거 보는 게 그렇게 좋아?"

"네? ……뭐요?"

"바람에 나무 흔들리는 거. 그거 보는 거지?"

기특이었다. 영수를 좋아하겠다고 무작정 선언한 후로 그 마음을 착실하게 실천 중인 스물.

사소한 이해의 기척도 알아채는 기특은 타인을 헤아릴 때도 똑같이 예민했다. 예민함은 까탈스럽고 피곤한 결의 마음이지만 타인을 이해하는 데 더없이 좋은 바탕이기도 하니까, 영수는 기특이 좋아하는 사람이니까, 좋아하는 사람을 향하는 감정은 모든 마음을 가져다 쓰게 마련이니까, 그래서 기특은 영수에게 이런 질문을 할 수 있었다.

영수가 이 질문을 받은 건 서른 인생에 처음이었다. 영수는 기뻤다. 영수는 오랜 시간 애정했던 마음을 누군가에게 들려줄 수 있어 신이 났다.

영수는 기특을 새삼 봤다. 영수는 기특에게 왜 그런지를, 바람에 흔들리는 나무를 보는 걸 왜 좋아하는지를, 몹시 또 잘, 아주 정확하게 설명하고 싶어 입이 바짝바짝 말랐다. 쉽게 입이 열리지 않았다. 그러는 동안 영수의 시선은 계속 기특에게 머물러 있었다.

"……뭘 그렇게 쳐다봐, 요?"

존대 같은 걸 모르는 기특이지만, 영수의 대놓고 바라보는 시선에 괜히 주눅이 들어 기특은 절로 존대가 나왔다. 자신을 향한 시선을 대체로 애정으로 받아들이는 기특은 영수의 눈빛을 오해하기 시작했다.

기특을 향한 영수의 시선은 쉽게 거둬지지 않았다. 바람에 흔들리는 나무를 향한 오래된 마음을 제대로 전해야 했기 때문에, 영수는 소심할 만큼 신중한 사람이었기 때문에, 머릿속으로 아직도 단어를 고르는 중이었기 때문에, 머릿속이 분주해 지금 자신의 두 눈이 어디를 향해 있는지도 몰랐기 때문에, 사실 멍때릴 때 초점 없는 눈 그거랑 비슷한 상태인데 하필 기특 얼굴을 향한 것뿐이었기 때문에, 영수는 여전히 기특을 쳐다보고 있었다.

하지만 영수가 기특을 바라보는 시간이 길어질수록 기특의 마음은 점점 커져만 간다. 영수는 그저 보고 있지만, 기특은 영수의 두 눈에서 이야기를 찾는다.

오해의 스토리는 어쩜 언제나 그렇게 급진전인지. 기특은 결국 돌아섰다. 영수의 시선, 영수가 전하는 이야기 모두 기특에게는 너무 뜨거웠다. 마주할 수 없을 만큼. 기특은 서둘러 멀어지며 중얼거렸다.

"씨발 졸라 뜨거워."

잔뜩 오해한 기특은 혼자 또 저만큼 앞서가고, 우리 신중한 영수는 아직도 건넬 말을 정리 중이고.

17

오한은 객실 프런트 담당 직원에게 방문객용 1인실 네 개를 안내받았다. 직원 중에 해도연이라는 사십 대 여성이 있는지도 물었다.

해도연이라는 이름을 언급하자마자 직원은 안다고 고개를 끄덕였다. 같은 부서긴 한데 청소관리과 직원이라고. 어떻게 이름만 듣고 아느냐, 잘 아는 사이냐, 오한은 다시 물었고, 직원은 그 언니 그냥 좀 유명해요, 말할 뿐 말끝을 흐렸다.

오한은 청소관리과를 찾아가 해도연이 입원 병동 4층 담당이라는 걸 알아냈다. 뒤따라온 0수는 있는 듯 없는 듯 오한이 하는 대로 보고만 있었다. 일행이 아닌 듯 멀찌감치 떨어져 있기도 했다.

오한은 그러거나 말거나 할 일만 했다. 오한은 입원 병동 4층으로 올라갔다. 복도로 들어서며 출입문이 열린 병실부터 확인했다. 청소 중이면 문을 열어뒀을 터였다.

마침 문이 열린 병실이 있었다. 4층 5호였다. 청소 중인 직원이 보였다. 검은색 직원용 원피스에 흰색 앞치마를 한 단정한 모습이었다. 얼핏 오한 쪽으로 몸을 틀 때 오른쪽 가슴에 달린 이름표가 보였다. 해도연이었다.

오한은 열린 병실 문 앞에 섰다. 오한이 있는지도 모르고 해도연은 병실 청소에 열심이었다. 오한이 기척을 내자, 해도연은 자동 반사처럼 일순간에 고개를 돌려 오한을 툭 봤다. 정확히는 오한의 얼굴을 봤다. 누가 왔는지가 아니라, 얼굴의 형태만 확인하려는 것처럼.

"금방 끝내고 나갈게요."

흥미 없는 얼굴이었는지 더는 오한을 쳐다보지도 않고 해도연은 짧게 말했다.

오한은 '당신에게 가장 소중하고 인상적인 기억이 무엇인지 들어보러 왔다'는 말은 꺼내지도 못하고 날씨며 근무환경 따위를 먼저 묻기 시작했다. 늘 대놓고 보는 자신의 재능을 십분 발휘해 해도연을 뜯어봤다.

오한과 대화를 나누는 동안에도 해도연의 일손은 바지런했다. 그렇다고 일을 좇는 시선에 감정이 느껴지지는 않았다. 마음은 다른 곳에서 분주한 듯 보였다.

그러나 오한은 해도연의 마음이 어디에 있는지 짐작할 수 없었다. 바로 앞에서 눈으로 보고 귀로 들으며 해도연과 대화를 나누고 있었지만 해도연은 쉽게 헤아려지지 않는 사람이었다. 사람을 꿰뚫어 본다면 보는 오한에게도 해도연은 그런 사람이었다.

 해도연은 오한을 세워두고 가만히 청소를 이어갔다. 한 공간에 있는 오한에게 해도연은 특별히 무심했다. 의도하지 않았다 하더라도, 아니 드러내려 하지 않았지만 해도연에게는 사람을 밀어내는 유난스러움이 있었다. 그 차분한 유난이 사람을 어렵게 했다.

 오한은 유난히 어색했다. 의도하지도 드러내지도 않았으니 대놓고 방어하거나 따질 수도 없었다. 하지만 오한은 분명히 느꼈다. 물성이 있는, 심지어 딱딱하게 고체로 굳은 어떤 아우라가 해도연을 몇 겹으로 감싸고 있는 것 같았다.

 해도연은 침대를 정리하고 어질러진 물건들을 제자리에 놓고 먼지를 털고 바닥을 쓸고 닦았다. 청소를 제대로 끝마쳤나 둘러보다가 방에 없던 물건을 본 것마냥 오한을 새로이 발견했다. 오한에게 가벼운 목례를 하고 해도연은 병실을 빠져나갔다.

 '유명하다더니 기가 센 걸로 유명한 거였나?'

 '도대체 저 외벽을 어떻게 뚫지?'

 오한은 심각해진 얼굴로 병실을 나왔다. 병실 앞에는 일행들이 와 있었다. 어디 있었는지도 몰랐던 0수와 언제 왔는지 모를 엉수, 그리고 기특이 다 함께 서 있었다.

 넷은 객실로 이동했다. 이동 내내 말이 없던 오한이 각각에게 1인실 키를 건네며 입을 열었다.

 "아우라라고 하죠? 투시하고 뭐 그래야 보이는 기운 같은 거.

맨눈으로 보면 보이지도 않는 거. 근데 그 사람은 보여요. 보이는 정도가 아니라, 진짜 땐땐한 벽이야. 실제로 만져질 거 같은 아주 차가운 파란색 벽. 부딪히면 아프겠어."

"뭔 소리?"

"그 벽을 뚫고 말을 걸기도, 아니 물으면 답은 곧잘 하는데 대답에 영혼이 없어. 어디다 정신을 팔고 사는지 도통 모르겠어요. 그 사람한테 속에 있는 이야기를 끌어내기는 너무 힘들 것 같은데, 어쩌죠?"

오한은 영수와 0수, 기특을 번갈아 바라봤다.

"저는 벽이 없는 사람한테도 벽을 느껴요."

"나는 내 벽 뚫기도 힘들어요."

"나는, 그 여자 별로."

영수, 0수, 기특의 답을 차례대로 들은 오한은 곤란한 듯 잠깐 생각에 잠기더니, 영수를 쳐다봤다.

"그래도 그쪽이 해야 하지 않을까? 그쪽은 이런 일 하려고 온 거잖아?"

오한의 말이 틀리지 않아서 영수는 당황했다. 영수 자신은 그런 일을 하려고, 어떻게든 0수를 살게 하려고 누군가 여행이라 부르기도 했던 이 일정에 동행하게 된 거니까.

해도연에게 다가가는 일을 영수는 머릿속으로 그려보았다. 그 사람을 감싸고 있다는 그 벽의 두께에 대해서도 가늠해보았다. 그 벽을 뚫는 건 의지일까, 의도일까? 아니, 얼마만큼의 의지를 가진 의도여야 할까? 하지만 의도를 가지고 있다는 게 상상 속에서도 이미 맘에 걸리는데, 의도는 꼭 가져야 하나? 의도가 아니면 어떤 마음이어야 하나? 다가가는 마음 그것은 뭐지? 다가간다는 건 어디까지를 말하는 거지? 근데, 나 어떻게 다가가나? 나 진짜 다가가는 건가? 아니, 내가 누구한테 다가갈 수는 있는 인간이긴 한가?

그 와중에 머릿속으로 그리는 게 표정으로 투명하게 빠짐없이 다 드러나고 자빠져 있는 영수였다. 오한은 그런 영수가 답답하고, 0수는 애틋하고, 기특은 신경이 쓰였다.

"차근차근 접근해야 할 거야. 조금씩 거리를 좁혀가는 거지. 처음에는 주변을 맴돌면서 그 사람에 대한 정보를 좀 모으고, 어떤 계기를 만들어서 말을 트고, 조금 가까워지고, 어떻게든 또 가까워지고 더 가까워져서 결국은 속 이야기를 나누는 사이까지 되어서."

영수를 그냥 두면 한세월 동안도 저러겠다 싶어 오한이 영수를 종용해댔다. 그런 말들을 듣고 있는 것만도 부담이었던 건지 영수는 오한의 말을 자르며 엉겁결에 대답했다.

"아, 알겠어요. ……한번 해볼게요. 어떻게든."

영수이 대답을 마지막으로 논의는 끝났다. 일행은 각자의 방으로 흩어졌다. 방들은 붙어 있지 않았다. 심지어 층이 다르기도 했다.

0수는 영수와 다른 층인 게 신경이 쓰였다. 혼자 멀어지는 영수가 0수는 걱정이 되었다.

  영수 또한 0수가 걱정되었지만, 기억을 듣겠다고 여기까지 온 0수에게 무슨 일이 있을까? 죽으려 들기야 할까? 영수는 0수를 걱정하는 마음을 미뤘다.

18

 영수는 아침 일찍부터 입원 병동 입구에서 해도연이 나타나기를 기다렸다. 직원복을 입은 해도연이 입원 병동 4층으로 올라갈 때 따라갔다. 막상 얼마나 가까이 다가가야 할지, 무슨 말을 건네야 할지 전혀 판단이 되지 않았다. 일단은 해도연을 좀 알아보자 싶었다.
 해도연은 근무시간에 근무를 했다. 병실 청소를 하고 정리를 했다. 세탁실로 내려가 세탁물을 빨고 건조하기도 했다. 그러는 동안 영수는 멀찍이서 해도연을 지켜볼 뿐, 해도연에게 말 한마디 건네지 못했다.
 근무시간이 끝나자 해도연은 환복을 위해 직원 휴게실로 향했다. 영수는 직원 출입문을 노려보고 있다가 해도연이 나오자 몰래 따라붙었다. 해도연은 병원을 벗어났다. 병원을 벗어난 후로는 방호복을 입어야 해서 들킬 염려가 줄었다.
 해도연은 곧장 집으로 향했다. 해도연은 낡은 빌라촌 앞에서 사라졌다. 영수는 어차피 집 바로 앞까지 따라갈 생각은 없었다. 그건 해도연의 사생활을 침범하는 것 같았으니까.

영수는 빌라 초입에서 기다렸다. 해도연은 방호복 위로 사이즈가 넉넉한 크로스백을 메고 나타났다. 해도연은 큰길로 나서자마자 마침 정류장에 멈춰 있는 버스로 달려가 올라탔다. 영수도 서둘러 그 버스에 올랐다.

해도연은 어느 동네에서 내렸다. 버스에서 내리자마자 해도연은 크로스백에서 뭔가를 꺼내 오가는 사람들에게 건네기 시작했다.

영수는 조심스럽게 다가가 봤다. 해도연이 돌리고 있는 건 전단지 같은 거였다. 홍보 알바라도 하는 건가? 돈에 미친 사람이었나? 싶었는데, 유인물에는 사람 얼굴이 있었다.

뭘 홍보하는 게 아니었다. 사람을 찾는 용도였다. 해도연은 유인물을 돌리면서 유인물을 받는 사람의 얼굴을 똑바로 쳐다봤다. 한 사람의 얼굴이라도 더 확인하려는 듯.

해도연은 다른 동네 또 다른 동네로 옮겨 다니며 누군가의 얼굴이 그려진 종이를 행인들에게 건넸다. 아주 오래 해온 일인 듯 익숙하게, 쉼 없이, 기계적으로.

해가 떨어졌다. 해도연은 유인물을 건네며 휴대폰 플래시로 상대방의 얼굴을 비춰 언성을 높이게 했다. 싸움으로 번질 뻔도 했다. 밤이 깊어질 때까지 위태롭게 그 짓을 하고 나서야 해도연은 집으로 돌아왔다.

영수는 동료 직원들에게 해도연에 대해서 물어보기도 했다.

여기서 일한 지 십 년은 된 거 같다, 심지어 주 7일 근무자다, 그런데도 퇴근하고 매일 또 어디를 가는지 바쁘다, 근데 왜 바쁜지는 모른다, 왜 바쁘대? 주 7일 근무자였어? 동료들은 십 년을 지속한 무관심을 전했다.

해도연은 주 7일을 똑같이 보냈다. 매일 그렇게 살았다. 남편도 아이도 없는 듯했다. 사십 대가 되었으니 아이와는 떨어졌을 수 있다지만 결혼을 했다면 남편과는 같이 살 수도 있을 텐데 해도연은 온전히 혼자였다.

해도연은 가족이 없는 사람이었고, 가족 혹은 친척 누가 자살을 했는지 몰라도 근무일이 이틀이나 늘어난 주 7일 근무자였으며, 퇴근 후에는 하루도 빠짐없이 누군가를 찾고 있었다. 매일 해도연을 따라다닌 영수는 일주일이 지나기도 전에 그녀의 삶에 질려버렸다.

"너무 갑갑한 인생이잖아."

해도연은 오늘도 어제와 한 치의 다름도 없는 하루를 보내고 있었다. 만난 적 없는 타인에게 원하지 않는 유인물을 들이밀며 대놓고 얼굴을 살폈다.

제발 무심하면 좋으련만, 감정을 드러내는 사람들이 많았다. 대놓고 불쾌해하는 사람들이 많았다. 윽박지르는 사람들도 있었다. 인간은 바이러스의 숙주일 뿐이라며 묻지마 살인을 하고 다니던 미친놈들도 있지 않았나, 시절이 어떤 시절인데, 영수는 해도연이 막연히 걱정되었다. 이토록 인간의 무심함을 바란 적이 없었다.

영수는 해도연이 찾는 그 얼굴이 궁금해졌다. 도대체 누굴 저렇게 찾는 건지.

"잃어버린 자식이라도 찾나?"

다가가서 모르는 척 유인물을 받아볼까? 망설이던 영수는 조심스럽게 해도연과의 거리를 좁혀갔다. 해도연 뒤쪽에 서 있다가 해도연이 돌아볼 때 유인물을 받을 작정이었다.

영수는 사람들 속에 섞여 모르는 척 해도연에게 다가갔다. 매번 유인물을 받는 사람의 얼굴을 꼭 확인하는 해도연이었기에 혹시나 며칠째 주변을 맴도는 자신을 알아보지는 않을까, 긴장이 되기도 했다.

영수는 지나가는 척하며 해도연이 건네는 유인물을 잡았다. 어서 멀어지려는데, 해도연은 유인물을 놓지 않았다. 영수의 몸이 틀어지며 해도연과 눈이 마주쳤다. 건조한 눈빛이었다. 감정은 사라지고 목적만 남은 시선.

해도연은 영수의 얼굴도 재빨리 스캔했다. 하지만 영수를 알아보지는 못했다. 알아보는 데는 관심이 없었다. 해도연은 자신이 찾는 얼굴인지만 확인하곤 시선을 거두었다. 그리고 다른 사람에게 또 유인물을 내밀었다.

영수는 해도연에게서 멀어지며 유인물을 들여다봤다. 사람을 찾는다는 메모와 그 사람의 얼굴, 그리고 본인의 연락처가 남겨져 있었다. 손으로 그린 몽타주를 프린트한 종이였다.

십 대 후반, 혹은 이십 대 초반 정도의 남자 얼굴이었다. 영수는 그 얼굴을 들여다보다가 걸음을 멈췄다. 발걸음이 저절로 멈추어졌다. 사진이 아닌 손으로 그린 그림이라 정밀하지는 않았지만, 누군가와 닮았다는 생각이 들었다.

'······누구지?'

하지만 그뿐, 영수는 그림 속의 그 얼굴이 누군지 알 수 없었다.

*

영수는 오한과 기특, 0수에게 그간의 경과를 보고했다. 일주일이 지났지만 영수의 성과라고는 영수가 내미는 유인물 한 장뿐이었다.

해도연이 들고 다니며 매일 찾고 있는 얼굴이 그려진 유인물. 기특과 0수, 오한은 그 유인물을 들여다봤다.

"누구 닮은 것도 같고?"

기특도 그렇게 말했지만, 누구라고 특정하지는 못했다.

"무작정 이렇게 기다릴 수는 없어요. 우리에게 무한정의 시간이 있는 게 아니니까."

오한이 말했다.

"두 번째 기억을 먼저 듣는 게 어때요? 두 번째 기억을 가진 사람은 해도연보다 쉬울지도 모르고, 또 혹시 알아? 두 번째 기억에서 첫 번째 기억의 단서를 찾을지? 어떻게 생각해요들?"

오한이 의견을 구했고, 뾰족한 수가 없었던 영수와 0수는, 의견이랄 게 없는 기특도, 그 의견에 찬성했다.

두 번째 기억은 E구역에 있다고 했다.

19

 거주지 등록법에 따라 E구역은 가장 나이가 든, 바이러스 감염에 가장 취약한 자들이 살았다. E구역은 바닷가에 흩어져 있었다.

 바다로는 외지인들이 드나들었다. 어떤 바이러스를 안고 들어올지 예측할 수가 없었다. 신종 바이러스 전염 우려가 다른 곳보다 훨씬 높았다.

 그러니 거기 면역력이 가장 강한 A구역이 있어야 되는 게 아니냐는 의견들도 있었다. 하지만 어떤 바이러스는 젊은 사람들도 쉽게 죽였다. 새로운 바이러스가 어떨지 아무도 몰랐다.

 그래서 거기 가장 나이 든 사람들이 있었다. 늙은 그들에게 좋은 전망을 주려는 배려가 아니었다. 그들은 이미 죽음에 가장 가까워진 사람들이었다.

 C구역에서 E구역을 가려면 다시 B구역을 지나가야 했다. 심지어 E구역이 C구역보다 B구역과 가까웠다. 이럴 거면 애초에 E를 먼저 가지 뭐 하는 짓이냐, 운전대를 잡은 기특이 투덜거렸

지만 기억을 판매한 순서대로 듣는 게 좋을 것 같았다고, 오한은 일축했다.

일주일 동안 해도연과 붙어 다니면서 해도연이 가진 첫 번째 기억을 듣기는커녕 말 한번 제대로 건네지 못한 영수를 모두가, 평소의 스타일로 보면 특히 기특이 몹시 혼낼 만했으나, 기특은 영수가 그런 신중한 스타일인 게, 아무에게나 수작을 거는 스타일이 아닌 게 또 좋았다.

사실 자신의 차 뒷자리에 영수만 있다면, 기특은 아무리 꼬여 있고 먼 드라이브라도 좋았다. C에서 다시 A를 찍고, B를 갔다가, D를 돌아 E로 간다 해도 영수와 함께라면 기특은 좋았다.

차는 길고 곧은 어둠 속을 날리고 있었다. 지속되는 어둠에 노곤해질 즈음 기특이 입을 열었다.

"E구역은 완전 바이러스 덩어리라 E구역에 들어갈 때부터 방호복 절대 한순간도 벗으면 안 되고, 또 그 뭐야, E구역에 대해서 들어들 봤지? E구역 괴담들? 응?"

기특은 E구역 괴담에 대해서 들려줬다. E구역에는 죄다 할머니, 할아버지들뿐이라고 알려져 있지만 사실은 정말 E구역에 뭐가 사는지 정확히 아는 사람이 없다고.

"왜냐, 찾아가는 사람이 아무도 없으니까. 아무도."

실제로 E구역에는 죽었다가 깨어난 사람, 그러니까 좀비 같은 사람도 살고, 아예 안 죽는 사람, 그러니까 뱀파이어 같은 영생하는 것들도 있고, 나이는 백 살인데 몸뚱이를 하도 관리해서 삼십 대 같은 그런 사람들이 널렸으며, 하도 아무도 안 찾아오니까 노인들이 누구든 찾아오는 사람은 아예 돌려보내지 않는다는 말도 있고, 게다가 젊은 사람들, 어쩌다 젊은 사람들이 찾아오면, "잡아먹는대요?" "원기 보충?" 영수와 0수가 놀리듯 거들자 오한이 말했다.

"내가 듣기로는 도망 못 가게 평생 가둬놓고 이야기 들려준다던데, 자기 젊었을 때 이야기. 계속 반복해서."

"와 소름, 귀에서 피 나겠다."

오한의 대놓고 놀리는 말에 영수가 맞장구쳤다. 그럼에도 기특은 굳은 얼굴로 더욱 진지하게, 봐봐, E구역을 찾아가는 사람도 없지만 찾아간 사람 중에 돌아온 사람은 진짜 없다고 진짜. 잡혀서 평생 일하거나,

"왜 복제인간 키워서 간이고 쓸개고 막 다 빼서 오래 살잖아? E구역은 젊은 사람들이 가면 복제인간한테 하듯이 그냥 잡아 죽여서 장기들 다 빼서 자기들 장기랑 바꾸고."

영수와 0수는 어쩐지 좀 난처해했고, 다시 오한이, "실제로 장기 밀매가 E구역에서 가장 많이 일어난다는 기사는 본 적 있는 거 같네"라며 놀리는 데 재미를 붙인 건지 덧붙였다.

"그러니까! 우리 지금 하나 둘 셋 넷 가면 거기 노친네들 힌 열 명은 다시 건강해질 텐데, 우리 못 돌아오면 어떡해?"

기특은 그래도 가야 되냐, 그냥 다시 C구역 가서 해도연의 첫

번째 기억부터 듣는 게 어떠냐, 이번엔 내가 나서보겠다, 그러다가, 아 이딴 게 도대체 어째서 여행이냐, 며칠 전 자신이 뱉은 말을 근본부터 부정하더니, 정말 갈 거냐, 가서 뭐라고 할 거냐, 우리는 누구라고 할 거냐, E구역 노인들 찾아오는 사람도 없는데, 엄청 막 경계하고 그럴 텐데, 우리를 뭘로 믿게 할 거냐, 끊임없이 분연히 물었다.

듣고 보니 다 맞는 말이었다. 이렇게 넷이 가면 이목을 끌 거였다.

"뭐라고 할 거? 우리 넷 정말 뭐라고 해?"

기특이 다시 다그쳤고, 영수와 0수, 오한도 그제야 답을 생각해보기 시작했는데, 그때, 제법 큰 날벌레 하나가 열린 차창으로 들어왔다.

그 순간, 멍청한 얼굴로 생각에 잠겼던 삼십 대 하나가 일말의 망설임도 없이 날벌레를 맨손으로 쳐 죽였다. 정적이 생겼다.

정적이 길어지나 싶었을 때, '여기까지 B구역입니다'라는 경계 표지판이 보였고, 곧 '여기서부터 E구역입니다'라는 표지판도 나타났다.

기특은 끼이익 차를 멈췄다. 약속이라도 한 듯 모두 차에서 내렸다. 경직된 얼굴로 서로의 방호복들을 꼼꼼하게 체크했다. 넷은 방호복 체크를 끝내고 차에 다시 올랐다.

묘한 긴장감이 감돌았다. 차를 출발시키기 전, 기특이 재차

물었다.

"정말 우리 뭐라고 해? E구역에 왜 왔다고 해?"

"노인들만 산다니까, 아무래도 부모님을 만나러 왔다고 해야 하지 않겠어?"

"아무래도 그렇겠지?"

영수와 0수가 말을 주고받았다.

"넷이 같은 부모님? 다른 부모님?"

기특이 따졌고, "다 다른 부모님 아니겠어? 아, 우리 둘은 같다고 해야지. 얼굴이 같으니까"라고 0수가 대답했는데, 기특은 어이없어하며 대꾸했다.

"동네 빤할 텐데, 부모 누구? 김씨! 양씨? 박씨! 뭐? 변씨? 막 이렇게 다 찾아낼 텐데, 그럼 거짓말인 거 바로 알지 않겠어? 아니, 이런 것도 준비 안 하고 여기까지 온 거야? 아 진짜 세상 너무 쉽게 생각하네 이 사람들."

흥분해서 떠들어대던 기특이 갑자기 물었다.

"……근데, 그 사람 사는 곳은 등대라 하지 않았나? 요즘도 등대가 있나? 등대에 사람이 살아? 그거 다 자동으로 작동되지 않니?"

"아, 그거 알아요? 옛날에는 공무원들이 전망 좋은 곳에 등대를 짓고 별장처럼 썼대요."

기특의 질문에 영수가 분위기를 바꿔보려고 아는 척을 했는데, 눈치 없이 오한이 살벌하게 받아쳤다.

"더 옛날에 등대는 사람을 가두는 용도로 썼어."

"……찝찝해. 계속 찝찝해."

기특은 그렇게 말하고 입을 닫았다.

주변은 인적이 완전히 사라져 있었다. 묘한 긴장감이 다시 이어졌다. 다시 정적이 흘렀다.

그리고 다시 기특이, 닫았던 입을 열었다.

"……계속 궁금했는데, 우리가 찾는 기억이라는 걸 어떻게 알아? 딱 들어보면 그냥 아나? 감으로?"

"편집자들이 표식을 남긴대. 자신이 편집한 기억은 자신이 알아볼 수 있는."

0수가 대신 답했고, 기특은 오한에게 직접 물었다.

"그게 뭔데?"

오한은 답하지 않았다. 영수가 다시 물었다.

"이제는 말해줘도 되잖아요. 함께 지낸 지가 벌써 며칠인데, 네?"

오한은 아직 한참 더 가야 된다는 엉뚱한 대답만 했다.

도대체 그놈의 표식이 뭐냐, 기특과 영수 또 0수가 번갈아가며 여러 번 더 묻고 난 후에야 오한은 입을 열었다. 그러곤 짧게 답했다.

"노래."

"……."

"노래? 그게 무슨 말이야? 무슨 노래? 누구 노래?"

설명이 부족하다는 듯 기특이 다시 물었다.

"우소하."

자신이 편집한 기억에서는 항상 배경음악으로 우소하라는 가수의 노래가 나온다고 오한은 말했다. 지금은 잊힌 오래전 가수이기 때문에 그 가수의 노래를 우연히 들을 확률은 거의 없다고, 기억 매매를 한 자의 기억에서 그 가수의 노래가 나온다면 그 기억은 본인이 편집한 기억이 확실하다고 오한은 덧붙였다.

"잊히긴 했지만, 여전히 내가 가장 좋아하는 가수야. 그리고,"

오한은 이어 말했다.

"부모님 만나러 왔다고 할 수 없어. 우리가 만나러 가는 사람은 이십 대니까."

갑작스레 비가 쏟아졌다.

20

0수는 E구역에 가까워질수록 이상하리만큼 긴장되었다. 첫 번째 기억을 들으러 C구역에 갈 때만 해도 이렇지 않았는데, 첫 번째 기억을 듣지 못한 채 떠나와서인지 순전히 E구역이 주는 막연한 두려움 때문인지 0수는 이런저런 생각들로 머리가 복잡했다.

'내가 팔아버린 기억들이란 게 도대체 뭘까?'

'그 기억들을 듣게 되면 나는 정말 달라질까? 그 기억들을 되찾게 되면 속에 가득 찬 이 무력감이 사라지게 될까? 그럼 나는 스스로 죽는 일에 대한 생각을 거두게 될까? 그런 생각이 줄어들기는 할까?'

0수는 문득 기특을 봤다. 아까부터 기특은 백미러로 계속 영수를 살피고 있었다. 영수는 잠이 들어 있는데도 기특은 영수와 눈이 마주친 사람처럼 웃는다.

'니가 복제인간인 걸 알아도 기특은 너를 좋아할까?'

비가 더욱 거세졌다. 분명 바다 냄새가 나고 있었는데, 거세진 비가 모든 걸 차단시키는 듯했다. 시야도, 거리감도, 방향감도.

분명 바다를 향해 가고 있다고 확신했는데 그 확신마저 흔들렸다. 바다는 비가 만든 장막 너머 찾을 수 없는 어딘가에 갇혀버린 것만 같았다.

그 요란한 비의 장막 안에서 영수는 태연하게 잠들어 있었다. 잠꼬대를 하는 걸 보니 꿈을 꾸고 있는 듯했다. 0수는 그런 영수를 신기한 듯 바라봤다.

'복제인간도 꿈을 꾸나? 무슨 꿈을 꾸고 있는 걸까?'

영수는 미간을 모으고 인상을 쓰다가도 희미하게 미소 지었다. 그러다 결국 눈물을 흘리며 깼다. 누가 깨운 것도 아닌데 그 꿈은 원래가 거기까지인 듯 영수는 스스로 깨어났다.

"꿈이라도 꾼 거야?"

"응?"

"꿈을 꿨냐고, 무슨 꿈 꿨어?"

"아, 기억이 안 나."

"울었는데?"

영수는 남아 있는 눈물을 닦아냈다.

"나 진짜 울었네? 꿈에서도 울었는데, 감정만 기억나."

0수는 영수 말이 너무 인간 같아 걱정되었다. 뭔가 잘못 만들어진 게 아닌가 해서.

'괜찮은 거지?'

0수는 속으로만 영수에게 물었다.

*

비는 그칠 줄 몰랐다. 오히려 더욱 쏟아졌다. 0수는 차창에 서린 김을 닦으며 밖을 내다봤지만 어딘지 알 수 없었다. 바로 앞도 보이지 않았다. 와이퍼가 비를 계속 밀어내고는 있었지만 시야를 확보하기 힘들었다. 운전 초보가 달릴 수 있는 길이 아니었다. 기특은 겁이 났는지 큰 목소리로 오한에게 말했다. 욕이 섞여 있었다.

"씨발 진짜! 이제는 믿을 때도 되지 않았어요? 왜 매번 주소를 안 알려줘? 어서 주소 좀 알려달라구요!"

그제야 오한은 주소를 불렀다. 기특은 다급하게 주소를 입력하고 운전대를 놓았다. 차에게 운전을 맡겼다.

차는 우선 속도를 줄였다. 기특에게 느껴졌던 다급함이 금세 사라졌다. 이어서 와이퍼의 움직임이 멎었다. 아무리 빨리 움직여도 비를 거둬낼 수 없다는 걸 안 건지 아니면 자율주행에는 시야가 상관없어선지.

사방은 비로 갇히고 비로 어둡고 비로 소란했다. 빛을 발하는 건 작은 내비게이션뿐이었다. 모두 그 빛만 봤다. 자각할 순 없었지만 내비게이션 안에서 두 개의 점은 가까워지고 있었다. 거리를 좁혀가던 두 개의 점이 겹쳐지기 직전에 차가 멈췄다. 더는 길이 없는 건지 내비게이션이 찾지를 못하는 건지 차는 움직이지 않았다.

주변은 여전히 비로 가려져 있었다. 차 문을 열면 비가 만든 벽에 부딪혀 열리지 않을 것 같았다. 같은 생각들을 하는 건지 아무도 차 문을 열려고 하지 않았다. 그때 기특이 와이퍼를 다시 켰다. 최대 속도로 올렸다.

0수는 자신도 모르게 몸이 앞으로 움직였다. 와이퍼가 밀어내는 비 너머로 뭔가가 드러나길 기다렸다. 영수도 오한도 기특도 차 앞유리 너머를, 와이퍼와 와이퍼 사이 잠깐씩, 아주 잠깐씩 만들어지는 공백 너머에서 뭔가를 찾으려고 애썼다. 하지만 어둠뿐이었다.

"등대라면서?"

기특이 짜증 섞인 목소리로 오한에게 물었다.

"등대 그거 저기 먼 바다에서도 보여야 되는 거 아냐? 그런 거 잖아? 비 좀 온다고, 비가 좀 많이 오긴 하지만 그렇다고 등대 불빛이 어떻게 안 보여? 주소 제대로 안 거 맞아?"

"등대에 사는 사람이 어딨겠어? 주소는 그 사람이 사는 곳이고 근무지가 등대라는 이야기겠지. 등대라는 게 바다에서야 어디에서든 보이지만 육지에서 보라고 만든 건 아니니까 여기서 안 보일 수도 있겠지 뭘."

오한은 심드렁하게 답했다. 그러면서도 쉽게 차에서 내릴 생각은 안 했다. 가장 먼저 문을 열려고 한 사람은 오히려 영수였다. 0수는 생각했다.

'아무래도 우리 인간들보다는 감정이 결여되어서가 아닐까? 그래서 두려움 또한 덜 느끼는 게 아닐까? 그래서 아까도 태연하게 잠든 거였나?'

그때, 쿵! 하는 소리가 들렸다. 외부에서 뭔가 차에 부딪힌 소리였다. 그 소리를 듣자마자 영수도 겁에 질려 다시 문을 닫았다.

기특은 서둘러 차 문을 잠갔다. 차 문마다 있는 잠금장치가 찰칵 소리를 냈다. 그 소리에 0수는 다시 놀랐다. 기특은 와이퍼도 꺼버렸다.

다시 비가 모든 걸 차단했다. 밖에서도 더 이상 수리기 들리지 않았다. 모두가 극도의 긴장감에 빠져들었다. 그때, 아주 옅은 빛이 보이기 시작했다. 거세게 쏟아지는 비 너머로, 분명히 빛이었다.

"등대다!"

기특은 낮지만 희망찬 목소리로 빠르게 말했다. 그리고 차 문을 열려고 했다. 그런 기특의 손을 잡아 말린 것도 영수였다.

"등대 아니에요. 빛이 움직여요."

그랬다. 빛은 천천히 그들의 주변을 움직이고 있었다. 빛은 스스로가 중심이 되지 못하고 넷을 중심으로 돌고 있었다. 등대일 수 없었다.

빛은 차 안을 비추며 넷을 맴돌았다. 차 안의 공간을 차근차근 나누고 쪼갰다. 도망칠 수도 없는 공간을 쪼개고 나누는 바람에 넷은 이리 피하고 저리 피하느라 몸을 비틀고, 움츠리고, 작아지고 있었다.

숨소리마저 신경이 쓰이는 그때, 꼼지락거리는 소리가 들려 0수는 옆을 쳐다봤다. 영수였다. 영수는 주머니에서 휴대폰을 꺼내 휴대폰의 모난 부분이 도드라지게 꽉 쥐었다.

'저런 용기가 어디서 날까? 정말 두려움을 못 느끼는 건가?'

0수는 의아함을 넘어선 경이로움의 시선으로 영수를 봤다.

움직이던 빛이 차 앞유리 너머에서 멈췄다. 드디어 찾았다는 듯 빛은 고정된 채 차창 너머 넷을 주시하고 있었다. 빛은 노려보고 꿰뚫어 보고 있었다. 넷은 비틀고 움츠리고 작아져 더는 숨을 곳이 없었다. 모두가 극도로 겁에 질려 있던 그때였다.

"켜요!"

영수가 외쳤다. 뭘 왜 켜라는 건지 알 수 없었지만, 그 말을 들은 기특이 와이퍼를 켰다. 와이퍼를 켜자 차창 너머에 있던 빛이 재빨리 사라졌다. 정확히는 돌아서 멀어졌다.

그 순간, 영수는 차 문을 열고 쫓기 시작했다.

와이퍼 너머로 도망치는 것의 뒷모습이 얼핏 보였다. 사람이었다. 방호복을 입지 않은 것 같았다. 실외에서 방호복을 입지 않은 사람을 너무 오랜만에 본 탓에, 사람이 맞을까? 의문이 들어 0수는 잠깐 섬뜩했다. 기특이 곧 뒤따라 내렸고, 이어 오한도 차에서 내렸다.

마지막으로 0수가 차에서 내려 차 앞쪽으로 다가갔을 때는,
"그만해!!!"
오한의 목소리가 크게 울리고 있었다.

*

영수는 누군가의 몸에 올라타 휴대폰을 쥔 주먹으로, 그 폰의 모난 끝으로, 그 사람의 얼굴을 내리치고 있었다. 누군가의 손에서 떨어져 나갔을 빛이 저기 나뒹굴고 있었다. 손전등이었다.

흔들리던 손전등이 영수의 얼굴을 비추며 멈췄다.

0수는 차 안의 상황이 기억났다.

열린 차창 너머로 날벌레가 들어왔었다. 날벌레치고는 너무 큰데 저걸 어떻게 하지, 차창 밖으로 다시 내보낼 수 있을까 이런 생각들을 하고 있을 때, 조금의 망설임도 없이 맨손으로 날벌레를 쳐 죽이던 영수가 기억났다.

다그치던 기특의 질문에 답을 찾고 있던, 멍청한 얼굴을 하고 있던 영수가 순식간에 다른 얼굴을 했었다.

'너를 만나고 처음 본 낯선 얼굴.'

영수는 지금 다시 그런 얼굴을 하고 있다.

21

 오한의 그만하라는 외침에 영수는 정신이 들었다.

 방호복 얼굴의 유리막 너머로 아래에 깔려 있는 누군가의 얼굴이 보일 듯했다. 쏟아지는 비와 소리, 어둠이 그 얼굴에 흘러내리고 있었다.

 영수가 주저하는 틈을 타 그는 영수를 밀치고 일어났다. 영수는 뒤로 주저앉았고, 그는 순식간에 비와 어둠 속으로 자취를 감췄다.

 영수는 손에 쥔 휴대폰을 내려다봤다. 휴대폰 끝부분에 묻은 피가 막 씻겨 내려가고 있었다. 오한과 0수가 달려왔다. 기특이 0수보다 먼저 내렸음에도 기특은 아직 저기 떨어져 있었다. 영수는 문득 기특을 봤다. 표정까지 보이진 않았지만 겁먹은 게 느껴졌다.

 영수도 이런 자신이 낯설었다. 살면서 폭력을 행사해본 적이 없었다. 그렇게 기억했다. 하지만,

 '그랬던 적이 있었다면? 그랬던 기억이 있었는데, 팔아치운 거

라면?'

'본인이 팔아버린 두 개의 기억 속에 본인이 모르는 본인의 모습이 있다면?'

*

비는 여전하다. 어둠도 그대로였다. 이 속을 배회하는 건 의미가 없었다. 차로 다시 돌아가는 것 말고는 할 수 있는 일이 없었다. 넷은 차로 돌아와 비가 그치거나 어둠이 걷히기를 기다렸다.

오한이 나지막한 목소리로 물었다. 빗소리에 묻힐 만도 한데 또렷했다.

"그렇게 아무나 때리면 어쩌자는 거지?"

잔뜩 굳어 있던 영수가 주눅이 든 목소리로 답했다.

"……차 안을 대놓고 살펴서 ……강도 같은 거면 어쩌나 싶어서."

오한은 목소리만큼이나 위축된 영수를 봤다. 피식거리며 말했다.

"그런 용기가 어디서 났나 했는데, 용기가 아니고 겁을 먹었던 거네."

이번엔 영수가 오한에게 물었다. 조심스러워하는 티가 났다.

"그, 기억 말이에요. 아주 소중한 기억들, 아름다운 기억들만 매매되는 거겠죠?"

그 물음에 오한은 웃었다. 갑작스러운 웃음이 모두를 불편하게 했다.

"누가 소중한 기억이래? 나는 소중한 기억이라고 한 적 없는데?"

"……그럼요?"

"값나가는 기억이라고 했지."

오한의 답에 영수는 눈에 띄게 당황했다. 0수도 기특도 오한 쪽을 쳐다봤다.

오한은 그 반응과 관심을 즐겼다. 그리고 말을 이었다.

"제일 값나가는 기억이 뭔지 알아요?"

오한은 은근하게 되물었다. 하지만 답을 아는 것도 오한뿐이었다.

어쩐지 영수는 불안해졌다. 그러기는 0수도 마찬가지였다. 영수도, 또 0수도 초조함 속에서 오한의 답을 기다리는데, 기특이 끼어들었다.

"볼 것도 없이 연애했던 기억이야."

기특은 단호하게 말했다. 이어지는 말도 확신에 차 있었다.

"그것 말고는 사고팔고 할 것도 없어. 친척 너는 그런 기억을 팔아치워버려서 죽네 마네 우울한 거고, 모자 너님은 앞으로 이제 만들어가면 되고. ……나랑."

기특의 말이 순식간에 분위기를 바꿨다. 기특에게는 그런 힘이 있었다. 그게 스물의 흔한 에너지인지 기특만의 유니크한 기운인지는 몰랐지만 이미 방향이 정해져 쓸려가고 있던 흐름도 틀어버리는 힘이 기특에게는 있었다.

영수가 느끼던 불안도 0수의 초조함도 그 기운에 밀려나 잠잠해졌다. 오한도 피식 웃을 뿐 대답을 거두었다.

"내비로는 이 근처라는 건데, 이제 슬슬 나가서 찾아볼까?"

오한이 내비게이션을 툭툭 치며 말했다. 밖을 보니 그사이 비가 그쳐 있었다. 어슴푸레 날도 밝아오고 있었다.

넷은 차에서 내렸다. 누군가가 사라졌던 방향이 길잡이가 됐다. 넷은 그 방향으로 걸었다.

안개가 짙었다. 안개 때문에 그들이 밟고 있는 좁은 길만 겨우 보였다. 넷은 길이 사라질까 봐 길만 쫓았다. 그렇게 한참을 걸었을 때, 비의 비린내를 뚫고 바다의 짠내가 난다 싶더니 희미하게 파도 소리가 들려왔다. 이어서, 안개 속에서 빛이 보였다. 고정되어 있는 빛, 등대였다.

"등대다!"

기특이 말했다.

그들은 걸음을 멈추고 그 빛을 가만히 바라봤다. 그러자 그 빛과 조금 떨어진 곳에서 또 다른 빛이 드러났다. 그들은 두 번째 빛을 향해 조금 더 걸었다.

방호복을 입은 넷이 긴 모래사장이 시작되는 곳을 걷고 있었다. E구역은 인류의 흔적이 사라진 듯했다. 그들 넷이 유일한 인류 같았고, 그래서 그곳은 영수가 늘 농담처럼 말하던 새로운 행성 같기도 했다.

그들이 두 번째 빛을 향해 몇 걸음 옮겨놓자, 조금 떨어진 곳에서 다시금 새로운 빛이 드러났다.

"등대가 도대체 몇 개야?"

기특이 의아해했고, "등대가 아닌 거예요." 영수가 답했다. 그리고 그 말이 끝나기 무섭게 수십 개의 빛이 동시에 안개 속에서 솟아올랐다.

해안선을 따라 일정한 거리를 두고 늘어선 등대들이 눈앞에 펼쳐졌다. 하지만 자세히 보면, 빛은 바다를 비출 만큼 밝지도, 또 그만한 의지도 없어 보였다. 등대가 아니었다.

등대는 집이었다. 등대는 E구역에만 존재하는 1인 거주지였다. 거주지는 서로 멀었다. 하나하나 오롯이 고립되어 있었다.

고립의 의지만큼은 확실해 보였다. 바다 앞의 유일한 건축물, 등대와 다를 바가 없었다. 그 위치와 쓸쓸함까지 등대와 닮아 있었다.

"……격리의 끝이네."

오한은 말했다. 늘어서 있는 거주지들을 훑어보더니,

"저 중 한곳에 산다는 말인데."

"직선거리로 가장 가까운 곳부터 가보죠."

기특이 말하고 앞장섰다. 기특은 정면으로 보이는 빛을 향했다. 그 뒤로 영수가, 오한이, 마지막으로 0수가 뒤따랐다.

*

 기특은 자신을 따라오는 영수를 곁눈질했다. 기특은 영수가 사람을 내리치던 모습이 쉽게 잊히지 않았다. 하지만 영수는 강도인 줄 알았다고 했다.
 처음 오는 E구역에서, 온갖 괴담이 횡행하는 E구역에서, 게다가 한 치 앞도 보이지 않는 짙은 어둠에 귀를 막아버리는 거센 비까지, 모두가 두려웠었다.
 차 안을 헤집던 그 빛줄기가 차 앞유리 너머에서 딱 멈췄을 때 기특은 정말 쫄려 뒤지는 줄 알았다. 영수는 그 두려움 속에서 되레 용기를 낸 거다.
 '그 사람이 진짜 강도였을 수도 있지 않나? 우리가 위험해질 수도 있었어.'
 기특은 오한의 물음에 답하던, 강도인 줄 알았다고 말하던 주눅 든 영수의 얼굴을 떠올렸다. 주눅 들어 어딘가 아이 같던, 그래서 순수해 보이고 귀엽기까지 하던 소년미 쩔던 그 얼굴.
 '…….'
 기특은 신경 쓰이던 마음을 떨쳤다. 좋아하는 마음은 계속하기로 했다. 어차피 그 마음은 쉽게 포기도 안 되는 마음이었다.
 기특이 그 마음을 새삼 확인해주자 마음에서 열이 난다. 수시로 열을 내는 기특의 마음. 뜨거운 물이 아니라 기특의 피로 열을 내는 왼쪽 가슴의 보온팩.

'한여름에 무슨 보온팩. 망할.'

"덥다."

기특은 덥다 더워 투덜거리며 바깥의 더위 때문인 양 걸음의 속도를 늦추었다. 뒤따라오던 영수가 자신을 따라잡을 때까지 뭉그적거리다가, 두 사람이 나란히 되었을 때 기특은 영수와 걸음의 폭을 맞추었다.

*

기특이 영수와 보폭을 맞추는 동안 오한은 두 사람을 앞질렀다. 0수는 뒤로 더 처졌다.

빛이 다가와 있었다. 빛은 넷을 충분히 밝힐 만큼 가까이 있었다. 어느 거주지 앞이었다. 오한이 문을 두드리려고 하자, 0수가 말렸다.

"무조건 두드려요? 이 시간에?"

"자면 안 나오겠지. 안 나오면 다음 집."

기특이 대신 답했다.

"그 사람, 이름은?"

0수가 물었고, 오한은 영수를 보며 답했다.

"김다울."

*

　원래 김다울은 A구역에 살았다. 정확히는 A구역에 위치한 집 안에서 살았다.

　김다울은 집 밖을 나오지 않았다. 집 안에서 태어났고, 집 안에서 자랐다. 어릴 적 사고를 겪은 후로는 더욱 집 안에만 머물렀고, 일도 집 안에서 했다. 운동량이 부족해 김다울의 몸은 희고 가늘고 길었다.

　사실 그런 사람은 흔했다. 격리 차원에선 오히려 바람직하기까지 했다.

　김다울은 외동이었다. 부모는 김다울과 함께 살기 위해 최선을 다했다. 최선을 다해 긴장을 유지했다.

　그들은 김다울이 한 번도 입지 않은 방호복을 보는 게 마음 아팠다. 김다울의 키가 자라며 새로운 방호복을 샀지만 그 또한 김다울에게는 쓰임이 없었다.

　부모는 김다울이 조금이라도 진짜 세상을 경험했으면 싶었지만 김다울은 늘 괜찮다고 했다. 증강현실만으로도 충분하다고. 하지만 부모의 생각은 그렇지 않았다.

　김다울이 스무 살이 되었을 때, 부모는 결국 B구역으로 이동 조치 될 거라는 통보를 받았다. 김다울과 함께 살며 언젠가는 살아 있는 경험을 남겨주고 싶었던 부모들이었지만 이제는 그럴 수가 없었다. 앞으로는 자식과 멀어지는 일만 남은 부모였다.

  그때, 기억 매매에 대한 이야기를 들었다. 부모는 김다울에게 의견을 구했다. 떠나기 전 선물로 진짜 경험을 남겨주고 싶은데 어떻게 생각하는지 물었다. 김다울은 쉽게 수락했다. 새로운 증강현실 정도로 여겼다.

  부모는 브로커를 통해 알게 된 회사로 가서 김다울과 함께 타인의 기억들을 살폈다. 기억은 김다울이 직접 골랐다. 그 기억을 시작으로 김다울이 집 밖을 나가 진짜 세상을 맞기를 바라며 부모는 김다울에게 타인의 기억을 심어 넣었다. 물론 기억을 사는 과정에 대한 기억은 지웠다.

  B구역으로 떠나던 날 부모는 새로운 기억을 갖게 된 김다울의 달라진 눈빛을 분명히 보았다. 어떠한 인상적인 경험도 가져본 적 없었던 김다울에게 그들이 심어준 기억의 파장은 컸다. 부모가 예상할 수 없을 만큼, 컸다.

  어느 날, 김다울은 하나의 기억이 떠올랐다. 그 기억은 부모가 떠나가는 슬픔을 가려주었다. 혼자가 된 일상을 메워주었다. 김다울은 그 기억으로 생활했다.

  하지만 충분하지 못했다. 좀 더 기억과 둘만 있고 싶었다.

  김다울은 바다를 바라보며 지어진 집들에 대한 소문을 들었다. 등대처럼 마주해야 할 것은 바다뿐인 거주지라고 했다. E구역에 있었다.

22

 두어 번을 더 두드리고 나서야 문이 열렸다. 오한과 기특, 영수와 0수는 문 앞에 선 사람을 살폈다.

 얼굴에 피멍부터 눈에 띄었다. 노인이었다. 이십 대가 아니었다. 그러니 김다울도 아니었다. 그 사람은 영수가 맞닥뜨렸던 바로 그 누군가였다.

 노인은 방호복을 입은 넷이 낯설었다. 등대에 사는 노인들은 방호복을 거의 입지 않았다. 밖을 나가도 사람을 만날 일이 없어서였다. 혼자라는 걸 새삼 확인할 뿐인 외출을 딱히 하지도 않았다.

 노인은 이들이 몹시 낯설지만 그만큼 반가웠다. 노인은 방호복 중 하나가 자신을 내리친 것도 알았다. 그러면서도 노인은 문을 마저 열었다. 그들을 집으로 들였다.

 노인은 바다를 보는 일에 싫증이 나 있었다. 바람이 만드는 출렁임, 파도가 만드는 산란함, 한시도 같지 않은 바다였지만 노인의 긴 세월 앞에 바다는 정물화가 되어갔다. 노인은 혼자 오랜 시간을 보낸 인간이 그리되듯 스스로에게 지겨워졌다.

 노인은 차라리 육지 쪽을 봤다. 멀쩡한 눈을 두고도 망원경을 샀다. 매일 관찰했다.

 어쩌다 사람이 거리로 나서면 노인은 망원경으로 그 사람을 가까이 당겼다. 표정을 살폈다. 시선을 쫓아 같은 곳을 봤다. 미소를 기다렸다가 함께 웃었다. 울 때도 피하지 않았다. 사연을 짐작해봤다.

 혼잣말을 읽었다. 때로는 답했다. 그 대답 또한 노인의 혼잣말이었지만 길어지는 혼잣말을 모른 척 둘 수는 없었다.

 아는 고양이가 있었다. 새가 내려앉을 곳을 맞췄다. 그래서 그들이 온 것도 가장 먼저 알았다.

 노인은 그들이 이주민이 아니라 방문객임을 단번에 알았다. 이주민이라면 이렇게 늦은, 혹은 이렇게 이른 시각에 올 리는 없었다. 이주민이라면 저 먼 곳에 저렇게 오랫동안 차를 세워둘 리도 없었다. 이주민이라면 이미 모래사장에 모습을 드러내고 불 꺼진 등대 하나를 골라 들어갔을 터였다.

 노인은 멀리 멈춰 선 차를 한동안 지켜봤다. 문득 무인 차량인가 싶기도 했다. 가끔 고장 난 차가 사람도 태우지 않고 자율주행으로 먼 거리를 이동했다가 멈춰 서는 경우가 있었다. 마치 죽을 곳을 찾아 마지막으로 내달린 것처럼.

 노인은 확인하고 싶어 애가 달았다. 우비도 걸치지 않고 손전

등만 들고 뛰쳐나갔다. 그래서 그 사달이 난 거다.

 정말 아무도 없어? 뾰족한 불빛으로 차 안을 마구 들쑤셔서 안에 있는 사람들 겁을 먹인 거다.

 아래 깔려서 두어 대는 제대로 맞은 것 같았지만 그건 자기 잘못도 있는 거였고, 그런 건 이제 중요하지 않았고, 노인은 방호복을 입은 사람들이 반가워서, 얼마 만인지 헤아릴 수도 없이 오래간만인 타인의 방문에 들떠서, 이렇게 그들을 들인 거였다. 그들은 딱 집어서 자신을 방문했으니까. 왜 자신을 찾았을까? 어서 듣고 싶었다.

 하지만 노인은 그들에게 어쩐 일이냐는 아주 형식적인 질문을 던진 후로는 귀를 낮았다.

 쌍둥이들과, 육십이 곧이라지만 자기보다는 한참 손아래인 동생과, 남잔지 여잔지 모르겠지만 눈이 발랄한 스물이 방호복 머리를 내려놓네 손에 드네 어쨌든 상관도 않았다.

 노인은 그저 테이블에 넷을 당겨 앉히고, 형태가 다른 찻잔들로 다섯 개 겨우 찾아내고, 그 잔을 자신이 즐기는 둥굴레 차로 가득가득 채웠다. 급했다. 들려줄 이야기가 많았다.

 "다른 주민들? 등대에 사는 사람들에게 이웃은 없어. 나와 알고 지내는 사람은 나뿐이야."

 노인의 관찰은 진짜였지만, 살피는 마음도 헤아리려는 마음도 진심이었지만, 망원경으로 바라보는 것만으로 이웃이 생겨나진 않았다. 그의 관찰은 그저 노생의 긴 하루를 보내는 데 가져다 쓰는 무해한 소일의 하나였다.

노인은 그들이 듣고 싶어 하는 등대 주민들에 대한, 그중에서도 그들이 찾고 있는 김다울에 대한 정보가 아닌 자신의 이야기만 했다. 실제로 알고 있는 이야기도 그뿐이었다.

둥굴레에 물을 몇 번이나 리필했는지. 더 이상 둥굴레 색도 아니요, 맛도 나지 않을 즈음에서야 노인의 이야기는 드디어 끝이 났다. 한데, 노인은 자신이 들려준 만큼 넷의 이야기도 듣기를 원했다. 하지만 그들은 한가하게 노인에게 자신들의 인생을 들려줄 상황이 아니었다. 그들은 점심을 먹고 가라는 노인의 청을 어렵게 거절했다.

노인의 등대를 나오자마자 영수가 말을 던졌다.

"괴담이 다 괴담은 아니었어."

"나 진짜 귀에서 피 났음."

기특이 말을 받았다.

그들은 방호복 머리를 옆에 끼고 해변을 좀 걸었다. 좌측과 우측 모두에 등대가 있었다. 우측으로 먼저 가볼까? 오한이 의견을 냈고 다들 수긍하는 분위기였는데, 몇 발자국 걷던 기특이 갑자기 툭 내뱉었다.

"휴가가 다 해서 두 달 정도랬지? 그 안에 두 명의 이야기를 들어야 하는 건데, 우리 벌써 일주일도 더 썼어. 첫 번째 기억은 아직 듣지도 못했고. 사람 입 여는 거 의외로 어렵다는 건 이미 충분히 알았잖아? 시간이 여유로운 게 아니라고."

"그래서?"

0수가 물었다.

"그러니까 효율적으로 하자고. 넷이니까 둘둘씩 여기서 양쪽으로 갈라지자고. 나랑 모자 너랑, 그리고 나머지로."

그래서 0수와 오한은 좌측으로 걸었다. 0수는 문득 뒤돌아봤다. 기특과 영수가 우측으로 멀어지고 있었다. 기특은 무작정 영수와 거리를 좁히려 하고 영수는 어떻게든 거리를 유지하려다 보니 기특이 줄기차게 영수를 쫓는 듯 보였다.

'왜 저럴까?'

어쩌면 영수는 기특의 저런 감정이 뭔지 잘 모를 텐데, 0수는 그런 생각을 했다. 생각은 또 걱정이 되었다.

0수는 영수가 수시로 걱정이 되었다. 영수가 뭘 해도 0수는 영수가 걱정이 되었다. 0수는 자신 때문에 원치 않게 세상에 내보내진 영수가 언제나 안쓰러웠다.

기특이 이제 어깨로 영수를 쳤다. 한 번 또 한 번. 아플 것도 같다. 싸움인가? 영수는 기특이 어깨로 툭 툭 칠 때마다 휘청거렸다. 0수 눈엔 그렇게 보였다.

'싸우자는 거 맞지?'

'말려야 하나?'

기특의 감정이 정확히 어떠한지는 사실 본인 말고는 아무도,

아니 어쩌면 기특 본인도 잘 모를 수 있었다. 좋아하는 마음은 어째서 늘 아이 같은지, 도대체 알 수가 없었다.

하지만 그런 감정이 가장 낯선 사람은 세상에 나온 지 얼마 안 된, 인간 영수를 걱정하고 있는 복제인간 0수였다.

'진짜 안 말려도 되려나?'

0수는 혼자 앞으로 걸으며, 걱정 가득한 시선으로 자꾸 둘을 돌아봤다.

23

 기특이 저기 달려온다. 가까운 거리에서 비약적으로 도약한다. 오른쪽 어깨를 내민다. 영수의 허리춤 조금 위에 부딪힌다. 영수는 아파 죽는데, 기특은 좋아 죽는다. 영수가 날 살려라 멀어지면 자연스럽게 거리가 생긴다. 기특은 다시 달려오고, 또 웃는다.
 '저 짓을 벌써 몇 번째인가. 무한대로 할 것인가. 남은 생은 이 짓뿐인가.'
 영수는 문득 평행우주를 생각한다. 다른 우주에 있을, 기특 없는 해변에서 홀로 걷는 영수를 그리워한다. 기특이 다시 달려들 때, 영수는 왼손으로 기특의 어깨를 살짝 밀어내려 했다. 그랬는데, 기특 어깨 위에 붙은 얼굴을 손으로 감싸는 꼴이 되었다.
 영수의 손이 기특의 얼굴에 닿자 한껏 들떴던 기특의 어깨가 툭 떨어졌다. 기특은 걸음도 멈췄다. 기특은 아까부터 불던 여름 바람을 이제야 느낀다.

"바람은 또 왜 이리 달아?"

기특은 바람이 볼에 남은 흔적을 지워버릴까 봐 오른손을 들어 영수의 손이 닿았던 오른쪽 볼 위에 포개었다.

멀리서 보면 기특은 나 이쁘지 하는 초딩마냥, 아니 요즘은 초딩도 그러진 않지, 오른손으로 얼굴 받침을 만들고 걷는 것처럼 보였다.

*

0수와 오한, 영수와 기특은 가까운 등대부터 하나씩 문을 두드렸다. 대부분 노인들이었지만 모두가 그 노인 같진 않았다. 멀리서 온 방문객을 흔쾌히 반겨주는 사람들도 있었지만 아예 문을 열어주지 않는 사람들도 많았다.

0수와 오한은 좌측의 끝 집에서 나오는 길이었다. 환하게 웃는 얼굴로 문을 닫는 사람 역시 노인이었다. 김다울은 이십 대였다. 어쩌면 E구역 유일한 이십 대일지도 몰랐다. 0수와 오한은 좌측의 집들을 모두 확인했고, 김다울은 없었다. 영수와 기특도 지금까지는 김다울을 만나지 못했다. 이제 마지막 집 앞이었다.

영수가 벨을 눌렀다. 인기척조차 없어서 한 번 더 눌렀다. 그러고도 한참이 지나서야 사람이 모습을 드러냈다.

희고 가늘고 긴 몸이 먼저 눈에 띄었다. 몸은 그들에게 점점 다가왔고 현관문의 작은 창 너머로 가장 늦게 얼굴이 드러났다. 이목구비를 살필 수 있는 충분한 시간이 지나도록 상대방은 아무 말도 하지 않았다. 눈이 깊어 입은 쓸모가 없는 사람 같았다.

영수가 먼저 입을 열어야 했다. 영수는 사실 E구역으로 오고 싶어서 휴가까지 내서 살펴보러 왔다고, 여기서 사는 게 어떤지 살고 있는 주민에게 직접 이야기를 좀 듣고 싶다고, 최대한 예의를 갖춰 조심스럽게 말했다. 하지만 이십 대임은 분명해 보이는 거주자는 말이 없이 잠잠하게 섰다가 어색하게 눈인사를 하고는 돌아섰다.

하지만 이십 대가 집 안으로 사라질 즈음, 영수 옆에서 가만히 지켜보고만 있던 기특이 큰 목소리로 불렀다.

"김다울!!"

그러자, 이십 대는 걸음을 멈췄다. 돌아봤다. 그 깊은 눈 속에 놀라움이 쿵, 잠깐이지만 분명히 그 이름에 반응했다. 하지만 그뿐, 이십 대는 다시 돌아서서 집 안으로 완전히 사라졌다.

"오예, 김다울이 맞긴 하고!"

기특이 중얼거렸다.

넷은 해변의 중간에서 다시 만났다. 언제부턴가 방호복 머리는 폼인 양 허리춤에 끼고들 있었다. 기특이 모두에게 김다울을 찾았다고 전했다. 이어서, 하지만 사람이 영 낯을 가려서 통성명도 못 했는데, 무작정 당신의 가장 소중한, 혹은 값나갈 기억을 들려주세요? 할 수 있을 거 같지는 않다고도 했다.

"우선은, 그 집에, 김다울의 등대에 들어가야 될 거 같은데? 들어가야, 울며 매달리든 뭐든 하지 않겠어?"

기특이 의견을 내자, 고민들이 이어졌다.

어떻게 그 집에 들어가지? 우리가 들어오게 두겠어? 사람 일손이 필요하진 않으려나? 혼자 있는 데 적응이 되었을 텐데, 누가 굳이 필요하겠어? 저 나이라면 적어도 B구역이어야 하는데, 왜 여기 있는 걸까? 어디가 아프거나? 아니면 설마 이 등대가 좋아서? 여기가 좋아서라면, 정말 혼자 있고 싶어 할 텐데.

넷이 번갈아가며 고민들을 꺼내놓는 동안 밤이 되고 있었다.

"밤 되니까, 좀 무섭네."

영수가 혼잣말을 했고,

"사람이 무서우면 혼자 있고 싶지 않지 않나?"

기특이 혼잣말로 답을 했다. 그러곤,

"그러고 보니까, 김다울, 겁이 많아 보였던 거 같기도?"

"그래?"

오한은 기특의 말을 받아치고는 혼자 생각에 잠겼다.

"어디 좀 들어가야 하지 않아?"

가만히 보고만 있던 0수가 의견을 냈다.

넷은 해변을 벗어나 가장 가까운 숙소를 찾았다. 기특이 자판기 앞에서 타입이 다른 룸 두 개를 선택했다. 영수와 0수와 기특이 묵을, 방 하나가 딸렸고 작은 침대가 셋인 룸과 오한이 혼자

쓸 큰 침대가 하나인 룸. 이제 지폐를 넣든 카드를 긁든 해야 되는데, 거기서 넷은 서로 눈치만 보고 있다. 정적이 제법 길어질 즈음,

"내가 차 가져왔어."

기특이 정적을 깼다.

"나는 내 기억 판지도 몰랐어. 그러니까 궁금할 수는, 더욱 없었지."

0수가 발을 뺐고.

"나는 가자니까 따라왔는데."

영수가 우물거렸을 때,

"한 방에서 다 같이 자도록 하지."

오한은 큰 룸 하나만 선택하고 카드를 긁었다. 룸으로 들어오자 오한은 자연스럽게 유일한 방 안으로 들어갔고, 영수와 0수, 기특은 방호복을 벗고 침대와 의자에 대충 앉았다. 누가 먼저 씻을까로 셋이 한참 떠들고 있을 때, 오한이 방문을 열고 나왔다. 앞뒤 없이 말했다.

"내가 영화감독이 꿈이었다고 말했던가?"

물론 말하지 않았다. 지금껏 오한은 모두의 무관심을 한 몸에 받던 캐릭터였으니까. 오한은 해변에서 기특이 한 말이 맞는 거 같다며 기특과 뒤늦은 하이파이브를 하더니, 김다울이 그들을 등대 안으로 받아들일 계획에 대해서 말했다.

"내가 공포를 연출할게."

이름하여, 밤귀낮주. 밤에는 귀신, 낮에는 주민. 밤에는 자꾸 못 보던 귀신들이 보이고, 낮에는 주민으로 보이는 사람들이 해변에서 즐겁게 노는 걸 보면, 귀신 때문에 무서워진 김다울이 나와서 어울리고 싶거나, 아니면, 해 질 녘 해변을 떠나는 우리를, 저저저기요! 불러 세우고, 차나 한잔 하실래요? 하지 않겠냐가, 오한의 의견이었다. 영화감독이 꿈이었다는 오한은 김다울 등대 주변을 공포의 해변으로 만들 수 있다고 자신감을 어필했다.

하지만, 못 보던 귀신들이 갑자기 보이면 이상하지 않으려나, 기특이 말하고, 나는 공포 영화 혼자 보는데, 영수가 거들고, 밤에 보이던 귀신도 넷, 낮에 보이는 주민도 넷이면 그게 더 무서운 거 아닌가? 기특의 딴지가 이어지고, 그러다 다른 등대의 노인들 기절하면 어쩌지? 영수의 걱정이 늘어지고, 그것보다 말 많으신 그 노인이 나와서 귀신일 때 우리한테 말 걸면, 아 생각만 해도 오싹, 기특의 딴지는 끝이 없는데, 가만히 듣고만 있던 0수가 재미는 있겠다, 하고 덤덤하게 말했다.

"……."

어디가 어떻게? 기특이 0수에게 물었는데, 다른 방법 있어? ㅇ한이 답했다. 어쩐지 오한이 삐진 거 같아서 모두가 입을 닫았다.

"나는 무슨 귀신 해? 좀비는 좀 질리는데."

기특이 어떻게든 재미를 느껴보자, 입을 열었다.

"좀비는 귀신도 아니지."

오한의 눈이 의지로 타올랐다.

근처 초대형마트를 갔다. 초대형마트인데 사람이 전혀 없어서 좀 기이했다. 오한의 주도하에 의상부터 분장에 필요한 물품들까지 가능한 한 모두 사들였다. 오한은 이번엔 돈을 아끼지 않았다.

우선은 방에서 의상과 분장 세팅을 했다. 영수와 0수는 시키는 대로 입고 발랐다. 최대한 둥둥 떠다니는 효과를 내기 위해 잔발걷기를 연습했다. 방의 끝에서 끝으로 잔발잔발잔발 떠다녔다. 저렇게 열심히 하는 사람들이 왜 자살은 시도했나, 싶을 만큼 열심이였다.

자신만의 스타일이 확고했던 기특은 오한과 많이 부딪쳤다. 기특은 피 색깔을 그린으로 하려 했다. 붉은 피는 너무 많이 봤다며, 피는 그린으로 하고 싶다고. 아, 밤이라서 안 보인다고, 피는 그냥 피답게 레드로 하자고 오한이 디렉팅했고, 아, 밤이라 안 보이니까, 그린으로 하자고 기특은 우기는데, 잔발치기 하던 영수가 눈치 없이,

"어, 나도 녹색 좋아하는데."

기특은 녹색 피범벅을 하고 얼굴 돌아간 귀신 역할을 했다. 낮에 가서 모래 파는 놀이를 하고는 밤에 가선 자기가 팠던 그 모래에 하반신을 묻고 옷을 돌려 입고 뒤통수를 김다울 쪽으로 보였다.

영수와 0수는 쌍둥이인 걸 적극 활용해서 이곳저곳에서 나타나는 귀신을 선보였다. 어차피 밤인데 얼굴까지 제대로 보일까 싶었지만, 오한은 어디서 주워들었는지 디테일, 디테일 했다. 0수가 김다울 바로 옆 등대 뒤에 숨어 있다가 쓰윽 잔발치기로 모습을 드러냈다가 사라지면, 그다음 등대에 있던 영수가 다시 나타나는 식이었다. 처음 하는 건데도 둘은 타이밍이 곧잘 맞았다.

오한은, 오한은 사운드를 담당했다. 본인 말로는 각종 소름 끼치는 귀신들 소리라고는 했는데, 이이이이이, 하거나, 히이이이이, 혹은 헤이이이이, 했다. 아우우우우도 하려고 했지만 기특이 그것까지는 못 하게 했다. 요즘 시대에 늑대가 있지도 않지만, 그쪽이 하면 늑대인지 여우인지 뭔지 모르겠고 여튼 별루라고. 오한은 눈에 띄지 않게 여기 숨었다가, 달려가 저기 숨으며, 오십 대가 낼 수 있는 최대의 고성으로 이이이이이, 히이이이이를 했다.

며칠 며칠 밤을 그렇게 했다. 하루는, 맨정신으로는 못 하겠다며 기특이 초대형마트를 다시 찾았다. 나머지도 따라왔다. 마트 입구에서 쏟아지는 에탄올 샤워를 입으로 받았다. 기특은 이런 일이 처음이 아닌 듯 익숙했다. 자기 같은 사람이 워낙에 많아서 식용이 가능한 에탄올을 쓴다고도 했다. 넷은 나란히 서서 일단 입을 벌렸다. 입을 닫으려는 0수를 기특이 말렸고, 오한은 경쟁이 아니지만 끝까지 입을 닫지 않아야지 싶었고, 영수는 원래 남이 하는 대로 잘 따라 하는 편이었다. 넷은 그렇게 입을 벌리고 몸뿐 아니라 배 속까지 소독을 했다. 맛을 보는 정도가 아니라, 취기가 느껴질 정도로 흡입했다. 제멋대로인 기특 덕분에 모두 취해서 헤헤거렸다.

늦은 밤, 목 돌아간 상반신 귀신이 해변에 있다. 바다 쪽을 향한 두 눈에선 녹색 피가 흐르고 있는데 보이지 않아 아쉽다. 등대 뒤에서 스르륵 귀신 하나가 또 나온다. 어디선가 애잔한 곡성이 들려온다. 영수는 태어나 처음 오는 E구역, 등대라고 불리는 남의 집 담벼락에 숨어 등장 순서를 기다리며 가을을 느낀다. 등골이 시렸다. 소름이 돋았다. 계절이 바뀌고 있었다.

사 일째 밤인가는 어느 등대 뒤에 숨어서 추위에 떨고 있는 영수를 보던 0수가 울음을 터뜨렸다. 0수가 귀신 하는 중이었는데, 귀신인 채로 계속 울었다. 영수 불쌍해서 어쩌냐고, 자기 때문에 저 고생을 하는 영수가 너무 안됐다고, 0수는 울었다. 그 울음은 너무 진심이어서 0수는 진짜 한 맺힌 귀신 같아 보였다.

일주일이 되었을 무렵, 아무래도 모래구덩이를 너무 깊게 판 거 같다고, 하반신이 아니라 목까지 잠기겠다고 기특이 투덜거렸다. 해 질 녘이었다. 노을이 시작되는. 넷은 다 같이 바다 위를 물들이고 있는 노을을 잠깐 봤다. 곧 어둠이 찾아올 터였다.

"귀신 분장 이제 좀 지겨운데……."

기특의 말에 모두가 말없이 동의했다. 그래도 계속 해야 했다. 넷은 노을을 등지고 돌아섰다. 하지만, 주민 행세를 끝내고 해변을 떠나려던 바로 그때, 김다울의 집 문이 열렸다.

언뜻 봤을 때, 김다울의 얼굴은 겁에 질려 있는 것 같았다. 몇 날 며칠을 귀신들 때문에 떨다가 결국엔 문을 연 것 같았다.

넷은 김다울의 집 앞으로 서둘러 달려갔다. 김다울은 그들이 다가올 동안 문 앞에서 기다렸다. 가까이서 보니, 김다울은 겁에 질린 얼굴은 또 아닌 것도 같았다. 밤에 귀신이 무서웠던 건지, 낮에 넷이 노는 모습이 부러웠던 건지 이유가 가늠되진 않았지만 어쨌든 김다울은 문을 열고 그들과 마주하고 있었다. 넷은 그 이유를 듣는 것이 김다울과의 첫 대화가 되지 않을까, 기대하게 되었다.

하지만 김다울은 입을 여는 대신 손을 들어 앞으로 모았다. 그리고 수화를 하기 시작했다.

김다울은 차분한 얼굴로 수화를 이어나갔지만 누구도 알아들을 수 없었다. 기특은 눈짓, 손짓으로 김다울의 양해를 구하고, 휴대폰으로 그의 짧은 수화를 촬영했다. 넷은 일단 그에게 인사를 건네고 돌아섰다. 김다울은 말없이 배웅했다.

넷은 숙소로 돌아오자마자 수화 관련 동영상들을 뒤졌다. 한동안 맞춰본 후에야 김다울의 말을 알아들을 수 있었다. 김다울의 첫말은 질문이었다.

'내 이름을 어떻게 알아요?'

김다울의 다음 말은 일종의 초대였다. 들어와서 내 이름을 어떻게 아는지 말해달라, 차라도 대접하겠다, 권하고 있었다.

"김다울이 우릴 초대했었어!"

기특이 신났다.

내일 당장 가서 오늘처럼 김다울의 이야기를 휴대폰으로 녹화하고 가져와서 분석하자고 오한이 의견을 냈다. 그 의견에 대부분 동의했지만 영수는 망설였다.

말이 가능한 해도연에게조차 아무것도 물어보지 못했던 영수였다. 그랬기에 영수는 더욱 조심스러워했다.

영수는 그러지 않는 게 좋겠다고 했다. 최소한의 준비는 하고 갔으면 좋겠다고, 말도 통하지 않는 사람들에게 김다울이 자신의 깊은 이야기까지 할 것 같지는 않다고, 덧붙였다. 영수의 말은 설득력이 있었다. 다들 영수의 의견에 따르기로 했다.

영수와 0수, 기특과 오한은 낮과 밤의 시간을 모두 들여 유튜브로 수화 강의를 봤다. 서로가 서로에게 해보이며 연습에 연습을 거듭했다.

외국어를 빨리 익히느라 모국어를 잠시 내려놓듯 수화를 익히느라 말수가 줄었다. 입을 닫아 고요해졌다. 고요함 속에 타인의 손짓에 집중하다 보면 나른해지기도 했다. 그러다 보면 졸기도 했다. 수화를 배우는 일은 어쩐지 평화롭고 잠이 잘 오는 일이었다.

여러 날이 다시 흘렀다. 어설프지만 기본적인 대화를 할 수 있게 됐을 즈음 넷은 김다울을 다시 찾았다.

문을 두드렸다. 김다울이 나왔다. 김다울의 얼굴에는 전에 없던 반가움이 서려 있었다. 그들이 김다울의 말을 배우기 위해 보낸 시간들이 김다울에겐 기다림의 시간이 되었고, 그 시간들은 이제 와 반가운 순간이 되었다. 영수는 수화로 인사를 건넸다. 김다울은 그들이 어떻게 시간을 보냈는지 알게 되어 기뻤다.

김다울은 차를 준비했다. 모두에게 차 한 잔씩을 따르고, 김다울은 양손을 들어 올렸다. 손짓은 천천히 언어로 옮겨졌다. 넷은 김다울의 손에 집중했다.

'제 이름은 어떻게?'

김다울이 물었다.

기억 매매와 관련해서 브로커가 당신의 이름을 알려줬다고 답할 수는 없었다. 기특은 준비해온 거짓말을 늘어놓았다. 좀 황당한 대답이 될지도 몰랐지만 이미 넷을 집 안까지 들인 김다울이니, 대충 둘러대도 크게 문제없을 것 같기도 했다.

기특은 차근차근 성실히 떠들었다. 우리는 여기서 살고 싶은 사람들인데, 여기 사는 노인 한 분과 먼저 이야기를 나누었고, 그분이 이곳에 기특 같은 이십 대도 있다고 알려주셨다고. 같은 젊은이들이니까 만나서 이야기 나눠보라고. 이십 대가 이곳에 살게 된 사연이 훨씬 재밌는 이야기일 거라고, 그 친구도 젊은 친구들이 찾아오면 좋아할 거라고.

그 노인분은 원래가 이곳 주민들 모두에게 관심이 지대한 분이고 마침 주민센터에서 일하는 분도 알고 계셔서 그 이십 대의 이름도 알고 있었다고. 꼭 서로 만나서 대화를 나누었으면 하는 바람에 알려주셨다고.

'아마 김다울인가? 뭐 그럴걸?' 하셨다고.

다행히 기특의 대답이 그럴듯했는지, 김다울은 수긍의 끄덕임을 보였다. 그러곤 궁금한 게 많았었는지 계속해서 물어왔다.

'귀신은 셋이었는데, 네 분이네요?'

김다울은 미소 띤 얼굴을 하곤 영수와 0수를 번갈아 봤다. 0수가 예상 질문에 답을 하듯 쌍둥이라는 뜻을 손으로 천천히 만들어 보였다.

김다울은 형제 없이 혼자라고 했다. 어릴 적 사고로 성대를 다쳐 말은 못 하시만 들을 수는 있다고 수화로 전했다.

'그러니까, 거기랑 거기가 순간이동 귀신, 그쪽이 머리 돌아간 귀신, 근데, 거기는?'

김다울이 오한을 가리키자,

"음향 효과. ……히이이이이, 이히히히히."

오한이 느닷없지만 본격적인 귀신 울음소리를 냈고, 김다울은 웃음을 참으며 손을 모두 펴서 턱 밑에 가져갔다. 그리고 한참을 있었다.

"네에에에에에."

기특이 김다울의 수화를 육성으로 옮기고 웃었다. 다들 따라 웃었고, 얼굴에 긴장들이 풀렸다.

그리고 갑작스러운 침묵의 티타임이 찾아왔다. 모두가 말없이 차만 마셨다. 어쩌다 그들과 시선이 마주치면 김다울은 어색한 웃음을 지어 보였다. 어떻게든 김다울이 계속 말하는 분위기를 만들어야 한다, 오한이 넷에게, 서로가 서로에게 눈짓을 교환했다.

기특이 먼저 엄마 이야기를 꺼냈다. 떠밀려서 뱉고 나니 이제는 죽고 없는 엄마. 눈물 나는 이야기를 기특은 자꾸 웃으면서 했다.

이어서 오한이 영화감독이 되고 싶었던 젊은 시절의 자신에 대해서 들려줬다. 꿈에 대한 얘기를 하는 오한은 평소와 너무나 다른 낯선 모습이었는데, 진정성과 열정과 삶에 대한 애정까지 하나같이 과해서 다들 좀 부담스러웠다.

0수는 최근에 자신이 자살을 시도했음을 덤덤하게 밝히더니, 울적한 얼굴로 지금도 속이 너무 울렁거려서 토하면 바다가 쏟아질 것 같다고, 저기 저 바다가 어쩌면 자기가 토한 걸 수도 있겠다고, 더러운 소리를 해대서 기특이 영수에게 어서 말하라 떠넘겼다.

그랬더니, 영수는 사실 자신은 자살에 로망이 있다며 각종 자살 방법에 대해서, 세상에서 사라지는 수많은 경우의 수에 대해서 나긋나긋 조목조목 진지하게 떠들고 앉았다.

처음 만난 사이치고 필요 이상으로 깊었던 넷의 이야기들이 모두 끝나자 자연스럽게 김다울의 차례가 되었다. 분위기를 이렇게까지 만들어놨는데, 아무 말 안 하기는 힘들 것 같았다.

  가만히 듣고만 있던 김다울이 이윽고 두 손을 들어 올렸다. 허공에서 단어가 조합되기 시작했다. 조근조근 문장이 되어갔다.

  "폐가 안 좋았던 적이 있었어요."

  김다울은 기억 하나를 꺼내놓았다.

24

 김다울은 십 대에 폐가 좋지 않았다. 산속에 있는 요양병원으로 보내졌다. 그곳은 거대한 숲이 가림막이 되어주는 곳이었다. 찾아가지 않으면 존재하는지도 모를, 철저하게 격리된 곳이었다. 그래서 독립된 세계였다. 숲 자체가 방호복이 되어주는 건지, 병원 안에서 지내는 사람들은 옷도 가벼웠다. 아무도 방호복을 입지 않았다.
 병실은 크지 않은 1인실이었다. 치료는 한 달 정도 걸릴 거라고 했다. 일정에 잘 따라야 빨리 퇴원할 수 있다고도 했다. 김다울은 병원이 정해준 일정에 맞춰 하루를 보냈다. 며칠을 지내고 나니 일정에 익숙해졌고, 혼자 보낼 수 있는 시간이 많다는 걸 알게 됐다.
 침대 시트를 갈아주는 직원을 따라 지하에 있는 세탁실까지 가보았다. 식사가 끝나고 뒷정리가 한창인 주방 한쪽 구석에 앉아 있기도 했다. 직원들이 모여 담배를 피우는 뒤뜰에도 서성였다. 담배 연기에 기침을 하면 직원들은 손으로 연기를 거둬줬다.

연기를 피하느라 고개를 들다가, 김다울은 그 창을 봤다.

날이 좋았다. 사람들은 모두 창에 매달려 있었다. 적어도 열린 창들에는 모두 그랬다. 한데, 그 창은 그렇지가 않았다. 창은 활짝 열렸는데, 사람이 보이지 않았다.

'사람이 없는 걸까? 창 쪽 병실이 비어 있을 리가 없을 텐데?'

'아니면 나와보려 하지 않는 건가? 이렇게 날이 좋은데?'

김다울은 정말 아무도 없는 건지, 아니면 모두가 반기고 있는 이 좋은 날씨를 모른 척하고 있는 누군가가 있는 건지, 궁금해졌다.

김다울은 언덕의 숲을 향해 걸었다. 숲으로 다가가며 수시로 창을 올려다봤다. 숲이 깊어지고, 창에서 멀어지고, 언덕의 경사가 급해질수록 창의 안쪽이 조금씩 보이기 시작했다. 숲의 한가운데까지 왔을 때, 창 너머 병실의 안쪽이 보였다.

누군가, 있었다. 모른 척하고 있지 않았다. 누군가는 침대에 누운 채였지만 두 시선만큼은 창밖에 있었고, 모두가 반기는 그날의 오후를 그 사람도 반기고 있는 듯 보였다.

여름이었다. 숲은 짙은 녹음으로 빼곡했다. 흰 환자복을 입은 김다울은 그 한가운데에서 도드라졌다. 하지만 그 사람은 숲 쪽을 보고 있지 않았다. 두 사람의 시선이 마주치는 일 같은 건 일어나지도 않았다. 그럼에도, 김다울은 그 자리에 서서, 다른 곳을 보는 그 사람을 한동안 더 바라봤다. 손가락을 가리켜 층과

칸을 옮기고 옮겨 다시 한번 그 사람의 병실에 닿았다.

　다음 날, 오전 치료 일정을 마치고 김다울은 그 병실을 찾았다. 비가 오고 있었다. 창은 닫혀 있었고 그 사람은 그 창을 보고 있었다. 목 부위 어딘가를 수술한 건지 목에는 붕대가 감겨 있었다. 그 사람은 김다울 쪽을 한번 툭 보고는 앞에 놓인 노트에 메모를 했다.
　김다울은 침대 쪽으로, 그래서 그 사람과 가까워지는 쪽으로 몇 걸음을 옮겼다. 고개를 빼서 메모를 확인했다.
　'비를 보고 싶은데, 비 때문에 창문을 못 열겠어요.'
　김다울은 성큼 다가가 침대를 잡았다. 창에서 최대한 떨어뜨렸다. 그리고 창문을 열었다. 쏟아지는 비가 가끔 안으로 들이치기도 했지만 멀어진 침대에는 닿지 않았다. 두 사람은 한동안 창 너머를 봤다. 함께, 내리는 비를 관람했다.
　이어진 이틀은 비가 오지도, 그렇다고 날이 좋지도 않았다.
　삼 일째는 처음 그 사람을 본 날만큼이나 날씨가 좋았다. 김다울은 휠체어를 들고 계단을 올랐다. 1층에서 휠체어를 받아들자마자 눈에 보이는 비상계단으로 들어서긴 했는데 엘리베이터를 타도 됐을 거란 생각이 뒤늦게 들었다. 김다울은 그 사람을 휠체어에 옮겨 태우고 숲으로 갔다. 숲의 한가운데까지 와서 그 사람의 창을 찾아주기도 했다.
　김다울은 비가 오거나 볕이 좋은 날을 기다렸다.

흐린 날에는 숲을 걸어 길을 냈다. 흐린 날에는 세탁기 앞에 앉아 돌아가는 옷가지들을 봤다. 흐린 날에는 직원들의 설거지를 돕기도 했다.

흐린 날에 담배를 배웠다. 뒤뜰에 머물 이유를 만들었다. 창을 올려다볼 공간을 확보했다.

여름에 흔했던 비가 어디로 사라진 건지, 증발했다면 그 많은 비를 누가 머금고 있는 건지, 화낼 대상을 찾지 못해 억울했다. 하늘을 올려다보는 게 일이 됐다.

비가 쏟아져 한참 만에 그 사람의 병실을 찾은 날, 침대를 최대한 창에서 떨어뜨리고 창을 열어 비를 함께 보던 그날, 그 사람은 침대에서 내려와 김다울의 옆에 앉았다. 걸을 수 있는 거냐고 김다울은 놀라 물었고, 그 사람은 그렇다고 선선히 고개를 끄덕였다. 전에는 그러고 싶지 않았을 뿐이었다고. 그리고 메모지에 몇 자 적었다. 김다울은 다가가 봤다.

'올여름엔 비가 적네요. 비 기다리다가 지치겠어요.'

김다울은 매일 그 사람을 찾았다. 하루에 두 번을 찾아가기도 했다. 세 번 네 번도 찾아갔다. 너무 자주 가면 싫어하지 않을까 걱정이 되고 눈치도 보였지만, 걱정을 하면서도 걸음은 그 사람을 향했고, 눈치를 보다 보면 그 사람 얼굴 앞이었다.

시간의 흐름도 인력이 관여하는 일이라는 걸 알게 됐다. 그 사람은 시간을 빠르게 흐르게 하는 초능력자였다. 그 사람과 있으면 하루가 짧았다. 짧아도 너무 짧았다. 자꾸 짧아지는 시간을 어디에서든 가져와야 했다. 김다울은 자신의 하루를 모두 끌어와 그 사람과의 시간에만 쓰고 싶었다.

혼자 보내는 시간은 모조리 아까웠다. 혼자 있을 때는 뛰게 되었다. 일어나자마자 뛰었고, 식당에 가기 위해 뛰었고, 줄을 서서는 제자리에서라도 뛰었고, 밥을 먹을 때는 동동 발 구르기를 했고, 그 사람을 만나러 가는 복도에서 뛰었고, 만나고 돌아오는 길에 뛰었다. 들뜬 마음에 보조를 맞추기 위해 종일 뛴 몸뚱이는 그러나, 쉽게 잠들지 못했다. 잠자리에 누우면 가슴이 뛰었다. 그렇게 뛰어서 줄인 시간을 김다울은 모두 그 사람과 썼다.

그 사람과 보조를 맞춰 걸을 때 쓰인 한 걸음 한 걸음은 모두 그렇게 아껴서 모은 거였다. 그럼에도 함께하는 시간은 무한하지 않았고, 무한하지 않아서 부족하기만 했다.

김다울은 혼자 있는 시간이 자꾸만 쓸모없게 느껴졌다. 김다울은 이곳에 오래 있고 싶어졌다. 김다울은 오래 아팠으면 싶었다.

'불치병이면 좋으련만.'

함께 비를 보고 볕을 맞고 노을을 기다렸다. 같은 음악을 듣고 같은 책을 읽었다. 뭘 하지 않아도, 그 사람을 바라보는 일만으로도 좋았다. 창 앞에 서서 보고, 곁에 앉아서 보고, 함께 길으며 곁눈질로 봤다. 그 사람의 눈, 코, 입을 보고 있으면 다음 페이지가 너무 궁금하지만 쉽게 넘기긴 아까운 소설을 읽는 것 같았다.

숲속으로 달려가 저기 창 너머에 있는 그 사람을 보는 것도 좋았다. 그 사람은 멀리서 바라봐도 풍경의 가장 아름다운 부분이었다.

김다울은 그 사람을 처음 본 숲의 그 자리, 언제든 그 사람을 볼 수 있는 그 자리를 평생 기억하고 싶었다. 김다울은 그곳의 땅을 팠다. 두 사람을 기억할 수 있는 물건을 묻었다.

그날도 김다울은 숲으로 뛰어갔다. 자신이 가장 좋아하는 풍경을 보기 위해서였다. 하지만 그 사람은 그곳에 없었다. 창 너머의 침대는 비어 있었다.

김다울은 달렸다. 숲을 어떻게 지나갔는지 기억에 없었다. 작은 생채기들이 어디서 생긴 건지 몰랐다. 병실에 도착했을 때는 이미 직원이 침대를 정리하고 있었다. 직원은 간단히 환자는 떠났다고 했다.

김다울은 떠났다는 말이 완치해서 퇴원했다는 말인지 죽었다는 말인지 물어볼 수 없었다. 어떤 식으로든 받아들일 수 없었다. 이곳이 아닌 다른 곳에 살아 있다고 해도, 김다울에게는 죽은 것이었다.

그 사람을 배려하기에 열일곱은 충분한 나이가 아니었다. 아니, 실연을 배려하기에 충분한 나이란 없었다.

김다울은 버림받았다는 생각에 분해서 울었다. 울며 앓았다.

앓으며 잊었다. 사경을 헤맨다는 말을 겪었다. 한 달이면 끝날 거라는 치료는 넉 달이 더 걸렸다.

깊이 앓고 난 후, 하지만 그 사람과의 기억은 다시 떠올랐다. 지워보려고 애썼는데, 선명했다. 하루의 어느 시간도 어느 시간의 어느 순간도 잊히지 않았다. 떠올리면서도 아팠다. 좋은 기억만, 함께했던 기억만 떠올리고 싶었다. 그 사람이 떠난 기억은 잊었으면 했다.

하지만 선택할 수 없었다. 연애의 기억과 상실의 기억은 나뉠 수 없었다. 따로 떼어내지지 않았다. 그 사람에 대한 하나의 기억이었다. 다 버리거나 모두 취해야 했다.

버릴 수는 없었다. 누군가에겐 흔한 연애의 기억일지도 모르지만, 김다울에게는 소중했다. 늘 집 안에서만 살았던 김다울에게 유일한 집 밖에서의 기억이기도 했다. 숲 너머에 있던 병원은 말 그대로 다른 세상이었으니까. 김다울은 그 세상에서만 살고 싶었다.

퇴원할 무렵 E구역에 대한 소문을 들었다. 김다울은 거기가 좋겠다고 생각했다. 마주할 게 바다뿐인 E구역이라면, 온전히 그 사람과의 세상에서만 살 수 있을 것 같았다.

그래서 무리를 해서 이 지역으로 이주했다. 이곳에 와서 지금도 매일 그 사람과 보냈던 시간들을 떠올렸다. 김다울에는 그 시간들이 유일한 바깥이자 실존하는 세상이었다. 그 세상에서는 그 사람과 함께하는 시간이 무한했다. 부족함이 없었다.

*

'아, 그 사람이 즐겨듣는 가수가 있었어요.'

모든 이야기를 들려준 것 같았던 김다울이 뒤늦게 떠올렸다. 이야기에 빠져 있던 넷은 일순간 긴장했다. 다시 김다울의 두 손에 주목했다.

'그날이 마지막인 줄 몰랐지만 그 사람이 떠나기 전날에도 함께 그 가수의 노래를 들었어요. 저는 들어본 적 없는 오래된 가수였는데…….'

'가수, 그 가수, 누구였는지도 기억해요?'

기특이 서두르는 티를 냈다. 김다울은 생각에 잠겨 답했다.

'이름이…… 아! 우소하라는 가수였어요.'

영수와 0수, 기특과 오한도 한동안 말이 없었다. 김다울이 털어놓은 기억은 오한이 편집한, 틀림없는 영수의 기억이었다.

'다른 사람들도 들었으면 좋겠다. 이렇게 좋은 기억인데 혼자만 알기 아깝지 않나? 나 같으면 사람들 만나서 막 다 자랑하고 싶을 것 같은데. 우리 만났던 그 어르신한테 들려주면 진짜 좋아할 텐데. 그분은 대화를 위해서라면 수화도 기꺼이 배우실 분이신데. 그리고, 또 ……바깥에 나가면 다른 기억들도 생길 텐데.'

기특은 느릿느릿 손으로 전했다. 김다울은 그 말을 가만히 봤다.

25

 김다울의 집을 나와 그들은 해변으로 왔다. 하나둘 자리를 잡고 앉는데, 0수는 좀 더 걸었다. 혼자 떨어져 앉았다. 그런 0수를 보며 기특이 큰 목소리로,

 "연애쟁이! 내 말이 맞지? 연애의 기억이었지? 듣고 나니까 도움이 확 되지? 완전 살고 싶어지지? 이제 자살 같은 거 안 하고 싶지?"

 영수도 0수의 답이 궁금했다. 하지만 영수의 마음은 다른 곳으로 향하고 있었다.

 영수는 김다울이 보는 것과 다를 게 없는 바다 앞에 앉아, 김다울이 말한 그 숲에 가보려고 노력하고 있었다. 그렇지만, 아무리 애써도 닿을 수 없었다. 그 숲을 걸을 수 없었.

 영수는 기억나지 않았다. 십 대에 병을 앓았던 기억조차 없었다. 당연했다.

 '팔았으니까.'

 영수는 자신에게 이런 기억이 있었다는 게 믿기지 않았다.

영수가 판 기억은 두 개라고 했다. 이 기억은 두 번째 기억이었고, 자신이 회사에 팔아버리고 나서도 한참 뒤에서야 김다울에게 판매가 된 기억이었다.

4개월이라는 특정 기간의 기억이라 매매에 용이했겠구나, 집 밖을 나가지 않는 김다울에게 필요했던, 집 밖에서의 다른 공간에서의 기억이라 부모가 좋아했겠구나, 영수는 그런 추론만 해볼 수 있었다.

서른이 되도록 영수는 연애를 제대로 해본 적이 없었다. 그런 줄로만 알았다. 아니었다.

'나도 누군가를 좋아했었구나, 기억에 깊이 남을 만큼.'

어쩌면 그 기억 때문에 영수는 다른 연애를 하지 않았는지도 몰랐다. 어쩌면 헤어진 게 그렇게 아파서 다시는 연애를 하지 않았는지도 몰랐다.

'왜 팔았을까? 돈이 필요한 일이 있었나? 아니면, 이별의 기억이 너무 힘들었을까?'

'어쨌든 그 돈으로 0수를 샀으니까 됐다. 지금 중요한 건 0수니까.'

영수는 저기 혼자 떨어져 있는 0수를 다시 봤다.

'……그럼 너는, 그 기억이 없어서 그렇게 우울했던 건가? 태어난 지 일주일 만에 죽고 싶을 만큼?'

그렇다면 반대로, '나는 그 기억 덕분에 죽지 않고 살았나?' 영수가 그런 생각들을 해보는데,

"기억을 떠올릴 때 모습을 보니 좋아 보이긴 하더라만, 남의 기억으로 그렇게 좋은 게, 그게 좋은 거려나. 어쨌든, 저기 저분 연애 제대로 했네. 그렇게 좋은 기억을 쟤는 왜 팔았대? 돈이 급했나?"

가까이 앉아 있던 기특이 혼잣말인 양 물어왔다.

"헤어지고 그렇게 힘들었는데, 그게 꼭 좋은 기억인 건가?"

영수 또한 혼잣말인 양 답을 했다. 그 말에 기특은 영수를 봤다. 이 무슨 철없는 삼십인가, 하는 얼굴로.

"어떻게 연애한 기억만 홀랑 있어. 헤어진 기억도 생기기 마련이지. 그 정돈 감수해야지."

"……."

"어쨌든 나는 그 못지않은 아름다운 기억들을 담고 있어. 덕분이야. 이런 기억이 돈이 된다니, 뭔가 한몫 단단히 잡는 느낌마저 드네."

기특이 영수를 똑바로 쳐다보며 말했다. 영수는 기특의 시선이 편하지가 않아 어색하게 웃어 보였다. 영수는 불편해서 웃은 건데, 기특은 더 환한 웃음으로 받아쳤다. 영수는 더 어색해져 다시 웃고, 기특은 거기서 더 환해졌다. 자꾸 환해지는 기특이 영수는 난처했다.

'이분을 어떻게 해야 할까?'

누군가가 자신을 좋아해준다는 게 고마운 일일 수도 있겠지만, 영수는 기특의 일방적인 호감이 부담스러웠다. 어떤 계기가 있었던 것 같지도 않은데 이미 기특은 연애의 과정에 있었다. 영수가 죽는 일로 시간을 보내는 것처럼, 기특은 연애가 가장 큰 소일 같았다.

영수는 언젠가는, 적절한 타이밍을 봐서, 용기를 내서, 나는 연애에 관심이 없고 나의 관심은 오직 내 인생 근무 대신해야 할 0수를 살리고 편히 죽는 일뿐이라고, 기특에게 말해줘야겠다 싶었다.

그때 어디선가 울음소리가 났다. 0수였다. 본인의 말버릇처럼 울음도 토해내고 있었다. 울음 사이사이 겨우겨우 말을 뱉는데,

"그, 그, 사, 람, 그 사람은, 잘, 치료받고, 퇴, 퇴원, 한, 거겠지? 주, 죽은, 거, 아니겠지?"

울고 있는 0수를 보고 있자니, 영수는 측은해졌다.

'저렇게 우는 건 좋은 신호일까?'

'0수가 이 기억을 되찾은 게 계속 사는 일에 도움이 될까? 제발 그래야 할 텐데.'

'첫 번째 기억까지 되찾게 되면 0수는 정말 계속 살게 될까? 제발 그래야 할 텐데.'

영수는 어떤 인간보다도 풍부한 감정을 드러내고 있는 복제인간 0수를 보며 자살하려고 했던 자신을 떠올렸다. 염산으로 가득했던 모텔 욕조 속에서 녹지 않고 떠 있던 플라스틱 의자가 떠올랐다. 영수는 아직 살아서 바닷가에 있었다.

*

오한이 영수를 툭툭 친다. 그러곤 0수가 우는 게 신기한 구경이라도 되는 듯 한동안 보기만 한다. 영수가 오한에게서 시선을 거둘 즈음, 오한이 영수를 다시 붙든다.

"인생이 왜 지루한지 알아요?"

"……."

"내가 꽤 열심히 살았거든. 근데도 인생은 꽤 지루해. 왜 그런지 알아?"

"……부담스럽게 자꾸 묻지 마시고, 하고 싶은 말씀 그냥 하시면 안 될까요?"

"되게 애를 써야지 그나마 뭔가를 깨닫는데, 근데, 제길, 그게 속고 있는 거였더라고."

"……속으셨구나."

"처음에 뭔가 깨달았을 때는 날아갈 것처럼 좋아요. 내가 현명해진 것 같고, 인생이 더 명료해진 것 같고, 머릿속이 그늘 한 점 없이 또렷해, 맑아. 그 깨달음으로 한동안은 잘 살지. 그러다가, 또 사는 게 힘들어져. 하지만 다행히 또 다른 깨달음이 찾아와. 그럼 그 깨달음으로 한동안은 또 살아. 그러다 또 새로운 걸 깨닫고, 또 다른 걸 깨닫고, 또 깨닫고 계속 깨달아. 근데, 그게 사실은 ……같은 깨달음일 때가 많은 거지. 깨달은 순간을 망각하고는 처음 깨닫는 것처럼 같은 이치를 다시 깨닫는 거라고.

인간이, 한 인간이 깨달을 수 있는 데는 한계가 있는 거였다고."

"……아, 한계가."

"골 빠지게 애써봐야 결국은 한두 개, 많아 봐야 몇 가지 깨달음 안에 갇혀서 사는 거예요. 표현만, 말만, 단어만 좀 바꿔가면서, 지가 깨달은 그 몇 가지 안에 갇혀서 답답하게 사는 거라고. 그러니까 인생이 이렇게 지루한 거야. 결국 반복일 뿐이니까. 그렇게 고민하고 또 고민하고, 생각하고 또 하고, 애써서 깨닫게 되는 게 결국 인생은 뻔하고 지루한 반복일 뿐이라는 걸 알게 되는 거라고. 그걸 깨닫기 전에는 다들 인생이 졸라, 뭔가 있을 줄 알지."

"……그런 깨달음에 무관하게 저는 사는 게 별로,"

"그럼, 반복되지 않는 건 뭐냐? 어떻게 하면 덜 지루할 거냐? ……인생이라는 큰 틀은 반복되는 게 맞아요. 그건 바꿀 수 없어. 하지만 디테일들, 그 디테일은 바꿀 수 있어. 쉽게 말해서, 내가 영화감독 되려고 했다 했죠? 영화를 보면 결국 재미있는 이야기라는 건, 그 원형은 크게 바뀌지 않아. 관객들이 익숙하고 좋아하는 플롯은, 그런 이야기는 이미 정해져 있다고. 그냥 새로운 에피소드만 추가되는 거야. 그래서 제길, 꼭 인간이 아니어도 에이아이가 그렇게 영화를 잘 만들 수 있는 거라고. 그러니까,"

"……갑자기 딴 얘기를."

"그것처럼! 인생도 그 디테일이 바뀌는 것뿐이에요. 그 디테일이 ······기억이란 말이죠."

"아 ······이게 본론."

"그래서, 기억이 중요한 거야. 인상적인 기억이 중요하다고. 그런 기억 몇 개면 인생 전체를 버티니까 말이야. 그래서 값이 나가는 거라고. 그런 기억 하나 갖는 게, 참 의미가 있다고. 무슨 말인지 알아요?"

"······아마도?"

"그러니까 내 말은, 그런 기억 하나를 갖는 게, 아주 큰 의미가 있다고."

오한은 흥분해서 진지하게 꽤 오래 떠들어댔다. 그럴수록 영수는 당황스럽고 겸연쩍고 민망했다. 오한의 말 사이사이 수시로 리액션을 밀어 넣긴 했다. 꽤 의미 있고 가치 있는 말을 들은 것 같기도 했다.

열심히 살아오신 대선배님의 인생을 부정하고 싶은 마음 같은 건 전혀 없었다. 오히려 그렇게 열심히 살아온 오한이 영수는 존경스러웠다. 민망해지는 이유는 오한 때문이 아니라, 그렇게 열심히 살지 못한 스스로 때문이었다.

리액션을 한다고는 했는데, 그걸로는 부족했으므나, 영수는 눈치가 보였다. 그래서,

"그러니까, 그런 의미 있는 기억이 본인도 있다는 이야기를 하시는 거예요? 그 기억에 대한 이야기를 이제부터 하시려고, 그러니까 아직 진짜 본론은 시작도 안 하신 거죠?"

"……."

"아니면 ……그런 인상적인 기억을, 갖고 싶다는 말씀이세요?"

영수는 조심스럽게 여쭈었다. 한데, 그렇게 떠들어대던 오한은 입을 다물었다. 말이 없었다. 영수는 괜한 질문으로 오한을 불편하게 한 건 아닌지 신경이 쓰였다.

오한은 한참 만에야 조금 전과는 영 딴판인 사무적인 말투로 말했다. 영수는 알아차릴 수 없을 정도의 비아냥거림도 섞여 있었다.

"편집이 있을 수 있다는 거, 알죠?"

내가 편집자잖아, 이렇게도 말했다. 물론 큰 사건은 비슷하겠지만, 편집하면서 디테일들은 얼마든지 바꾼다고. 날씨, 나이, 성별, 직업, 얼굴도 바뀔 수 있다고. 담배가 사탕으로 바뀌었듯이, 당신도 알지 않냐고.

"바꿀 수 없는 건 그때의 분위기, 그 순간의 감정, 그런 것들이지."

김다울의 기억은 분명히 오한 자신이 편집한 영수의 기억이 맞지만,

"당신 원래 기억이 정, 확, 히, 어땠는지는 아무도 몰라."

마침 0수의 울음소리가 더 커졌다. 오한의 말에 잠깐 멍해졌던 영수는 자리를 피할 이유를 찾은 듯 일어났다. 0수에게 다가

갔다. 파도에 시선을 빼앗겨 있던 기특도 그 울음소리에 0수를 돌아봤다.

영수가 먼저 0수 곁에 앉았다. 기특이 0수의 반대쪽 곁을 채웠다. 영수가 0수의 어깨에 팔을 두르고 기특이 또 그 위에 팔을 둘렀다. 0수를 가운데 두고 셋이 한 뭉텅이가 돼서 울음이 공명했다. 울음소리는 오히려 커진 것도 같은데 울음통도 같이 커져서인지 한결 부드러웠다.

*

셋이 한 몸으로 울고 있는 걸 오한은 지켜보고만 있다. 속내를 알 수 없는 시선이다. 전에는 본 적 없는 얼굴을 하고 있기도 했다. 오한은 영수와 0수를 바라보며 혼잣말을 했다.

"역시, 내 것을 가져야겠어."

26

오한은 거짓말을 했었다.

보면 알겠지만, 오한은 몸 관리가 철저한 사람이었다. 타 구역으로 이동을 한다는 건 감염을 무릅쓰는 일이었다. 그래서 국가가 제한하는 일이기도 했다. 오한은 지금까지 살면서 그런 위험을 단 한 번도 자처한 적이 없었다.

여행에 대해 떠들어댄 건 진심이었지만 그건 세상이 바뀌기 전 이야기였고, 오한은 여행 없이도 사는 사람이었다. 여행보다도 안전이 수천 배는 중요한 사람이었다. 오한에게 지금 이것은 목숨을 건 대이동이었다.

그러니까,

사실 오한은 자신이 편집한 기억을 들으러 이곳까지 온 게 아니었다. 타인의 기억 따위나 듣자고 목숨을 건 게 아니었다.

물론 한 번도 본 적 없었던, 자신이 편집한 기억을 들어서 기뻤다. 내가 저런 기억을 편집했었구나, 감회가 새로웠다. 하지만 그 기억 속에 자신은 없었다. 그 기억의 주체는 오한이 아니었다.

당연했다. 모르지 않았다. 예상했던 대로였다.

상실감만 더할 뿐이었다.

오한이 기억 편집을 한 지는 오래되었다. 기억을 정보화해서 다운로드한 후, 매수자의 다른 기억들을 뒤져서 비슷한 얼굴, 적절한 공간들을 찾아 디테일들을 수정했다. 매수자가 원한다면 내용도 바꿔줬다.

매일 편집을 하고 일한 기억은 지운 채 고된 몸을 끌고 퇴근했다. 그런 출퇴근을 십오 년 넘게 반복했다.

본인은 등장하지도 않는 타인의 강렬한 순간들을 매일같이 편집하고 있자니, 오한은 예전에 포기했던 것들이 떠올랐다. 영화, 꿈. 자신의 영화를 만들고 싶었지만 남의 기억이나 편집하게 된, 자신. 언제나 먹고살자고, 언제나 먹고사는 일에 매달리느라 너무 쉽게 많은 걸 포기했던 자신. 나중에는 뭘 포기한지도 모르게 된, 자신. 그놈의 망할 먹고사는 일.

'기껏 남의 기억이나 편집하며 살고 있다니.'

그러니까, 아까 개똥철학을 앞세우면서까지 오한이 영수에게 하고 싶었던 말은,

'생각해보니 나는 너 같은 것도 두 개나 팔아치운, 그런 값나가는 기어이 하나두 없더라, 이 말이야.'

'나 진짜 열심히 살았거든?'

고된 몸은 그 근거를 모르고, 치열하게 고민해서 얻은 깨달음조차 결국 반복되기만 하는 망할 인생, 그 인생 덜 지루하게 할

새로운 디테일이, 인상적인 기억이라는 게, 그런 시절이, 하루가, 한순간이 없더라, 이 말이었다.

그러니까, '나도, 이렇게 열심히 성실히 살아온 인생 조금이라도 덜 지루하게 할 뭔가가 필요하지 않나?' 이 말이었다.

그러니까, 내게도 작은 보상 하나는 있어도 되지 않나, 이 말이었다.

오한은 자신만의 남다른 인생 디테일을, 차별화되는 기억을 갖고 싶다는 거였다.

그러니까,

애초에 오한은 자신만의 기억을 만들어보겠다고 이 이동을 무릅쓴 거였다.

하지만 오한은 철없는 십 대가 아니었다. 스스로의 주제를 알았다. 오십이 넘도록 주인공 한번 못 해본 자신이 갑자기 주인공 역할을 할 수는 없는 거였다.

오한은 현실적으로 생각을 조금 틀었다. 오한은, 주인공은 아니지만 자신도 등장하는 기억을 갖기로 했다.

물론 셋과 함께하는 동안 이미 전에는 없던 기억들이 생겨나긴 했다. 그렇지만 그걸로는 부족했다. 오한은 더 더 더 강렬한 기억을 갖고 싶었다.

'이왕이면 값나가는 걸로.'

비싼 돈을 지불하는 기억에 어떤 것들이 있는지 오한은 누구보다 잘 알았다.

'이왕이면 가장 비싼 걸로.'

가장 비싼 기억은 연애의 기억이 아니었다.

"……아니야."

오한은 저기 하나로 뭉쳐 있는 셋을 쳐다보고 있는 지금, 다른 생각이 떠올랐다.

오한은 좀 더 효율적으로 욕망을 수정했다. 어차피 오한의 꿈은 배우가 아니라 감독이었다. 오한은, 자신이 연출하는 기억을 갖기로 했다.

등장인물들은 저기 눈앞에 있었다. 좋은 캐릭터가 둘이나 있었다.

박영수는 늘 자살을 생각하는 인간이었다. 죽음과 가까웠다. 게다가 가운데 끼어 울고 있는 저건 복제인간이었다. 어차피 이 세상에 자기 몫의 삶은 없는. 사라져도 그만인.

둘은 값비싼 기억을 낳기에 더없이 좋은 캐릭터들이었다.

"……저 캐릭터가 성가시긴 한데."

오한은 기특을 바라보며 중얼거렸다. 오한은 기특의 활용법에 대해 고민하기 시작했다.

*

그들이 떠나고 한 달인가 지났을 즈음, 김다울은 현관문을 열었다. 집을 나섰다. 바다를 따라 걸었다. 걷는 동안 보이는 것들을 보았다. 몸에 닿는 바람을 느꼈다.

그러는 사이 다른 등대가 가까워졌다. 등대라고 불리는 E구역의 1인용 거주 공간. 김다울은 등대들을 지나쳐 계속 걸었다.

E구역의 바다에는 SNS에 올릴 사진을 찍기 위해 포즈를 취하는 흔한 관광객 하나 없었다. 바다는 고요했다. 사막처럼 적막했다.

김다울은 어느 등대 앞에 섰다. 요양병원 병실 창을 헤아렸듯 손가락을 들어 지나온 등대를 세어봤다. 그리고 벨을 눌렀다. 노인이 나왔다. 얼굴에 멍은 이제 사라졌지만 그들이 만났던 그 노인이었다. 노인은 김다울을 들였다.

김다울은 우선 노인의 이야기를 들어야 했다. 긴 이야기라 듣는 동안 노인의 공간에 익숙해졌다. 노인의 이야기가 끝이 나고 김다울의 차례가 되었다. 김다울은 준비해온 노트를 열었다. 거기에 자신의 이야기를 쓰겠다, 몸짓 손짓을 했다. 노인은 알아들었다.

노인에게 들려주기 위해 기억을 적어가는 동안, 김다울은 걸어오던 길에 마주쳤던 바람이 기억났다.

27

이제는 C구역에 있는 해도연에게 다시 돌아가야 했다. 그녀에게 영수의 첫 번째 기억만 들으면 되었다.

몇 시간을 달렸을 즈음 뒷자리 누군가가 운전 중인 기특을 쿡쿡 찔렀다. 기특은 순간 영수인가, 백미러를 올려봤다가 0수인 걸 알고 실망했다. 기특은 휴게소 아직 멀었는데? 쏘아붙였다. 0수는 쭈뼛거리기만 했다.

한적한 고속도로를 지나 더 한적한 지방도로에 들어섰을 때, 0수는 다시 기특을 불렀다.

"나 운전 좀 가르쳐줄 수 있어?"

그 말을 듣자마자 기특은 갓길로 끼이익 차를 멈췄다.

"너 정말 살고 싶어졌구나? 연애의 기억이란 건 정말 대단해! 그지?"

기특은 흔쾌히 승낙했다. 내비게이션으로 가장 가까운 공터를 찾아냈다.

아예 통째로 공터가 되어버린 동네가 있었다. 기특은 사람도 차도 없는 도로에서 0수에게 운전을 가르쳤다. 기특의 말처럼 다음 연애 준비를 위해서인지는 몰라도, 0수는 열심히 배웠다. 어쨌든 뭔가를 배운다는 건 언젠가의 쓸모를 생각하는 것이고, 그 언젠가를 생각한다는 건 적어도 죽음보다는 삶에 가까워진 태도였다. 영수는 그런 0수의 모습이 보기에 좋았다.

반나절 운전을 배운 0수가 직접 차를 몰아보겠다고 했을 때,
"나는 죽기 싫어."
기특은 내렸고,
"나는 진짜 열심히 사는 사람이야."
오한도 내렸다.

진짜 열심히 살지는 않은 것 같고 게다가 죽고도 싶은 영수가 0수 옆자리에 앉았다. 그래서 예상치 못한 둘의 드라이브가 시작됐다. 기껏해야 텅 비어버린 도시를 돌아보는 게 전부였지만.

0수는 배우는 게 빨랐다. 고장 난 신호등이었지만 그 앞에서는 멈추고, 차는 없었지만 차선을 바꿀 때는 방향 지시등을 켰다.

영수는 본격적인 드라이브를 위해 차창을 내렸다. 바람이 들게 했다. 음악도 틀려고 했지만, 0수는 정신 사납다고 못 하게 했다.

음악이 없어도 영수는 괜찮았다. 차 안을 감도는 바람이 듣기 좋은 소음이 되었다. 그리고 어차피 0수는 바람 소리 따위 신경 쓸 여유도 없었다.

처음 차를 모는 0수는 잔뜩 긴장한 얼굴이었지만 옆자리 영수의 표정은 평화로웠다. 그게 목숨 내놓고 사는 사람이라 그런 건지, 0수의 운전 실력을 믿어서인지는 몰랐다. 어쨌든 똑같은 얼굴로 아주 다른 표정을 짓고 있는 두 사람은 인상적이었다.

그런 둘을 보던 기특이 중얼거렸다.
"……쌍둥이치고도 너무 똑같이 생겼단 말이지."
그렇게 말하는 기특을 오한은 놓치지 않고 봤다.

C구역에 도착하기 전 마지막 휴게소에 들렀을 때 0수가 주차를 해보겠다고 우겼다. 오한이 남고 기특과 영수가 먼저 내렸다.

오늘 운전을 배운 0수가 주차를 하는 데는 시간이 걸렸다. 음식까지 시켜놓고도 시간이 남았다.

영수는 지금이 그때다 싶었는지, 기특에게 '본인을 좋아해주는 건 진짜 너무 감사한 일이지만 그러지 않았으면 좋겠다'고, 쩔쩔매며 간절히 알렸다.

"사람을 잘 모르는 거지? 그렇게 이야기하면 내가 뭐, 아 넵, 그간 죄송, 할 줄?"

영수의 말을 다 들은 기특의 첫마디는 이랬다. 이어서,

"니 입장은 알았어. 근데 그건 니 입장이고 내 입장은 내가 알아서 할게. 사람마다 살아가는 방법이 있잖아. 살게 하는 것들

이라고 해야 하나. 가족, 돈, 책임감, 건강, 욕망, 몰라 뭐 여하튼. 근데, 나는 연애야. 연애에도 종류가 많지. 요즘 쌍방향으로 연애하는 사람 잘 없어. 대가리에 맨날 이딴 거 쓰고 다니면서 뽀뽀할 때마다 대가리 떼고 해야 하고 번거로워서 누가 요즘 실물 만나서 연애해? 게다가 인간 자체를 바이러스 숙주 정도로 여기는데 누가 그런 거랑 실제로 입을 맞출 생각을 해? 어차피 다 누군가를 대상으로 해서 좋아하지. 대상화하기에는 그쪽은 연예인도 셀럽 같은 것도 아니지만 어차피 나는 그런 쪽은 관심 없고. 나는 좀 번거로워도 실물. 어차피 뽀뽀까진 일어나지도 않는 일이고 지금도 그쪽이랑 나랑 방호복이랑 방호복 사이만 해도 거리두기 충분한데 더 가까워질 거 크게 기대 안 하고, 그냥 나 좋으면 그만이리. 나는 ……그냥 누굴 좋아하고 있는 내가 좋아. 누구를 좋아하고 있는 내가 그나마 덜 싫다고. 나는 그렇게 쭈욱 해왔는데, 그게 내 나름으로 사는 건데, 나더러 사는 거 그만하란, 설마 ……나더러 죽으란 소리는 아니지?"

"……."

"그런 소리였어? 아무리 자살이 유행이라지만 니 쌍둥이 형처럼 나도 죽어?"

"아닙니다, 계속해요, 사는 거."

"나는 그냥 남녀 상관없고 아름다운 인류는 다 사랑해. 그뿐이야. 부담 갖지 마. 니가 하필 내 눈에 아름다운 거니까."

"네, 그렇게 봐주셔서, 감사합니다."

영수는 어쩌다가, 자살을 하려고 했던 자신이 어쩌다가, 그것만이 유일한 바람이었던 자신이 어쩌다가, 인생 근무 대신할 복제인간을 살려야 하는 입장에 처한 걸로도 모자라 어쩌다가, 기특 이분의 삶의 존폐에까지 끼어들게 되었는지,

"아 진짜, 인생 뭘까?"

"응?"

"들렸어요? 혼잣말입니다."

*

넷은 간단히 끼니를 때웠고 화장실을 가겠다고 기특이 먼저 일어났다. 오한은 화장실을 다녀오는 기특을 잡아 세우고는 대뜸 말했다.

"쟤들 쌍둥이 아니야."

"⋯⋯응? 그럼 뭐야?"

"둘한테는 절대 티 내지 마. 둘 중 하나는 다른 하나의 복제인간."

"⋯⋯뭐? 정말?"

기특은 놀랐는지 한동안 말을 잇지 못했다. 그러다가, 갑자기 뭔가 떠오른 듯,

"엇! 그러고 보니까, 세 명이 되네!"

"무슨 소리야?"

"둘이 진짜 쌍둥이라면, 세 명이 되는 거잖아? 울보 걔가 죽어도 걔 엄마, 누나, 쌍둥이 동생인 내 님까지! 죗값 치를 인간이 셋이 되는 거였잖아! 나한테까지 연락이 애초에 안 왔겠네!"

"하지만 연락이 갔지? 쌍둥이가 아니니까."

"……그렇네. 그래야 말이 되네. 쌍둥이가, 아닌 거였네."

기특은 멀고 멀고 먼 친척 놈 만나서 혼낼 생각만 하고 왔다가, 같은 얼굴이 둘이나 있어서 느닷없는 충격을 받았고, 게다가 그와 동시에, 내 님에게 신속하게 반하느라 정신이 팔린 나머지 하나 마나 한 셈도 놓쳤던 것이다. 자신이 뒤늦게 깨우친 사실을 받아들이는 데 시간이 필요한 듯, 기특은 한동안 또 말이 없었다. 그리고 중얼거렸다.

"……실제로는 처음 보네. 복제인간이 진짜 저렇게 막 걸어 다니고 하는 거였구나. ……어쩐지 너무 똑같이 생겼더라. ……누가 인간이고 누가 복제야? 어, 뭐야,"

기특은 저기 차 안에 타고 있는 영수와 0수를 한참 바라봤다.

"……내가 좋아하는 쪽이 복제일 수도 있는 거네?"

"그건 나도 모르고. 너한테 이제 중요해진 건…… 딱히 어느 한쪽이 아니라, 둘 중 아무나 하나만 살면 너는 그 자살 연좌제, 페널티 탈출이라는 거지."

"뭔 소리?"

"그러니까……꼭 둘이 다 필요한 건 아니라고."

기특은 오한의 말을 알아들었다는 듯 천천히 고개를 끄덕였다.

"……근데, 이걸 나한테 왜 알려줘요? 아니, 여태 알았으면서 왜 이제 알려줘요?"

"그냥……이제 알려주고 싶어졌어."

*

길을 달릴수록 사람의 흔적과는 멀어졌다. 마지막 거주지역을 벗어난 지 한참이 지나자 고장 난 가로등들이 나타나기 시작했다. 자동차 라이트가 사방의 유일한 빛이 되었다.

불현듯, 기특은 갓길에 차를 세웠다. 라이트를 껐다. 훅, 어둠이 드러났다. 기특은 어둠 속으로 내렸다. 영수와 0수는 기특을 따라 내렸다. 오한은 차 안에 남았다. 골똘히 생각에 잠겨 있는 오한에게 누구도 함께 내리자 권하지 않았다.

기특은 이미 도로에 누워 있었다. 어둠 속에 누워 하늘을 바라보고 있었다. 영수와 0수도 따라 누웠다. 어찌하다 보니 영수와 0수는 기특을 가운데 두고 눕게 되었다. 두 사람도 기특과 같은 곳을 보게 되었다.

기특이 바라보는 곳에 별이 있었다. 세 사람의 방호복 앞유리 너머로 별이 보였다. 눈을 아래로 내리깔고 또 위로 치켜떠도 별이었다. 그들의 시야는 좁았고, 그래서 세상 전부가 별이었다.

기특은 별을 보며 사람을 좋아하는 일 말고도 살아가는 데 필요한 게 뭐가 있을까, 다른 뭐가 있긴 할까 따져보다가, 지금 이 순간을 잘 기억해둬야겠단 생각이 들었다. 지금 엄청 차가운 시멘트 바닥에 누웠는데, 지금 벌써 가을이라 바람이 차기도 한데, 바람이 쌀쌀한지도 바닥이 차가운지도 잊게 하는 지금 이 순간을.

기특은 고개를 돌리지 않고 옆으로 눈을 굴렸다. 기특은 젊으니까 유연하게 눈알을 돌려서 오른쪽 옆에 누워 있는 영수를 봤다. 영수는 별을 보고 있었고, 기특은 그런 영수를 보고 있다. 기특은 그 순간도 기억에 남겼다.

엄마가 죽은 후에도 이만큼 살아온 건 엄마를 대신해 마음 담을 곳들을 부지런히 찾았기 때문이었나. 기특은 그게 되도록 사람이면 싶었고, 이번엔 영수였다. 기특이 보는 시야 또한 좁았고, 그래서 지금 기특의 세상은 영수가 전부였다. 하지만 그때,

크진 않지만, 무시하고 싶지만, 거슬리는 생각이 떠올랐다. 오한이 했던 말.

'쟤들 쌍둥이 아니야. 둘 중 하나는 다른 하나의 복제인간.'

그러니까, 기특은 지금 인간과 복제인간 사이에 누워 있는 거였다. 어쩌면 방금 기특이 봤던, 자신의 오른쪽에 누운 모자 쓴 쪽이 복제인간일지도 몰랐다.

기특은 자신이 좋아하는, 지는 나 안 좋아한다 하지만 그래도 나는 좋아할 거인 이 사람이 복제인간이면 어떻게 되는 건가,

잠깐 멍해졌다.

그러다가 곧, 어차피 티도 안 나는 거 인간이면 어떻고 복제면 어때 하다가 또 곧, 그래도 이왕이면 내가 좋아하는 모자 쓴 쪽이 인간이면 좋겠다 싶었다.

왜 그런 마음이 드는지는 잘 몰랐다. 그건 본인이 품었지만 본인도 아직 익숙지 않은, 기특에게는 생경한, 그래서 시간을 두고 따져봐야 할 마음이었다.

*

넷은 차 안에서 눈을 붙였다. 오한이 가장 늦게 잠들었다.

기특이 눈을 떴을 때는 날이 밝아오고 있었다. 기특은 시동을 걸었다. 그 소리에 나머지도 일어났다. 0수가 운전을 해보겠다 했지만 가는 길 내내 기특은 자리를 내주지 않았다.

기특은 숲의 입구에 차를 세웠다. 넷은 차에서 내려 차는 다니기 힘든 좁은 길을 따라 요양병원으로 들어갔다.

28

오한은 피곤하다며 먼저 숙소로 향했다. 0수는 영수와 기특 사이에서 주뼛거리다가 오한을 따라갔다.

영수는 또 바람에 흔들리는 나무에 빠져서 숲을 보고 섰다. 영수가 섰으니 기특도 서 있었다. 그런데, 몇 주 전에도 왔던 그 요양병원 맞는데, 기특의 눈에는 이제 이곳이 다르게 보였다.

"……뭐랬더라, 거대한 숲 자체가 방호복이 되어준다고 했었나?"

"……."

"여기…… 김다울이 말한 그 병원 같지 않아?"

흔들리는 나무에 눈이 멀어 영수는 그런 생각은 해보지도 못했다. 기특의 말을 듣고 나서야 영수도 병원을 새삼 둘러봤다.

요양병원이라는 곳들이 대부분 공기 좋은 외진 곳에 있기는 하겠지만, 그들이 지나왔던 울창한 숲, 그 숲에 둘러싸인 병원 건물을 보니 김다울의 기억 속 요양병원과 닮은 구석이 있기는 했다. 달리 말하면, 영수 자신의 기억 속에 있었던, 본인이 십 대 시절에 와봤던 곳일 수도 있는 거였다.

영수는 좀 더 차분하게 주변을 살펴봤다. 병원 건물과 숲이 만나기 시작하는, 정문과는 꽤 떨어져 있는 건물의 한쪽 끝에 직원들이 오가는 입구가 보였다. 그곳은 김다울이 들려줬던 기억 속에도 있던 공간이었다.

영수는 무작정 그 입구를 향해 다가갔다. 제법 거리가 있었지만 어째서인지 조금씩 급해지는 마음 때문에 금세 입구에 닿았다. 입구에 이르자마자 영수는 덜컥 문을 열고 안으로 들어갔다.

복도에는 창이 없었다. 낮이었지만 불이 모두 켜져 있었다. 얼마 걷지 않아 윙윙거리는 소리가 들려왔다. 기계가 쉼 없이 돌아가는 소리. 그 소리를 따라가자 세탁실이 나왔다.

영수는 세탁실 문을 열었다. 여러 대의 세탁기와 건조기들이 가득했다. 건조기도 함께 돌아가고 있는 탓인지 열기가 올라왔다. 김다울의 기억 속에도, 세탁실이 있었다.

영수는 세탁실을 서둘러 나갔다. 복도 반대쪽 끝을 향해 달렸다. 문을 열었다. 눈이 부셨다. 햇살이 쏟아졌다. 어느새 구름이 걷히고 해가 나 있었다. 그리고 곧 뿌연 연기가 영수를 가로막았다. 사람들이 뿜어내 헐겁게 뭉쳐진 희고 아득한 기체 덩어리, 담배 연기였다.

영수는 불확실한 과거의 한순간을 관통하듯 가로막고 있는 담배 연기를 지나쳤다. 그러자 담배를 피우는 사람들이 드러났다. 직원들과 환자들이 뒤섞여 있었다. 뒤뜰이었다. 김다울이 담배를 배웠다던 그곳. 영수 자신이 담배를 배웠을지도 모를 이곳. 어쩌면,

'김다울이 말한 기억 속의 공간이 정말 맞을지도 모르겠다.'

영수는 자신도 모르게 긴장이 되었다. 긴장한 채로 몇 걸음을 더 옮겼다. 담배 연기를 뒤로하고 병원을 올려다봤다.

김다울의 기억이 재현이라도 되듯, 창들이 대부분 열려 있었다. 과연 그 열린 창에는 사람들이 나와 있었다. 환하게 갠 밖을, 구름이 걷힌 하늘을 바라보고 있었다. 하지만,

저 어느 즈음의 창 하나에는 사람이 없었다.

'……그 사람의 창일지도 모른다.'

영수는 마음이 요동쳤다. 영수는 이제 다급해졌다. 영수는 김다울의 기억에 따라, 아니 자신의 십 대 어느 날의 기억을 좇아 숲을 향해 걸었다. 걸음은 무심히 빨라졌다.

영수는 뛰고 있다. 몸은 숲을 향하지만 눈은 그 창에 가 있다.

창 너머가 보일 때까지 영수는 경사진 숲으로 달렸다. 언덕이 높아지고 숲이 깊어졌다.

숲의 한가운데에 섰을 즈음, 영수는 창 너머를 볼 수 있었다.

"……."

사람이 있었다. 삼십 대일지 사십 대일지 가늠이 되지 않는 한 여성이 있었다.

하지만 환자로 보이진 않았다. 침대며 베개의 커버를 분리하

고 있었다. 직원인 듯했다.

저 여성이 김다울이 말한 그 여성일 리는 없었다.

'죽었을 수도 있다 하지 않았나?'

그럼에도, 영수는 그 여성에게서 눈을 떼지 못했다.

"설마, 저 여자가 김다울의 기억 속 그 여자, 아니겠지?"

기특의 목소리였다. 기특은 어느새 영수 뒤에 다가와 있었다.

김다울의 기억처럼 날은 좋았고, 건물의 창은 모두 열려 있었고, 창 앞에는 사람들이 다가서 있었다. 사람이 보이지 않는 어느 창이 있었고, 숲 한가운데까지 와서야 보이는 그 창 너머에, 한 여성이 있었다. 이미 몇 주 전에 그들이 만났던,

그는 해도연이었다.

*

영수는 숲에서 기특과 어떻게 헤어졌는지 기억이 안 났다. 김다울의 기억을 좇다가 숲에서 창 너머에 있는 해도연을 본 후로, 영수는 해도연에게 자꾸 신경이 쓰였다. 숙소로 돌아와서도 해도연에 대한 생각에만 빠져 있었다.

김다울이 말한 요양병원이 정말 이곳이 맞다면, 그러니까 자신이 이곳에서 몇 달이고 머물렀었다면, 김다울이 좋아했던, 그러니까 자신이 좋아했던 그 연상의 여성이 혹시,

"죽지 않고, 살아 있다면?"

영수는 습관처럼 혼잣말을 했다.

'편집이 있을 수 있다는 거, 알지?'

혼잣말에 대답을 찾듯, 영수는 오한이 했던 말을 떠올렸다.

그랬다. 매매된 기억은 당연히 편집될 수 있었다. 김다울이 말한 기억의 세부 사항들은 실제 영수의 기억과 얼마든지 다를 수 있었다.

"환자가 아니라…… 직원이었을 수도 있어."

긴 이동이었다. 영수는 갖은 경우의 수를 모두 해도연에게 맞춰보다가 잠이 들었다.

얼마나 잤을까? 영수는 문득 잠에서 깼다. 늦은 새벽이었다. 영수는 꿈에서부터 그리해온 듯 깨어나자마자 김다울이 들려준 기억의 세세한 단편들을 헤아려봤다.

'……그 사람을 처음 본 숲의 그 자리, 언제든 그 사람을 볼 수 있는 그 자리를 평생 기억하고 싶었어요. 그곳의 땅을 파서……'

영수는 김다울의 말을 이었다.

"그곳의 땅을 파서, 두 사람을 기억할 수 있는 물건을 묻었다!"

그곳에 정말 김다울이 묻은 물건이 있다면, 그 물건을 찾아만 낸다면, 이곳은 김다울의 기억 속 무대임이 분명했다. 우선 그 것부터 확인해야 했다.

영수는 숙소를 나와 숲을 향해 달렸다. 영수는 김다울이 섰을, 오늘 오후에 자신이 섰던, 무엇보다 과거의 자신이 섰을지도 모르는 창이 보이는 숲속 한곳에 멈춰 섰다.

무작정 손으로 땅을 파헤치다가 영수는 정신을 차렸다. 여기서 보이는 저 창이 꼭 과거의 그 창이라는 보장은 없었다. 저 창이 아니라면, 창이 보이는 스폿이 딱 여기만도 아니었다. 파헤쳐봐야 할 곳이 꽤 넓을 수 있었다. 이렇게 해서 될 일이 아니었다.

영수는 다시 병원 건물로 돌아갔다. 관리실을 찾았다. 관리실 문밖으로 새어 나오는 불빛이 희미해서 이미 직원이 잠든 게 아닐까 영수는 초조했다.

하지만 문을 두드리고 제법 시간이 흐른 뒤 관리실 직원이 모습을 드러냈다. 영수는 새벽 시간에 죄송하다는 말을 여러 번 건네고, 혹시 삽을 빌릴 수 있는지 물었다. 다행히 삽은 있었다.

영수에게 삽을 건네며 관리실 직원이 뭐라 중얼거렸다. 하지만, 영수는 듣지 못했다.

숲으로 돌아와 영수는 땅을 팠다. 짐작되는 여러 곳을 모두 팠다. 몸은 지치고 손바닥이 까질 즈음, 영수는 비단으로 보이는 천 쪼가리에 둘둘 말린 채 땅속에 묻혀 있는 물건을 발견했다.

"……여기였어!"

영수는 기뻤다. 이곳이 맞았다. 이곳은 정말 김다울이 말한 기억 속의 공간이었다. 이곳은 십삼 년 전 십 대의 자신이 한 시절을 보냈던 곳이었다.

십삼 년 전에, 영수는 이곳에 있었다.

영수는 들뜬 마음으로 땅을 마저 팠다. 십 대의 자신이 연애에 대한 증거로 묻어둔 물건이 드디어 모습을 드러냈다. 영수는 그 물건을 집어 올렸다. 설레는 마음으로 물건을 감싸고 있는 비단을 천천히 벗겨냈다.

"……."

하지만, 영수는 드러난 연애의 증거를 손에 들고 의아해졌다. 물건은 전혀 예상하지 못한 것이었다.

"……."

영수는 말을 잃었다. 뜨거운 것에 손을 덴 걸 뒤늦게 깨달은 아이처럼, 내치듯 그 물건을 떨어뜨렸다.

'왜, 왜 이런 물건이?'

영수는 땅바닥에 내팽개쳐진 자신의 과거를 내려다봤다. 가까이 보려고 앉았다가 겁이라도 나는 듯 일어났다. 다시 앉았다가, 일어났다가, 도망치듯 멀어졌다가, 결국 돌아왔다.

영수는 비단 천으로 물건을 다시 감쌌다. 원래 있던 곳에 놓았다. 파내서 쌓여 있던 흙으로 그 위를 덮고 묻었다. 쾅쾅쾅 발을 굴러 다졌다. 들춰냈던 기억까지 숨겨놓고 영수는 숲을 나왔다.

29

"이번엔 내가 해볼게."

오한과 0수는 휴가가 한 달 정도 남았다는 걸 확인했다. 가을이 끝나기 전에는 사무실로 돌아가야 했다. 해도연이 지니고 있는 영수의 기억을 아직 듣지 못했고, 남은 시간이 많지 않았다.

넷은 다시 모였다. 오한은 영수에게 조금 더 해도연에게 가까이 더 가까이 다가가서 이번에는 꼭 기억을 들어내라고 말하던 차였다. 그런데 기특이 오한의 말을 자르며 저리 답한 것이다.

"내가 한다고."

기특은 한 번 더 말했고, 오한이 의아해하며 물었다.

"그 여자 별로라며?"

"별로가 뭐? 그쪽도 별론데 나 그쪽이랑 밥도 먹잖아. 저쪽한테 맡겼다가 또 한 달 내내 주변에서 서성거리기만 하다가 끝나면 어쩌려고? 내가 접근하는 게 나아. 내가 아주 가까이 다가갈게. 남녀 불문, 모든 인류는 나 좋아하니까."

기특은 이곳이 김다울의 기억 속 그곳이라고 확신하고 있었다. 영수와 함께 창 너머에 있는 해도연을 발견하고 난 뒤로는, 어쩐지 해도연이 자꾸 거슬렸다.

기특은 숲에서 해도연을 바라보던 영수의 눈빛을 봤다. 아직까지는 그 눈빛의 정체성이 뚜렷하지는 않지만 기특은 충분히 신경이 쓰였다. 그러니 기특은 영수가 해도연에게 가까이 더 가까이 다가가는 꼴을 볼 수가 없었던 거다.

"여기 담아올게."

기특은 모두에게 휴대폰을 들어보였다.

"해도연이 뭔가 기억에 관한 이야기를 하면, 여기 이 폰에 녹음해올게. 됐지?"

기특은 그렇게 말하고 일방적으로 논의를 마쳤다.

다음 날, 기특은 일찍 일어났다. 세탁실을 찾았다. 마침 청소과 직원들이 세탁기에서 빨랫감을 빼서 건조기로 옮기고 있었다. 기특은 빨랫감들을 곁눈으로 살폈다.

기특은 돌아가고 있는 건조기 앞에서 기다렸다. 건조기에서 건조가 끝났음을 알리는 벨이 울리자마자 기특은 건조기 문을 열었다. 건조기 안에서 재빨리 직원복을 찾아 꺼내고 건조기 문을 닫았다. 세탁실을 빠져나왔다.

기특은 화장실에서 직원복으로 갈아입었다. 입고 있던 옷은 준비해왔던 가방에 넣었다. 한데 직원복 위에 가방을 메니 어색해 보였다. 가방을 두고 오자고 직원복 위에 가방까지 메고 방문객실을 다시 가니 그도 눈에 띌 것 같았다.

가방을 숨겨야 했다. 가방은 제법 부피가 있었다. 어느 틈이나 아무 공간에 숨길 수는 없었다.

기특은 재빨리 숲으로 갔다. 주변에 아무도 없나 살폈다. 나무 하나 위에 가방을 던져 올렸다. 가방이 나뭇가지에 잘 걸쳐진 걸 확인했다.

직원복을 입은 기특은 입원 병동 4층으로 올라갔다. 4층의 양쪽 끝이 다 보이는 복도 한가운데 앉아서 해도연을 기다리며 휴대폰 녹음 기능을 체크했다.

기특은 혼잣말을 녹음하고 혼잣말을 들었다. 자신의 목소리를 듣는 게 웃기는지 키득거리는데, 엘리베이터에서 내리는 여직원이 보였다. 해도연이었다.

해도연은 처음 보는 어린 직원을 잠깐 봤다. 기특은 벌떡 일어나 꾸벅 인사를 하고는 환하게 웃었다. 해도연은 목례로 받았다. 그리고 지나쳤다. 기특은 휴대폰을 주머니에 넣고 해도연을 따라갔다.

해도연이 빈 병실을 확인하고 청소를 시작하자, 기특은 일을 배운다며 주변을 얼쩡거렸다.

"누나, 이건 어떻게 해요?"

"와 어떻게 그렇게 잘하세요, 누나?"

"누나, 여기 얼마나 계셨어요?"

기특은 살갑게 누나 누나를 부르며 해도연 곁을 떠나지 않았다. 해도연은 기특이 질문할 때마다 답을 했다. 질문을 미루거나 무시하지 않았다. 해도연은 성실하게 청소를 하며 성실하게 답을 했다. 그렇다고 기특과 대답 이상의 수다를 나누지도 않았다.

퇴근 시간이 다가왔다. 퇴근 후에 저녁이라도 같이 먹으면서 업무에 대해서 더 듣고 싶다고 기특은 청했지만, 해도연은 일이 있다며 거절했다.

환복을 위해 직원 휴게실로 향하는 해도연을 확인한 기특은 숲으로 내달렸다. 기특은 나무 중턱까지 올라가 가방을 낚아챘다. 옷을 갈아입고 숲이 시작하는 곳에 서서 해도연을 기다렸다. 해도연이 모습을 드러냈다. 기특은 거리를 두고 따라갔다. 병원을 벗어나면서는 방호복을 입었다.

*

해도연은 앞만 보고 걸었다. 뒤따르는 기특은 자꾸 둘러보게 되었다. 기특에게 C구역은 또 태어나 처음이었고, 요양병원 밖의 C구역까지 구경하게 될 줄은 몰랐으니까.

기특이 살던 곳과 크게 다를 게 없긴 했다. 그런데도 기특은 자꾸 걸음을 멈췄다. 엄마는 시들어서 싫다고 했지만 매번 엄마에게 사주려고 들르던 꽃집 앞에서, 맨날 똑같은 맛이어도 절대 지나칠 수 없는 떡볶이집 앞에서.

그래서 해도연과 멀어지기도, 놓칠 뻔도 했다. 그래서 이따금 기특은 달려야 했다. 해도연의 한결같은 걸음이 기특을 달리게 했다.

방호복을 입고 달리는 게 쉬운 일이 아니었다. 쉽지도 않은 일을 평소에 굳이 하지도 않았다. 한데 뛰다 보니까 숨이 턱턱 차고, 그 때문에 방호복 머리 앞유리에 김이 서렸다 가시고, 다시 가시고 서리는 게 기특은 좀 재밌었다. 혼자 키득 키득 몇 번이고 웃어댔다.

하지만 시야를 흐렸던 김이 또다시 걷혔을 때, 눈앞에 해도연은 없었다. 기특은 해도연을 기어이 놓쳤다.

기특은 이미 어느 빌라촌 안에 들어서 있었다. 난감했다. 왜 쓸데없는 짓을 해서 이런 일 하나 제대로 못 해내나, 기특은 스스로를 혼냈다.

몇 동의 몇 호인지 몰라 애가 탔다. 이쪽으로 또 저쪽 길로 빌라촌을 휘젓고 다녔다. 방호복 안으로 땀이 흘렀다. 가을이 다 가왔다고는 해도 낮에는 아직 더웠다. 실은 그게 아니고, 겨울이었다고 해도 땀이 날 만큼 졸라 뛰어다니고 있는 거였다. 거친 숨을 너무 내쉬어서 방호복 앞유리에 서린 김이 미처 걷힐 새가 없었다.

앞이 온통 뿌옇다. 앞이 제대로 보이지도 않는데 기특은 달린다. 안달 난 기특의 마음은 자신을 자꾸 몰아친다. 그러다 넘어진다. 억울해진다. 이렇게 찾는데도 나타나지 않는 그 누나가 서운하다. 문득, 엄마 생각이 난다. 그래도 집에만 오면 찾을 수 있었던 엄마 생각이 난다.

'엄마가 제발 집 밖을 좀 나갔으면 했는데, 엄마는 늘 집에 있어서 나는 엄마를 잃을 일이 없었구나.'

"그럼 뭐해, 죽었는데."

'……서운해. 엄마.'

기특은 넘어진 김에 한동안 주저앉아 있다. 일어날 힘이 세상 어디에도 없다.

'……엄마랑 구겨 누웠던 소파에 다 두고 왔나.'

"뭐래, 힘이 없긴 뭐가 없어!"

기특은 툭툭 털며 일어났다. 아, 못 찾으면 내일 다시 와. 아 몰라, 몰라, 내일 와.

걸음을 옮기는데, 기특의 눈앞에 해도연이 나타났다. 기특은 안도했다. 아니 그 정도가 아니라, 눈물 나게 반가웠다.

'이 누나 왜 반가워?'

진짜 찔끔 울었는지도. 달려가서 아 진짜, 찾았잖아요! 포옹이라도 할 뻔.

기특은 만 하루가 지나기도 전에 해도연을 반기게 되었다. 끝이 없고 메마르지 않고 질리지 않는, 절대적인, 기특의 인류를 향한 이 가련한 호감은 도대체 얼마나 깊은 외로움에서 비롯되는 것일까.

*

 해도연은 방호복 위로 사이즈가 넉넉한 크로스백을 메고 집을 나왔다. 일전에 영수가 보았던 모습 그대로였다. 기특은 생글생글 웃는 얼굴로 해도연을 따라가며 해도연이 나왔던 동을 재빨리 확인했다.
 해도연은 큰길로 나서자마자 마침 정류장에 멈춰 있는 버스로 달려가 올라탔다. 기특은 미처 버스에 오르지 못했다. 해도연을 다시 놓쳤다.
 기특은 해도연이 나왔던 동 앞에서 기다렸다. 해도연은 늦은 밤이 되어서야 돌아왔다. 기특은 집으로 들어가는 해도연을 놓치지 않았다. 영수와는 달리 해도연을 끝까지 쫓았고, 해도연의 집을 정확히 알아냈다.
 다음 날도 기특은 해도연과 함께 일했다. 누나, 누나 상냥하게 굴었다.
 퇴근 후, 기특은 똑같은 모습으로 집을 나서는 해도연을 쫓았다. 해도연은 여전했다. 영수가 쫓아다녔던 일주일과 달라진 게 전혀 없었다. 기특이 실제로 처음 볼 뿐이지 영수에게 전해 들은 그대로였다.
 영수가 말한 모습대로 해도연은 낯선 동네로 갔고, 크로스백에서 유인물 같은 걸 꺼내 돌리고 있었다. 해도연은 유인물을 돌리면서 유인물을 받는 사람의 얼굴을 확인하고 있었다.

"⋯⋯."

기특은 해도연이 찾는 그 얼굴을 다시 확인해보고 싶어졌다. 남 일에 관심 같은 거 일절 없는, 자신의 연애 말고는 관심사가 전무한 기특이었지만, 따라다니기 시작한 첫날부터 반기는 사이가 되어서인지 저 누나 이제 남 같지도 않고⋯⋯ 게다가 어쩐지, 기특은 남 일이 아닐 수 있을 것 같았다. 어쩐지 그 유인물 속 얼굴이 자신의 연애와 연관이 있을 것 같기도 했다.

사실 처음 그 얼굴을 봤을 때 기특은 누군지 알아보지 못했었다. 지금 다시 본다고 알아본다는 확신도 없었다. 그런데도 김다울의 기억을 듣고 난 지금, 그들이 머물고 있는 요양병원이 달리 보이고 있는 지금, 그 얼굴 또한 다르게 보이지 않을까 알아보고 싶었다. 그러니까,

이곳이 김다울의 기억 속 공간이고, 만약에 해도연이 김다울이 좋아했던 그녀가 정말로 맞다면,

'어쩌면, 해도연이 찾는 저 얼굴이 ⋯⋯어쩌면.'

기특은 알 수 없는 불안감에 사로잡혀서 조금씩, 조금씩, 해도연의 뒤쪽으로 다가갔다. 더 가까이 가면 해도연이 자신을 알아보지 않을까, 갑자기 돌아보면 어떡하지, 긴장감이 감돌 즈음 기특은 다른 이유로 몸이 얼어붙었다.

누군가가 자신처럼 해도연을 지켜보고 있었다.

해도연에게 다가가 해도연의 주변을 살필 수 있게 된 지금에서야 사람들 사이에 섞여 있는 그를 찾아낼 수 있었다. 그는 해

도연을 바라보고 있었다.

'언제부터 저기 있었을까? 언제부터 지켜보고 있었을까?'

"……언제부터 저런 눈빛이었어?"

눈은 말을 한다. 백 가지 말보다 더 많은 말을 한다. 저 눈빛은 기특이 잘 아는 눈빛이다.

'나는 받아본 적 없지만, 내가 온몸으로 던지던 눈빛.'

'내가 너를 많이 좋아해, 말하고 마는 눈.'

기특은 제발 아니기를, 딴 새끼일 수도 있어, 절박한 마음으로 방호복 머리 안을 유심히 살폈다. 마침내, 챙이 짧은 모자를 보고 말았다.

기특은 눈물이 핑 돈다.

"개새끼, 내가 누구 때문에 이러는데."

영수였다. 사람들이 오가며 영수를 가리고 밀치기도 했다. 그런데도 영수의 시선은 해도연에게 박혀 흔들릴 줄 몰랐다. 해도연 뒤에 서 있는 기특을 알아보지 못할 만큼 영수의 시선은 해도연에게만 한정되어 있었다.

30

 영수는 창 너머로 보게 된 사람이 해도연이라는 우연이 우연으로만 느껴지지 않았다. 김다울의 기억이 해도연과 영수를 이어준 느낌이었다. 김다울의 기억은, 영수 자신의 기억이었다.

 게다가, 해도연 또한 자신의 기억을 지닌 사람이었다. 아직 그 기억이 뭔지 알아내지는 못했지만, 영수는 이제 그 기억이 자신과의 연애의 기억은 아닐까 내심 기대하게 됐다.

 우연과 기대 때문인지 영수는 해도연에게 점점 마음이 갔다. 그 마음을 들키고 싶지 않아 영수는 요양병원 안에서도 방호복을 입어 가렸다. 방호복을 입어 눈에 띄었지만 방호복을 입어 사람들은 영수를 멀리했다. 어느, 감염에 지나치게 민감한 환자 정도로 여겼다.

 영수가 방호복까지 입고 하는 일이라고는 해도연의 주변을 맴도는 것뿐이었다. 갑작스럽게 해도연의 삶에 나타날 생각은 없었다. 그럴 만한 성격이나 처지도 못 되었고, 나타난다고 이제 와 의미가 될 리도 없었다.

아니, 누군가에게 의미가 된다니 그 무슨 몹쓸 부담이며, 무엇보다 영수가 신경이 쓰이는 건 해도연 몰래 그 주변을 서성인다는 것 자체였다. 스토킹도 아니고 떳떳한 일이 못 되었다. 영수의 마음과 달리 해도연은 반기는 게 아니라 무서워할 게 뻔했다. 영수는 최대한 멀리서 정물처럼 있을 작정이었다.

인생에서 사라지겠다고 복제인간까지 샀던 자신에게 이런 마음이 생긴다는 게 영수는 낯설었다. 어쩌면 이건 그냥 지난 기억의, 그 재현의 연장일 뿐인지도 몰랐다. 재현이 끝나면 사라질 역할 놀이 같은.

그럼에도 영수는 그 역할에 충실하고 싶었다. 기특이 해도연의 기억을 확인해내는 그 시간 동안만이라도.

정말 해도연이 자신이 십 대 시절에 좋아했던 사람이라면, 그렇게 아플 만큼 사랑했던 사람이라면, 어떤 작은 기억이라도 되돌아오지는 않을까 바라기도 하면서. 어차피 남은 시간이 많지도 않았다.

*

어쩌다 세탁실에 둘만 있게 된 날도 있었다. 영수가 해도연의 주변을 서성인 지 며칠이 지난 후였다.

그날도 영수는 세탁실에 혼자 앉아 어떻게든 어떤 기억이든 떠올려보려 하고 있었고, 직원들 몇이 들락거렸고, 그러다 해도연이 들어섰다. 이건 너무 가깝다, 영수는 얼른 자리에서 일어나려고 했지만 해도연과 동선이 자꾸 겹쳐 결국 다시 앉을 수밖에 없었다.

영수와 해도연은 나란히 앉게 되었다. 공간 속의 유일한 타인들이었다. 영수가 방호복을 입고 있어서 나란히 앉아서는 서로의 얼굴을 확인하기 힘들었다. 영수에겐 다행이었다.

영수는 아무래도 둘 사이가 너무 가까운 것 같아서 나가야 할 것 같은데, 나가다가 해도연과 눈이 마주치면 어쩌나, 눈이 마주쳐서 자신을 무서워하면 어쩌나, 혼자 쩔쩔매고 있었다.

길어지는 정적이 해도연에게도 어떤 조바심을 더한 건지, 해도연은 못 참겠다는 듯 갑자기 영수에게서 먼 쪽의 다리를 들어 반원을 그리듯 영수 정변으로 휙 가져왔다. 다리가 긴 바닷게마냥 일어난 건지 앉은 건지 그렇게 엉거주춤한 자세로 해도연은 자신의 얼굴을 영수 바로 앞으로 가져다 댔다.

영수는 해도연의 갑작스럽고 기이한 행동이 긴장된 와중에도 이거 웃기다 싶은데, 해도연은 그 자세로 두 눈을 똑바로 뜨고 세상 진지하게 영수의 얼굴을 바라보고 있었다.

"……."

"……."

영수는 해도연의 시선을 피했다. 어쩐지, 심장이 뛰기 시작했다.

'설마 내가 누군지 알아보는 건가? 나를, 나를 알아봐준다면

얼마나 좋을까? 영수야! 내 이름을 부르려나?'

영수는 자신도 모르게 질끈 눈을 감았는데, 내심 기대했던 '영수야~' 하는 다정한 부름은 들리지 않고, 기다려도 영 들리지 않고, 자는 설정으로 갈 것 아니면 이제는 그만하자 싶어서 눈을 떴더니, 눈앞에 있던 해도연은 사라지고 없었다. 해도연은 원래 있던 자리로 돌아가 있었다.

'내 얼굴은 왜 그렇게 대놓고 봤을까? 아무래도 얼굴을 확인하고 싶은 어떤 기억이 떠올라서가 아닐까? 내 얼굴을 보고 나서 뭔가 작은 기억이라도 떠오르진 않았을까?'

방호복까지 입은 영수는 고개를 돌리지 않고서는 바로 옆자리에 앉은 해도연의 얼굴을 볼 수 없었다. 그렇게 하면 티가 날 거였다.

하지만 그럼에도 영수는 해도연의 얼굴을 확인하고 싶었다. 어떤 잔상이, 아주 사소한 아련함이라도 해도연의 얼굴에 남아있고, 그래서 자신의 흔적이 조금이라도 해도연의 얼굴에 묻어 있기를 간절히 바랐다.

영수는 용기를 내어 고개를 돌렸다. 해도연의 얼굴을 바라봤다.

해도연의 얼굴을 이렇게 가까이서 본 건 처음이었다. 영수는 계속 보고 있게 되었다. 옆에서 보는 해도연의 얼굴은 또 달랐다. 하나의 눈과, 선으로 남은 코와, 반쪽의 입술이 보였다. 온전하지 않아도 아름다웠다.

'……기특의 마음이 이런 걸까?'

영수는 기특의 마음을 빌려 자신의 마음을 확인했다.

하지만 해도연의 얼굴은 청소할 때의 얼굴로 돌아가 있었다. 치우고 쓸고 닦을 때의 얼굴. 아무 감정도 없는 얼굴.

'길 가는 고양이, 지나가는 강아지 뒷모습을 보고 나도 저런 얼굴로 돌아가지는 않을 텐데.'

영수는 속상했다. 왜인지 억울했다. 하지만,

'걔들은 여간 귀여운 게 아니니까.'

두 사람은 돌아가는 세탁기를 봤다. 떨어졌지만 나란히 앉아 함께 세탁기가 내는 반복적이면서 안정적인 소음을 들었다. 건조기가 뿜어내는 열기도 있었다. 어찌 되었건, 두 사람은 같은 곳을 보고 같은 소리를 듣고 같은 온도를 체감했다.

*

해도연은 여전했다. 퇴근을 하고도 일이 있었다. 경직된 시선으로 낮에 영수에게 했던 똑같은 일을 했다.

해도연은 다가오는 사람들의 얼굴을 확인했다. 한결같이 그들의 얼굴을 쳐다보며 그들의 손에는 유인물을 쥐여줬다.

영수도 알았다. 세탁실에서, 해도연은 영수의 얼굴이라 궁금했던 게 아니었다. 해도연은 영수를 알아본 것도 아니었다. 유인물 속의 그 얼굴을, 언제나 찾고 있던 그 얼굴을 찾으려던 것뿐이었다. 해도연이 찾는 얼굴은 따로 있었다.

하지만, 영수의 바람도 터무니없는 건 아니었다. 영수는 이곳이 김다울의 기억 속 공간이 분명하다는 걸 확인했다. 해도연 또한 영수의 기억을 가지고 있었다. 영수는 같은 공간의 두 사람이 모두 자신의 기억을 가진 이유가 있을 것 같았다.

김다울의 기억은 연애의 기억이었다. 만약에 김다울이 좋아했던 그녀가 정말 해도연이라면, 해도연이 찾는 그 얼굴은 십 대 시절의 김다울일 수 있는 거였다. 김다울의 사랑이 일방적인 짝사랑이 아니었다면, 해도연 또한 김다울을 찾고 있을지 모르는 일이었다.

하지만 김다울의 기억은 영수의 것이었다. 그러니까, 해도연이 찾는 얼굴은 그 시절의 영수일 수 있었다.

유인물을 돌리고 있는 해도연을 다시 마주하게 된 첫날부터 영수는 그런 생각을 했었다. 하지만, 영수는 선뜻 유인물 속 얼굴을 확인하지 못했다. 그렇다고 마냥 미룰 수도 없었다. 영수에게는 시간이 많지 않았다. 이제는 저 유인물 속 얼굴을 다시 확인해봐야 했다.

'지금 다시 본다면, 내 얼굴이 보일까?'

영수가 처음 그 유인물을 봤을 때는 십 대 시절의 자신을 떠올릴 생각을 못 했었다. 그래서 못 알아본 건지도 몰랐다.

'그 얼굴이 정말 나일까? 혹시나 다시 봐도 내 얼굴이 아니라면, 내가 좋아했던 건 해도연이 아니라는 걸까? 아니면, 해도연을 나 혼자만 좋아했던 걸까? 해도연이 좋아했던 사람은 달리 있었던 걸까?'

영수는 유인물을 받기 위해 행인인 것마냥 해도연에게 다가가려다가 말았다. 이제 와서 거리를 좁히고 싶지 않았다. 사람들이 버린 유인물들이 바닥에 이미 많았다. 영수는 그중 하나를 주워들었다.

그 얼굴을 확인했다.

*

영수는 그 얼굴을 가만히 들여다본다. 손으로 그린 몽타수는 섬세한 그림이 못 되었다. 잘 그린 그림도 아니었다. 하지만, 다시 보니 유인물 속의 얼굴은 확실히 누군가와 닮아 있었다. 그 얼굴 속에서 한 사람을 떠올리는 건 이제 어렵지도 않았다.

"……나야."

지금의 영수는 아니었지만, 영수였다. 유인물 속의 얼굴은 십 대 시절의 영수였다.

해도연이 찾는 건 십 대 시절의 영수였다. 해도연이 찾던 얼굴은 영수 자신이 맞았다.

모든 게 분명해졌다.

영수가 십 대 시절 좋아했던 그녀는 해도연이었다. 갑작스럽게 헤어졌지만 그때 해도연은 죽은 게 아니라 어떤 이유에서 병원을 떠나게 됐고, 다시 돌아온 해도연은 기억 속의 영수를 찾고 있었던 거였다.

"……당신이, 맞았어."

영수는 저토록 성실히 자신을 찾고 있는 해도연을 바라봤다. 이미 지나간 기억일 뿐이었다. 병원 일만으로도 충분히 힘들었다. 하지만 해도연은 자신을 포기하지 않고 찾고 있었다. 지금 이 순간도 해도연은 지나가는 사람들에게 일일이 유인물을 건네고 있다.

영수는 갑자기 어깨가 들썩거리기 시작했다. *끄억끄억* 소리가 났다. 그런 영수를 몇은 피해 갔다.

영수는 울었다. 자신은 이미 돈을 받고 팔아버린 기억이었다. 그 기억을 아직까지 저렇게 소중히 간직하고 있는 해도연에게 영수는 미안한 마음이 들었다. 속상하고 부끄러웠다.

영수는 죽어 사라지기 전에 이제라도 다시 해도연을 만난 게 다행이라는 생각도 들었다. 이제라도 해도연 앞에 나타나 어떤 해명이라도 할 수 있겠다는 생각에 마음이 놓이기도 했다.

울음이 그치지 않아 영수는 화가 났다. 영수는 어서 울음을 멈추고 해도연에게 다가가 말하고 싶었다. 내가 당신이 찾는 사람이라고, 당신이 내가 사랑했던 사람이라고.

31

 "한정판 눈빛 나셨네. 졸라 비싸겠어? 사람 시야가 어떻게 저렇게 좁아? 아니 어떻게 저렇게 한 사람만 보고 다녀? 여기 나는 진짜 안 보여?"

 해도연 곁에 있는 영수를 발견한 후, 기특은 다 때려치울까 싶었다.

 '도대체 내가 이 짓을 왜 해?'

 이제는 해야 할 이유도 사라진 것 같았다.

 '……근데 또, 약속을 한 건데? 그래, 약속은 약속이니까, 복제인지 인간인지 어느 쪽인지는 모르지만 어쨌든 사람 살리는 일이니까.'

 기특은 꾸역꾸역 격해진 감정을 추스르고, 스스로를 설득해서, 하던 일을 계속했다. 솔직히는, 기특은 두 사람을 지켜보는 걸 멈출 수가 없었다.

 기가 찬 것은 기특이 그렇게 가까이 해도연 곁에 붙어 다니고, 때로는 부러 영수와 해도연 둘 사이를 가로지르기도 하면서 거

침없이 자신의 존재를 뽐내는데도, 영수는 기특을 알아보지 못했다는 것이었다.

'내 님의 시선은 그토록 좁고, 내 님의 눈은 그렇게 멀어버리고, 내 님의 마음은 마침내 하나의 결심뿐. 저년을 사랑하겠다는 단호한 결의뿐.'

기특은 영수에게서 자신을 본다.

'졸라, 지겨운, 외사랑.'

자신을 바라보는 일은 쓸쓸하다.

"바보야, 너나 나나 행성일 뿐이야."

기특도 영수도 결국은 그냥 행성일 뿐이었다. 스스로 빛을 내지 못하고 중심별의 빛을 받아야 빛을 낼 수 있는, 중심별의 인력이 있어야 나가떨어지지 않는, 행성.

해도연을 중심으로 영수는 맴돈다. 기특은 영수 곁에 있기 위해 어쩔 수 없이 해도연을 중심에 둔다. 빛은 해도연 하나뿐인데, 기특은 영수 곁을 맴돌아야 하는데, 해도연 곁을 맴도는 영수가 해도연의 빛을 자꾸 가린다. 기특은 자꾸 그늘이 진다.

*

오늘도 해도연은 유인물을 돌리고 있고, 그 중심별의 끝자락에 기특이 있다.

기특은 두렵다. 저 유인물 속 얼굴을 다시 확인하는 게 무섭다. 하지만 궁금증을 참을 수도 없다. 많은 것들이 인내에 부딪히고 있었다.

"아 몰라!"

기특은 성큼성큼 해도연을 향해 다가갔다. 바닥에 떨어진 유인물을 줍줍 할 수도 있었지만, 그건 기특 스타일이 아니었다.

기특은 머뭇거림 없이 한 방에 다가가 해도연이 건네는 유인물을 받았다. 본능적으로 해도연은 기특의 얼굴을 쳐다봤지만 그뿐, 서둘러 다른 사람에게 유인물을 내밀었다.

기특은 우선 해도연에게서 멀어졌다. 해도연과 충분한 거리가 생겼을 때, 기특은 긴장된 마음으로 유인물을 들여다봤다. 기특은 그 얼굴을 들여다보다가 걸음을 멈췄다. 멈추어 생각해 봐야 할 만큼 아찔했다.

"……아니야!! 아, 아닐 수도 있어."

기특은 몸서리를 쳤다.

기특은 그날 밤 영수를 찾아갔다. 숙소를 나와 영수의 방으로 갔다. 벨 같은 걸 찾을 정신이 없어 방문을 두드렸다. 영수는 문을 열어 기특을 방으로 들였다. 어떻게 되고 있냐, 해도연이 무슨 말을 했냐, 기억을 들은 거냐, 묻는 영수의 질문에 아무런 대답도 들려주지 않고 기특은 얼굴만, 영수의 얼굴만 쳐다봤다.

기특은 서둘러 영수 방을 나와 품에 넣어뒀던 유인물을 꺼냈다. 그 속의 얼굴을 확인했다. 방금 본 영수의 얼굴을 떠올려봤다. 두 얼굴을 다시 한번 비교해봤다.

"……."

영수가 맞았다.

기특은 다리에 힘이 빠져 자신의 숙소까지 갈 수가 없었다. 긴 복도가 꺾어지는, 계단이 시작되는 모퉁이까지 겨우 가서 주저앉았다. 기특은 이를 악물었다. 참았다. 하지만 눈물이 쏟아졌다. 씨발, 씨발이 자꾸 터져 나왔다.

"씨발, 쌍방이었어! 씨발 서로가 아주 애틋해 죽지 죽어!"

달이 정말 밝았는데 볼 생각도 않고, 바람도 되게 좋은데 느껴지지도 않는지, 그 많은 위로를 뒤로하고 기특은 울었다.

기특은 모퉁이 그늘에 안겨 운다. 씨발 생산에 박차를 가해본다.

"씨발, 내가 무슨 큐피드야 뭐야! 씨발, 나는 니가 나처럼, 씨발 나는, 너도 나처럼 니 혼자 그러는 줄 알았지! 씨발, 뭘 씨발, 헤어졌으면 그만이지 씨발 찾고 난리야! 씨발! 아 씨발 왜 애틋해! 씨발!!"

울며 욕하며 기특은 점점 거대한 씨발이 되어가는데,

"왜 울어요?"

환청이 들렸다.

아우씨 뭐야, 기특은 환청이 들리는 쪽으로 돌아봤다. 거기 귀신 같은 게 보였다. 졸라 무서워죽겠는데 이 귀신 아는 귀신 같고, 쓰으윽 더 다가오는 귀신을 보니, 해도연이었다.

귀신 같은, 게다가 내 님과 짝짜꿍인 년이었는데, 왜 우냐고 다정하게 물어봐주니까 기특은 또 신속히 이년 나쁜 사람은 아닌가 싶고, 사실 첫날부터 맘을 연 건 기특 쪽이기도 했고, 막 맘이 복잡해졌다. 그래서 겁이 난 와중치고, 거대한 씨발치고는 제법 다정하게,

"이 시간에 웬일이에요? 이런 델?"

기특이 물었다.

"당직."

"그런 것까지 해요?"

"돌아가면서 해요."

"아, 돌아버리면서."

"……화가 나서 울었구나. 돌아버릴 만큼 화가 나서. 그래요?"

해도연이 물어왔다. 사실 평소의 해도연과 다르지 않은 메마르고 뻣뻣한 말투였다. 누가 들었다면 따지려 든다 여겼을지도 몰랐다. 하지만 기특은 달랐다. 기특은 사소한 이해의 기적도 알았으니까. 아무리 사소하고 모두가 몰라도 기특은 그 숨겨진 다정함을 알았으니까.

그렇다고는 해도, 기특은 너무 본격적인 넋두리를 늘어놓기 시작했다.

"……왜 나는 자꾸 누굴 중심에 두고 빙빙 돌기만 하냐고. 아 지겨워, 내가 사는 힘이 나한테 없는 거! 나를 현실에, 땅바닥에 붙이는 인력이 나한테 없는 거! 아 진짜 지겨워! 이딴 거 이제

지겹다고!"

"······땅바닥에 붙이는 거는 중력 아닌가요?"

"······."

"어쨌든 나한테는 그쪽 말이 좀 어렵네요."

기특은 이 무슨 개소린가 싶었다.

'아니 그냥 대충 공감하는 척해주면 될 일을 어따 따지고 들어? 지금 무슨 독해 문제를 낸 것도 아닌데 왜 지 혼자 시험을 치고 난리? 이게 다 누구 때문에 생긴 문젠데?'

기특은 내친김에 그래 한번은 따져보자 고개를 쳐들었다. 한데 해도연은 자신을 보고 있지도 않았다. 완전 개무시. 이거 태생이 싸가진가? 싶은데, 해도연의 시선은 기특이 품고 있는 유인물에 가 있었다.

"······아, 이거, 실은, 이거를 제가······."

해도연은 당직을 선다며 손전등을 들고 어둠 속을 떠돌다가, 울음소리를 따라 여기까지 와서, 그러고도, 유인물 속의 얼굴을 바라보고 있다. 또 그 얼굴을 찾고 있다.

"이제 그만 방으로 돌아가요."

해도연은 기특의 품에 있는, 이제는 분명히 영수를 닮은 그 얼굴에서 시선을 거두고는, 기특이 몸을 일으키기도 전에 먼저 돌아섰다.

어쨌든, 기특은 해도연의 입을 열기로 약속을 했었다. 의도치 않았지만 해도연이 먼저 입을 열었다. 지금이 기회인지도 몰랐다.

  그리고 사실은, 약속도 약속이지만, 기특은 해도연의 오래되어 너덜너덜해진 간절함을, 마를 대로 말라버린 절박함을 모른 척할 수도 없었다. 어쩐지 기특도 알 것 같은 절박함이니까. 기특은 이 누나가 첫날부터 짠했으니까.

  '님은 님이고 인류는 인류니까.'

  "나, 이 사람 본 거 같은데."

  이렇게, 기특은 말을 흘렸다.

  해도연의 발걸음은 즉각 멈추었다. 떠났던 해도연의 시선이 되돌아왔다. 이번엔 유인물이 아닌 기특의 얼굴 위에서 멎었다. 호흡도 함께 멎은 사람처럼 숨소리도 들리지 않았다. 해도연은 기특을 쳐다보기만 했다.

  기특을 보는 해도연의 시선 속에 감정이 살아나고 있었다. 놀람으로 시작했다. 불신으로, 이어 두려움이 차오르고 있었다. 그토록 찾았지만 오히려 확인하고 싶지 않은 것처럼. 알게 되는 것이 두려운 듯, 아니, 절대로 마주치고 싶지 않았던 사람을 만난 것처럼.

  "어, 어디서요?"

  해도연은 더듬거리며 물었다.

*

해도연은 기특을 무작정 따랐다. 해도연의 발걸음이 앞서가는 기특을 서두르게 했다.

해도연은 기특이 머물고 있는 방문객용 숙소까지 따라 들어왔다. 오직 기특에게 그 답을 듣기 위해서였다.

방에 들어와 자리에 앉자마자 해도연은 기특에게 정말 그 사람을 봤는지, 어디서 봤는지, 언제 보았는지, 여러 차례, 경황없이 물어왔다.

"……."

기특은 그런 해도연을 바라봤다. 처음 보는 모습의 해도연이었다.

'사람을 밀어내는 차분한 유난, 사람이 다가오지 못하게 하는 차갑고 푸른 아우라, 부딪히면 진짜 아플 것 같은 그 땐땐한 외벽.'

기특은 오한이 해도연을 수식하던 말들이 떠올랐다. 해도연과 함께하는 여러 날 동안 기특도 몸소 느끼던 수식어들이었다. 그 외벽을 뚫어보자고 기특이 던져진 거였다. 그랬는데,

지금 눈앞에 그 차갑고 푸르던 해도연의 땐땐한 외벽이 무너져 있었다. 벽이 무너진 맨몸은 피폐했다. 벽이 내려앉은 곳에는 폐허가 있었다. 해도연은 피폐한 몸으로 폐허 위에 서 있었다. 기특은 봄철 얇은 외투라도 찾아 해노연을 감싸고 싶었다.

하지만 기특은 참았다. 기특은 해야 할 일이 있었다. 눈앞의 해도연에게 자꾸 마음이 쓰였지만, 기특에게는 지금이 기회였

다. 해도연의 속 이야기를 끄집어낼 수 있는, 어쩌면 유일한 기회. 기특은 답하지 않고 되물었다.

"누구예요? 잃어버린 자식인가? 아니면, 남편? 누나 남편? 아님 남친? 사랑하는 사람?"

그러나 해도연은 쉽게 입을 열지 않았다.

"아, 누나도 이야기를 해야 나도 이야기를 해주죠! 누구예요? 아 왜 찾는 건데요?"

그럼에도 해도연은 말이 없었다. 절대 털어놓으면 안 되는 이야기인지, 아니면 털어놓은 적이 없어서 어색한 건지, 해도연은 이곳까지 기특을 따라와서도 다시 침묵했다.

기특은 김다울에게 그리했듯 자신의 이야기를 먼저 늘어놓기로 했다. 이미 마음을 열어버린 해도연에게 속 이야기를 하는 건 하나도 어렵지 않았다. 아니 그냥, 기특은 자신이 먼저 이야기를 하고 싶었던 것 같다.

"누나, 엄마 같아요, 우리 엄마. 누나 보면서 우리 엄마 생각했어요, 죽은 엄마."

"……"

"엄마랑 둘이 살았어요. 엄마가 죽고 나니까, 모든 말이 혼잣말이 되더라구요. 엄마, 나 왔어. 엄마, 나 배고파. 엄마, 우리 뭐 먹을까? 엄마, 우리 청소 좀 해야 하는 거 아냐? 엄마, 아, 왜 창문을 또 열어놨어. 이러던 게 ……배고프다. ……뭐 먹지? ……아, 좀 치우자. ……창은 열어 뭐하게."

"……."

"내 말 들어줄 사람 찾는 게, 그런 사람 만들어야 하는 게 너무 힘들어요. 곁에 누군가 돼야 사는 내가 너무 싫다고. 벽 같은 사람이라도, 그게 사람이기만 하면 주절주절 떠드는 내가 싫어요."

"……."

"그래서 실은 좀 고마웠어요. 멀고 멀어서 남보다 멀지만, 어쨌든 친척이 죽으려고 했다는 게. 내가 여전히 누군가와 이어져 있다는 게. 쳐들어갈 곳이 있다는 게. 엄마 없는 집에 혼자 도저히 못 있겠더라구요. 이러다가 말라 죽지 싶었는데."

"……."

"……누나도 그런 거죠? 누나도 ……그 얼굴, 그 사람한테 매달리는 거죠? 그렇게 해야 그나마 덜 외로우니까. 그죠? 아, 이 외로움을 다 어떡해."

"……."

"……."

"……그런 건 잘 모르겠어요."

"……."

"……내가,"

"……."

"……내가 찾는 사람은,"

해도연은 천천히 고개를 들어 기특을 쳐다봤다.

기특은 몰래 휴대폰 녹음 버튼을 눌렀다. 휴대폰을 뒤집어 해도연과 자신 사이에 아무렇지 않게 내려놨다.

이제부터 온전히 해도연의 목소리만 폰에 담길 거였다. 기특은 해도연이 말하는 동안 한마디도 하지 않을 거였다.

32

"소중한 기억이 꼭 값나가는 기억은 아니라고, 내가 말했 었죠?"

0수는 오한을 숲으로 불러냈다. 밤은 깊었지만 달이 밝았다. 그래서 숲은 그림자가 많았다.

그림자 아래 어딘가에 0수는 오한과 마주 서서 자신의 첫 번째 기억도 연애의 기억이지 않겠냐, 소중한 기억이 그런 것들 아니겠냐 물었고, 오한은 저리 답했다. 그러더니,

"뭐, 어떤 식으로는 소중할 수도 있긴 하겠네. 어떤 식으로는."

오한은 질질 말을 끌며 0수를 힐끔거리다가,

"제일 값나가는 기억이 뭔지 알아?"

다그치듯 물었다. 0수는 답을 알지 못했다. 오한의 말을 기다려야 했다.

마침, 바람이 숲으로 들어왔다. 바람은 숲을 돌며 울어댔다. 울음소리는 0수의 신경을 긁었다. 0수가 사방을 돌아다니는 울음소리 때문에 잔뜩 날이 설 즈음에야, 오한은 답했다. 스스럼

없는 말투였다.

"살인의 기억이야."

"……."

"……."

"……왜, 왜? 왜 살인의 기억이에요? 그 더러운 걸 누가 돈 주고 산다고?"

"우선, 살인의 기억은 흔하지 않아요. 아주, 아주, 귀하죠. ……게다가 쓰임도 아주 특별해요."

흉한 말을 전할 때는 사람의 얼굴도 그리되는지 오한의 얼굴은 갑자기 흉측해졌다.

"죽이고 싶을 만큼 미운 사람이 있어요. 어떻게 복수하고 싶어?"

"……."

"죽이고 평생 감옥 갈 거야? 그럴 필요 없어. 살인의 기억을 쓰면 돼. 살인의 기억을 사서, 그 사람한테 심어주기만 하면 된다고. 그럼 그 사람은, 평생 끔찍한 죄책감에 시달리게 될 거니까."

"……누가 그런 짓을 해요?"

"돈도 많고, 싫어하는 사람도 많은 것들이?"

오한의 말에 숲은 적막해졌다.

적막은 지속되었다. 시간을 지나며 적막은 무게를 더했다. 그 무게가 숲 안의 대기를 짓눌렀다. 그 대기 안에서, 0수는 숨이 가빠졌다.

"내, 내, 내가 그런 기억을 팔았을 리가 없어."

자신을 짓누르는 대기를 이겨내며 0수가 간신히 뱉어냈다. 오한은 0수를 한동안 보더니,

"나도 당신이 그런 기억을 팔았다고 얘기하진 않았어."

오한은 0수를 달래듯 말했다. 그럼에도 0수는 쉽게 충격에서 헤어나지 못했다. 그런 0수를 오한은 측은한 듯 한동안 바라보기만 했다.

"……살아보니까 어때요?"

이윽고 말하고, 오한은 0수에게 한 걸음 다가갔다.

*

영수는 숙소 창 앞에 서 있었다. 해도연이 찾는 사람이 십 대 시절의 자신이라는 걸, 자신은 팔아버린 그 기억을 해도연은 여태 안고 살았다는 걸 알게 된 이후, 영수는 자꾸 먼 곳을 보게 되었다. 생각에 잠기게 되었다.

영수는 지금도 숙소 창 너머 한 곳을 보고 있다.

시선이 닿는 곳에 숲이 있다. 숲에서도 깊은 곳에 두 사람이 있다.

넓은 숲속, 유일한 두 사람.

아무도 두 사람의 대화를 들을 수 없다. 그럼에도 귓속말을

하고 있다.

두 사람은 오한과 0수다. 오한이 0수의 귀에 대고 어떤 말을 전하고 있다.

말을 마친 오한은 몸을 돌려 걸음을 옮긴다. 0수는 남겨진다. 0수는 고개를 떨어뜨린 채다.

0수가 천천히 고개를 든다. 병원 건물을 본다. 눈으로 열려 있는 창들을 뒤진다. 어느 창에 시선이 머문다. 그 창 앞에 선 사람을 바라본다. 그도, 자신을 보고 있다.

0수는 영수를 바라본다. 영수와 0수는 서로를 마주 본다.

물리적인 거리 때문에 영수는 0수의 표정을 읽을 수 없다. 가까이서 보자면,

영수를 보는 0수의 눈 속에는 충격과 원망, 후회와 불안, 분노의 감정이 뒤섞여 있다. 하나, 하나로도 충분히 무거운 그 감정들의 무게의 총합에 눌려 0수의 얼굴은 창백하게 일그러졌고, 양손은 쥐어졌고, 쥐어진 주먹은 미세하게 떨리고 있다. 그 떨림이 간신히 지탱하고 있는 두 다리 또한 위태롭게 한다.

*

영수의 방문이 열리며 기특이 뛰어 들어왔다. 기특의 얼굴 또한 하얗게 질려 있었다.

"다들 어디 갔어?"

창 앞에 선 영수가 돌아보자, 기특은 휴대폰을 들어 보였다.

오한과 0수가 영수 방에 모였다. 기특은 휴대폰을 넷의 가운데 놓았다.

기특은 녹음의 기록을 재생했다. 해도연의 메마른 목소리였다.

33

 해도연은 약하게 태어났다. 어릴 적부터 병치레를 하다가 결국 요양병원에 보내졌다.

 해도연은 그곳에서 살았다. 부모들은 자주 찾아오지 않았다. 각각 다른 구역에 떨어져 살던 엄마와 아빠는 해도연이 법적 성인이 되자마자 기다렸다는 듯이 스스로 죽었다. 엄마가 먼저, 아빠가 다음이었다. 부모의 자살로 해도연은 대번에 주 7일 근무자가 되었다.

 해도연은 혼자였다. 가깝고 먼 친척 둘이 부모의 자살의 죄를 나눠 져야 했다. 그 원망을 해도연이 들었다. 하지만 병원까지 찾아와서 해도연을 비난하는 친척은 없었다. 그들에겐 그럴 시간이 없었다.

 해도연은 치료를 위해 머물렀던 병원에서 일하기 시작했다. 갖은 잡일을 하는 직원이었다. 해도연은 환자들의 병실을 청소했다. 침대를 정리하고 빨래를 했다. 때론 죽은 사람의 몸을 소각했다.

그리고 해도연은, 스물일곱에 살인의 죄를 자백했다.

하지만, 자신이 죽인 사람은 존재하지 않았다.

그날, 그 시간, 그곳에서의 사망자는 없었다. 죽은 사람이 없으니 죽인 사람도 있을 수 없었다. 이상한 일이었다. 이해할 수 없고, 믿을 수 없는 일이었다.

싸움에 휘말렸다가 우발적이었지만 해도연은 분명히 사람을 죽였었다. 하지만 경찰에서는 죽은 사람이 없다고 했다. 사건이 안 된 일을 사건으로 만들려 하지 마라, 제발 좀 귀찮게 하지 마라, 번번이 해도연을 돌려보냈다.

일상은 계속됐지만 전과 같아지지 않았다. 감정 하나가 일상을 크게 위축시켰다. 그 거대한 하나의 감정은 죄책감이었다.

해도연은 밥이 넘어가지 않았다. 자신은 누군가를 죽인 사람이었다. 잠을 제대로 잘 수도 없었다. 자신은 살인자였다. 웃는다는 건 상상도 할 수 없었다. 자신은 사람을 죽였으니까.

살인의 기억 때문에 해도연은 누군가를 만날 수도, 결혼을 할 수도, 앞날을 계획할 수도 없었다. 죗값을 치르고 났다면 차라리 나았겠지만, 죗값을 치를 수가 없었다. 죽은 사람이 없으니 본인은 살인자가 아니었다. 하지만,

해도연의 기억 속에는 분명히 있었다.

해도연은 모든 일에 앞서, 사는 일을 제쳐두고라도, 그 기억을 확인해야만 했다.

해도연은 몽타주를 그리기 위해 그림을 배웠다. 주 7일 근무자였기 때문에 뭔가를 배울 시간이 부족했다. 그럼에도 해도연은 그림을 배웠다. 자신이 죽인 남자의 얼굴을 그리기 위해서였다. 기억 속에 남아 있는, 지워지지 않는 그 얼굴.

해도연은 배우는 게 늦었다. 일 년이 지나서야 남자의 얼굴을 비슷하게 그릴 수 있었다. 해도연은 그 얼굴을 들고 집집마다 찾아다녔다.

언제나 시간이 모자랐다. 퇴근한 저녁, 당직 근무가 끝나는 이른 아침에도, 해도연은 남자의 몽타주를 들고 사람들에게 아느냐, 본 적 있느냐, 물었다.

타인의 방문을 반기는 시대가 아니었다. 아니, 방문이라는 것 자체가 사라진 때였다. 해도연은 열어주지 않는 문 앞 작은 렌즈 구멍에 그 몽타주를 꺼내 보이고, 그 렌즈만큼이나 작은 스피커에 대고 이 얼굴을 아냐고 물었다. 거리를 걸을 때도 눈으로는 얼굴만 쫓았다.

방호복을 입은 사람들의 얼굴을 확인하는 건 어려웠다. 비슷한 사람을 찾기도 했었다. 무작정 얼굴을 보여달라 해서 싸움이 난 적도 여러 번이었다.

휴가 때에는 다른 지역을 가서 찾았다. 그 얼굴을 찾기 위해 전 구역을 떠돌았다. 얼마 되지도 않는 여가 시간 모두를 그 남자를 찾는 데 썼다.

해도연은 어떻게든 기억 속의 그 남자를 찾고 싶었다. 하루라도 빨리 기억 속에 있는 그 얼굴을 찾아 죗값을 치르고 싶었다. 죄책감을 조금이라도 덜고 싶었다.

자신이 죽인 게, 자신의 기억이 맞는다면, 적어도 그 얼굴을 알았던 사람이 있을 거라고 생각했다. 그럴 리가 없겠지만 만에 하나 정말 죽은 게 아니라면, 자신의 기억이 정말 틀린 거라면, 살아 있는 그 얼굴과 마주칠 수도 있을 거라고 생각했다.

해도연은 얼굴 하나라도 더 보기 위해 상기된 채 고개를 빳빳이 들고 걸었다. 걸을 힘도 없을 때, 그래도 해도연은 사람들로 붐비는 거리 한복판에 녹초가 된 몸으로 서 있었다. 밀려오고 지나치는 사람들의 얼굴을 하나하나 확인했다. 뻑뻑해진 눈을 껌벅였다. 충혈된 눈을 비벼야 했다. 그렇게 십 년이 더 흘렀다. 해도연은 이제 마흔이 되었다.

*

새로 온 어린 직원의 정보는 결국 도움이 되지 않았다. 해도연은 괜한 이야기를 털어놓은 것 같았다. 경찰이 아닌 사람에게 이 이야기를 한 건 처음이었다.

자신의 이야기를 모두 들었을 때, 어린 직원은 울었다. 자기 엄마도 자신이 성인이 되던 날 자살을 했다고, 누나 어떻게 살았냐고, 왜 그렇게 살았냐고, 누나가 너무 불쌍하다고.

해도연은 자신의 삶이 불행한지 몰랐다. 하지만 저렇게 우는 어린 직원의 모습을 보고 있자니, 행복하지는 않았나 보다 짐작하게 되었다. 해야 할 일이 있고, 그게 평생 끝나지 않을 수도 있다는 거, 그거 누구에게나 마찬가지가 아닌가? 해도연은 그렇게 받아들였었다.

해도연은 어린 직원에게 이제 그쪽이 안다는 유인물 속 얼굴과 닮은 사람에 대해서 말해달라고 했다.

한참을 울던 어린 직원은 최근에 본 사람 중에 닮은 사람을 본 것 같았는데, 잘못 본 것 같다고, 조금 닮긴 했지만 아닌 것 같다, 얼버무리고는 자신의 방을 뛰쳐나갔다.

해도연은 타인의 방에서 혼자가 되어 잠시 머물렀다.

집으로 오면 늘 한 사람의 노래만 들었다. 기억을 붙잡아두기 위해서. 자신이 살인을 저지를 때, 어느 카페에서 흘러나오던 노래.

그 노래가 어떤 가수의 무슨 노래인지 아는 데만도 시간이 제법 걸렸다.

해도연은 당장에 그 가수의 노래를 머릿속으로 되새겼다.

그의 노래를 부르며 그녀의 살인을 다시 한번 기억했다.

우소하라는 가수의 노래를.

*

해도연은 노래를 흥얼거리고 있다. 가사가 있고 리듬이 있지만 노래로 느껴지지 않을 정도로 낮고 건조한 목소리다. 기특의 휴대폰에 녹음된 해도연의 음성은 노래로 끝이 났다.

  해도연의 기억을 들은 넷은 말을 잃었다.
  기특은 해도연의 불행한 삶이 떠올라 다시 눈물이 고였다. 문득, 바로 옆에 앉은 0수의 얼굴이 보였다. 0수는 겁에 질려 있었다. 그럴 만도 했다. 해도연의 기억은 0수가 팔아치운 기억이 분명했으니, 살인자는 해도연이 아닌 0수였다.
  기특은 아주 조금 0수에게서 떨어져 앉았다. 하지만, 0수가 복제인간이라면,
  그 기억은 영수의 것이 된다.
  기특은 자신도 모르게 영수를 봤다. 기특은 0수에게서 떨어져 앉아 영수를 쳐다봤다.
  살인자는 누구인가?

34

 살인자는 해도연이 아니라 영수였다. 영수는 살인자였다. 해도연이 찾는 건 영수가 맞았지만, 그 얼굴은 사랑했던 사람의 얼굴이 아니었다.

 기특이 녹음해 온 해도연의 목소리가 그 얼굴은 해도연 자신이 죽인 사람이라고 말하고 있었다. 죄책감에서 벗어나고 싶어 십삼 년 동안 찾아온, 자신의 인생을 망가뜨린, 자신을 살인자로 만든 얼굴이라고.

 그렇지만 그 기억은 영수의 것이었다. 영수가 팔아버린 기억이었다. 누군가가 영수에게서 그 기억을 사서 해도연에게 덧씌운 것이었다.

 "……"

 뜨거운 것이 올라왔다. 목구멍까지 치닫는 뜨거운 덩어리를 영수는 힘들게 삼켰다. 모든 감정을 삼키고 냉정해져야 했다.

 어쩌면, 영수는 살인자였기 때문에 스스로 죽고 싶었는지도 모른다. 어쩌면 이때부터 자살을 생각했는지 모르겠다. 자살은 관성이 아니라, 이런 비겁하고도 분명한 이유들 때문이었는지도 모르겠다. 사람을 죽였었고, 실연을 당했었다.

'나는 누굴 죽였을까?'

본인이 살인자라면, 그럼에도 잡히지 않았고 그 죄책감이 싫어서 그 기억을 팔아치운 거라면, 그런 끔찍한 기억을 사서 해도연에게 입힌 건 누굴까? 어째서? 왜? 게다가,

해도연이 죽인 사람의 얼굴은 왜 자신의 얼굴일까? 왜 해도연이 죽인 사람의 얼굴을 자신의 얼굴로 바꿔 넣었을까?

영수는 기억하지 못하는 자신의 기억들로 어지러웠다. 영수는 문득, 이 모든 것들을 본인의 일로 힘들어하고 있을 0수가 떠올랐다.

영수는 자신의 인생 근무를 대신할 0수를 죽지 않고 살도록 설득하기 위해 지금 여기까지 온 거였다. 0수를 살인자로 만들 수는 없었다. 0수는 자신의 복제인간일 뿐이었다. 니가 아니라, 내가 살인자라고, 너는 아니라고 말해줘야 했다.

하지만 그러려면 0수가 복제인간이라는 걸 밝혀야 했다. 그게 괜찮을지 영수는 판단이 되지 않았다. 본인이 복제인간인 걸 알고도 0수는 영수로 살아가려 할지 판단이 서지 않았다.

지금도 0수는 본인이 살인자라고 자책하고 있을 거다. 0수는 참지 못하고 울고 있을지도 몰랐다. 어쩌면,

0수는 다시 죽으려고 할지도 몰랐다.

"……."

'……그럼 나는……,'

"……말려야 하나?"

영수는 당연했던 일에 의문을 품기 시작했다.

*

0수는 늘, 영수가 걱정이 되었다.

'모자란 나를 복제해 태어난 너를,'

0수는 언제고 걱정했다. 자신을 살리겠다는 영수를 살피는 게 0수의 일이 되었다.

하지만 시간이 흐를수록 걱정과는 다른 감정들이 자라났다. 왜 그런 감정들이 생겨나는지 0수는 이유를 알지 못했다.

0수는 자주 숲에 갔다. 영수가 섰던 곳에 서서 영수가 바라보던 곳을 보기도 했다. 그러면 그 창 너머에 해도연이 나타날 때도 있었다. 하지만, 해도연을 바라보던 영수의 눈빛이 되지는 않았다.

쌍둥이라면 말이 되었다. 쌍둥이라고 꼭 같은 사람을 좋아하는 건 아니니까. 그렇지만 나와 너는 그런 사이가 아니었다. 너는 나의 복제인간인데,

'어째서 복제인간인 니가 느끼는 감정을 되레 인간인 내가 느끼지 못할 수가 있는 걸까?'

0수는 인간인 자신이 복제인간 영수의 눈치를 자꾸 보게 되

는 게, 알 수 없는 박탈감과 소외감을 느끼는 게, 못마땅해졌다. 0수는 원인을 찾을 수 없는 불안감에서 벗어날 수가 없었다.

0수는 이런 비교를 하고 있는 스스로가 미웠다. 짠하기만 한 영수를 자꾸 미워하게 되는 자신이 싫었다. 영수를 덜 걱정하게 되었는지도 모른다는 생각에, 0수는 영수에게 미안했다. 그랬는데,

이제서는 모든 게 이해가 되었다.

"살아보니까 어때요?"

오한은 그렇게 묻고 0수에게 한 걸음 다가왔었다.

두 사람은 숲 깊숙이 들어와 있었다. 숲에는 0수와 오한 둘밖에 없었다. 그럼에도 오한은 0수에게 더 가까이 오라 손짓했다.

0수는 오한에게 다가갔다. 오한은 0수 얼굴 쪽으로 자신의 얼굴을 가져왔다. 오른손을 들어 자신의 입을 가리며, 오한은 0수의 귀에 속삭였다.

"너는 왜 니가 인간일 거라고만 생각해?"

0수는 숨이 멎는 듯했다. 숨 쉬는 법을 처음 배우는 사람마냥 숨을 깊이 들이켜고 내뱉어야 했다. 자각하지 않으면 호흡을 놓칠 것 같았다.

오한은 '니가 복제인간이다'라고 말하지 않았다. 하지만 0수는 오한의 말이 뭘 뜻하는지 바로 알았다.

0수는 두려워지기 시작했다.

'니가 아니라.'

'내가.'

'너의 대체품이었다.'

'나는, 언제든 제거될 수 있다.'

바람이 다시 나무를 흔들었다. 숲은 또 울었다.

0수는 그러나, 울고 싶지 않았다. 0수는 되레 머리가 맑아졌다. 모든 것이 명확해졌다. 이 불편한 감정들. 근원을 알 수 없는 불안함. 그 이유를, 그 원인을 이제 찾았다.

'너가 인간이고, 내가 복제인간이었던 거다.'

머리가 맑아지자 욕망하는 것이 무엇인지도 알게 됐다. 오한의 말을 듣고, 맑아진 머리로 0수가 가장 먼저 떠올린 생각은 아이러니하게도 이제는 절대 '죽고 싶지 않아'였다.

한데,

인간인 너는 살인자였다.

0수는 영수가 서슴없이 벌레를 죽이던 모습을, 폭력을 휘두르던 모습을 떠올렸다.

그 폭력의 대상이 자신이 될 수 있었다.

'너는 너무 쉽게, 너무 아무렇지 않게 나를 죽여버릴지도 모른다.'

하지만, '왜 너는 나를 살리려고 애썼을까?'

'왜 기억까지 되찾게 했을까? 왜 복제인간인 나에게 복제인간이라고 말해주지 않았을까?'

'왜, 나를 태어나게 했을까?'

어차피, 복제인간 자체가 불법이었다. 복제인간은 세상에 받아들여진 인생이 아니었다.

복제인간과 인간에게 주어진 삶은 하나였다. 둘이 하나의 인생을 살 수는 없었다.

둘 중 하나가 죽어야 한다면, 어쨌든 복제인간인 0수 자신이었다.

'이제 첫 번째 기억까지 들었으니 더 이상 이곳에 머물 필요가 없어졌다. 다시 집으로 돌아간다면 나는 어떻게 될까? 돌아가는 길 어딘가에서 죽임을 당하고 버려지는 건 아닐까?'

0수는 이곳으로 오던 길에 봤던 인적 없는 길들이 떠올랐다.

'내일이라도 떠난다고 하면 어떻게 되는 걸까? 오늘 밤에 죽이려 들까? 숙박 기간이 며칠 더 남았으니, 당장 내일 떠나진 않겠지? 그럼 시간이 좀 남은 건가? 시간이 있다고 뭘 할 수는 있는 건가?'

"결국에는, 당연히, 어떻게든, 나를 죽이려 들겠지?"

0수는 불안했다. 머지않아 자신은 죽게 될 것만 같다.

하지만, 0수는 죽기 싫었다. 0수는 살고 싶었다.

'어떻게 해야 하지? 도대체 어떻게 해야 계속 살 수 있지?'

0수는 죽지 않을 방법을 찾아봐야 했다. 어떻게든, 어떻게든 찾아내야 했다. 그러는 동안, 0수의 눈동자는 정신없이 떨고 있다.

"……."

한데, 아무리 생각을 해봐도 둘 모두 살 수 있는 방법은 없다.

"……."

불안으로 흔들리던 눈동자의 떨림은 이제 멈춰 있었다. 0수의 시선은 어느 생각에 이르러 있었다. 0수는 그 생각을 직시했다.

'나는 너의 복제인간이다. 나는 너의 모든 걸 복제해서 태어났다.'

'인간인 너가 살인자라면, 복제인간인 내게도 살인자의 인자가 있을 것이다.'

'내가 원한 게 아니다. 나를 탓할 일이 아니다.'

그렇게 태어난 것뿐이다.

"나도 살인을 할 수 있다."

35

실은,

그들이 이곳에 다시 온 첫날의 늦은 새벽, 맨손으로 숲을 파헤치던 영수가 삽을 빌려보자고 관리실을 찾았을 때 관리실 문밖으로 새어나오던 불빛의 정체는 침대 스탠드였다. 관리실 직원은 다시 잠자리에 들려고 하던 차였다.

영수가 흥분 상태로 듣지 못했던, 영수에게 삽을 건넬 때 했던, 관리실 직원의 투덜거림과 다름없는 혼잣말은, "오늘 삽 찾는 사람이 많네"였다.

*

브로커로부터 영수가 판 두 개의 기억 중 첫 번째 기억이 훨씬 비쌌다는 이야기를 오한은 이미 들어있었다. 그러니까 그깟 사랑의 기억보다 살인의 기억이 훨씬 값이 나간다는 말이었다.

살인의 기억은 값어치를 톡톡히 했다. 살인의 기억이 갖는 그

어마어마한 영향력을 해도연의 삶이 충분히 증명하고 있었다. 그 기억 하나로 해도연의 인생은 망가져버렸다.

물론 매매된 기억은 편집된다. 이 기억을 편집한 오한이 누구보다 잘 안다. 해도연은 자신이 죽인 그 사람을 찾을 수 없었다. 경찰에서도 해도연이 기억하는 살인은 일어나지 않았다고 했다. 그 사람은 죽지 않았기 때문이다.

편집된 것이다.

해도연이 기억하는 얼굴은 실존 인물일 수는 있지만, 실제로 죽은 사람은 아닌 거다. 죄를 입증할 수 없는 죄. 죗값을 덜 수 없는 죄. 그러니까 목적은 오직 고통뿐이다. 해도연을 증오하는 누군가가 해도연의 인생을 망치겠다는 의지 하나로 그 기억을 사서 입힌 거다.

오한은 가끔씩 인간들의 이런 끔찍한 이기심에 치를 떨었다. 무엇이 얼마나 싫었기에 저런 식으로 복수를 하려는 걸까. 큰돈까지 써가면서 말이다. 하지만 상관없었다. 오한은 그래서 돈을 벌고 있으니까.

오한은 적절한 타이밍에 적절한 정보들을 흘린 것 같아 뿌듯했다. 일이 되려고 그러는지 영수가 팔아치운 첫 번째 기억은 살인의 기억이었다.

이제, 0수는 본인이 복제인간인 걸 알았다. 본인이 대체품이라는 걸 알게 됐다. 인간이란 작자가 살인자라는 것도 알고 있다.

그들의 친척인 기특은 둘이 쌍둥이가 아니라 하나는 복제인간이란 걸 알았다. 둘 중 하나가 사라져도 자신의 인생에 아무런 문제가 없다는 걸 알았다. 아니, 복제인간과 인간, 그 둘에게 부여된 인생은 원래가 하나뿐이었다.

오한은 앞으로 어떤 일이 벌어질지 너무 궁금했다. 다만,

걸리는 건 영수였다. 영수는 어차피 죽고 싶었던 인간이었다. 인생에서 사라지려고 복제인간 0수를 샀으니까. 영수가 스스로 죽어버리면 재미없어지는 거였다.

하지만, 연애의 기억을 들을 때 영수의 얼굴을 오한은 봤었다. 해도연 주변을 맴돌던 영수의 시선을 오한은 보았다. 오한은 영수가 달라졌으면 했다. 오한은 영수가 살고 싶어졌으면 했다. 얼마나 비싼 기억이 될는지는, 인간인 영수에게 달린지도 몰랐다.

"……일이 어떻게 되려나?"

*

영수는 늦은 밤이 되어 숲을 찾았다. 아무리 살펴도 마주치는 시선이 없는 걸 확인했다.

영수는 묻었던 곳을 찾아 다시 팠다. 손톱에 흙이 차도록 파고 또 팠다.

그러나 그곳에 비단으로 감쌌던 물건은 없었다. 끝은 뾰족하고 옆구리에는 날이 서 있어 베거나 찌를 수 있는 물건은 거기 없었다.

"……?"

생각해보면 김다울의 기억을 함께 들은 사람은 넷이었다. 영수와 0수, 기특과 오한, 네 사람이었다.

그들도 이곳에 칼이 묻혀 있다는 걸 알 수 있었다.

'칼을, 누가, 왜, 가져갔을까?'

*

어수선한 밤, 기특은 숙소를 나서고 있었다. 서둘러 한곳을 향하고 있었다.

사실 기특은 조금 전까지도 울고 있었다. 쉽게 울음을 멈출 수가 없었다.

해도연이 처음 그 기억을 들려줄 때에도 기특은 그 앞에서 울었다. 그녀의 인생이 너무 불쌍했다. 자신의 기억도 아닌 것 때문에, 그딴 기억 하나 때문에 십여 년을 넘게 죄책감에 시달리며 살아온 해도연이 기특은 불쌍해서 견딜 수가 없었다.

행복과는 무관하게 목적으로만 살아가는 해도연에게서 기특은 엄마를 봤다. 어떻게든 아들을 위해 살아야 했지만, 그 목적 하나로 버텼지만, 결국은 죽어버린 엄마.

기특은 해도연이 지금과는 다르게 살았으면 싶었다. 기특은 해도연을 자신이 목격한 그 삶에서 벗어나게 해주고 싶었다. 그렇게 계속 살게 둘 수는 없었다.

그 기억의 주인이 누구라는 걸 밝힐 필요도 없었다. 그냥 그 기억이 당신 것이 아니라는 것만 말해주면, 그래서 그 죄책감에서 벗어나게만 해준다면, 그래도 되는 거 아닌가?

'아니, 그래야 하는 거 아닌가? 모르면 몰랐지 알게 됐는데, 그렇게 하는 게 함께 살아가는 인간으로서, 인류애적인 측면에서도, 아니 그냥 그게 사람 도리 아냐?'

기특은 방호복을 입고 숨이 가쁠 정도로 달려서 빌라촌에 이르렀다. 해도연의 집 문을 열릴 때까지 거칠게 두드렸다. 마침내 문이 열렸고, 기특의 얼굴을 확인한 해도연은 별다른 인사 없이 기특을 집 안으로 들였다.

집 안 구석구석에는 유인물들이 쌓여 있었다. 해도연은 집 안에서조차 그 얼굴들에 둘러싸여 있었다. 그 얼굴들을 보자 기특은 확신이 들었다. 기특은 방호복 머리를 벗어들자마자, 헐떡이는 숨을 진정시킬 잠깐의 틈도 없이 말했다.

"그거! 누나 그거, 그거 누나 기억 아니야!"

"……."

"그러니까, 그러니까……이렇게 인 살아도 돼."

무슨 말인지, 해도연은 전혀 알아듣지 못했다.

*

 기특은 기억 매매에 대한 이야기부터 해도연에게 하나하나 설명했다. 누군가가 해도연의 인생을 망치기 위해서 타인의 기억을, 살인의 기억을 사서 해도연에게 그 기억을 입힌 거라고. 해도연은 설명을 다 듣고도 가만히 있었다.

 "……."

 한참 뒤에서야, 기특의 말이 그제야 이해가 된 건지 해도연은 묻기 시작했다.

 너는 그걸 어떻게 아냐고, 누가 그런 짓을 했냐고, 누가 왜 그런 짓을 했냐고, 그러면 이 기억은 누구의 기억이냐고.

 의지가 느껴지긴 했지만 답을 찾는 해도연의 얼굴에 그다지 감정이 묻어나진 않았다.

 기특은 해도연이 분노할 줄 알았다. 억울함에 오열할지도 모른다고 생각했다. 하지만 해도연은 계속 묻기만 했다.

 "누가 그런 건데?"

 "누구의 기억인데?"

 기특이 답을 안다고 생각하는지 해도연은 묻고 또 묻고 다시 물었다. 그 나른한 집요함에 기특은 누가 그런 건지는 정말 모른다고 얼결에 말해버렸다. 누구의 기억인지는 안다고 답한 거나 마찬가지였다. 해도연의 시선도 이미 그 답을 들었다.

 "……."

"……."

해도연은 기특의 답을 기다리고 있었다.

기특은 오한의 말을 다시 떠올려봤다. 둘은 쌍둥이가 아니다. 둘 중 하나는 다른 하나의 복제인간이다. 둘 중 하나는, 다른 하나의 대체품이다.

'둘 모두가 똑같이 중요한 것은 아니란 건가? 그런 거 맞나?'

오한은 그런 말도 했었다. 사실 기특에게 가장 중요한 부분이었다.

'둘 중 아무나 하나만 살면 니 인생에 피해는 없다.'

기특은 여전히, 이왕이면 기특이 좋아하는 쪽이 인간이면 싶었다. 왜 그런 맘이 드는지는 여전히 몰랐다. 하지만, 그쪽이 복제라고 해도 좋아하는 마음을 옮길 수는 없었다. 그 마음도 여전했다. 둘 중 하나를 골라야 하는 상황에 처해진 지금, 기특은 분명히 알게 됐다.

'인간이고 복제고 그건 상관없다. 누가 더 중요하고 아니고도 모르겠다. 혹시라도 둘 중 누군가가 위험에 처할지도 모르는 상황이 온다면, 그건 내가 좋아하지 않는 쪽이어야 한다.'

해도연에게 복제인간 이야기까지 할 필요는 없었다. 기특은 일행 중에 쌍둥이가 있다고만 말했다. 해도연은 물었다.

"둘 중에 누구?"

36

 아침에 사람이 죽었다. 의사가 사망선고를 하는 동안 해도연은 같은 병실 안이지만 외떨어져 있었다. 죽은 환자의 얼굴도 보지 않았다. 이미 확인한 얼굴이었다.
 해도연은 환자의 얼굴만 확인하면 그뿐, 환자와 어떠한 접촉도 하지 않았다. 환자가 병실을 비우길 기다렸다가 청소를 했다. 환자가 들어오는 인기척이라도 나면 서둘러 정리하고 병실을 떠났다. 항상 눈을 내리깔고 고개를 숙였다. 얼굴을 확인하는 일에 지쳤다기보다는, 해도연은 언제나 '내가 감히'라고 생각했다.
 '나는 죄를 지은 사람이다. 나는 사람을 죽였다. 나는 살인자다. 내가 감히.'
 해도연은 그렇게 살았다. 아픈 환자들에게 자신이 어떤 나쁜 균이라도 옮기는 건 아닌지 조심스러워했다. 쓸고 닦아 지워내는 더러운 것들마냥 본인도 닦이거나 쓸어 담겨 버려졌으면 싶었다.

의사와 간호사가 방을 나가자, 해도연은 흰 천으로 얼굴이 가려진 시신을 침대째 밀어 이동시켰다. 비상구로 들어가 직원용 엘리베이터를 탔다. 1층으로 내려가 직원용 출입구로 침대를 밀었다. 뒤뜰로 난 출입문을 열고 나가 소각장으로 향했다.

소각장은 별채로 지어져 있었다. 병원 안에는 모든 시설이 있었지만, 사람들이 말하는 화장장, 시신을 태우는 소각장만은 따로 있었다.

사람들은 시신을 태우는 곳과 쓰레기를 태우는 곳을 구분해 화장장, 소각장 등으로 불렀지만 이곳 직원들은 소각장으로만 불렀다. 시신이 아닌 것을 태울 일도 없었고 수시로 일어나는 일에 굳이 죽은 사람을 태운다는 의미를 더하고 싶지도 않았다.

해도연은 숲 사이로 난, 나무들에 가려져 잘 보이지 않는 오솔길로 들어섰다.

해도연은 숲을 좋아했지만 그녀에게 숲은 주로 이 오솔길이었다. 환자와 방문객들이 이용하는 숲은 따로 있었다. 그들이 이용하는 숲길과는 입구부터 달랐기 때문에 소각장으로 드는 길은 직원들, 그중에서도 소각장을 이용해야 하는 해도연과 몇밖에 몰랐다. 다분히 의도된 설계였다.

오솔길을 따라 한동안 걷자 단층 건물이 드러났다. 해도연은 건물 문을 열고 들어갔다. 건물 안에는 다섯 개의 연소실이 있었다. 해도연은 연소실 입구를 열고 침대를 가져다 댔다.

연소실 입구는 침대보다 약간 낮아서 시신을 옮기기 용이했다. 해도연은 시신을 연소실 끝까지 밀어 넣었다. 흰 침대보가 쓰인 채 그대로였다. 연소실 입구를 닫고, 잠금을 확인하고, 연소 버튼을 눌렀다. 급작스러운 화염이 연소실 안을 가득 채웠다. 순식간에 시신에 불이 붙었다.

화장하고 남은 뼈를 거두는 일은 유가족이 원하는 경우에만 이뤄졌다. 담당 직원이 따로 있었지만 수골하는 경우는 거의 없었다. 뼈가 어느 정도 모이면 숲의 한 곳에 땅을 파서 대충 묻거나 나무 아래 버릴 뿐이었다. 해도연의 일은 연소 버튼을 누르는 것까지였다. 해도연은 늘, 언제나, 버튼만 누르고 서둘러 소각장을 나왔다.

하지만, 오늘은 좀 달랐다.

해도연은 연소실 앞에 앉았다. 연소실 입구는 확실하게 잠겨 있었지만 소각장 내부는 열기가 가득했다.

해도연은 연소실 안을 들여다봤다. 흰 천이 불타며 힘없이 펄럭였다. 언뜻 시신의 얼굴이 보였다. 해도연은 그 얼굴을 다시 봤다. 이미 확인했던 얼굴.

'이제는 의미 없어진 행위.'

이제 해도연에게는 찾아야 하는 얼굴이 없었다. 살인의 기억은 자신의 것이 아니라고 했다. 자신은 살인자가 아니었다.

"……몽타주들은 어쩐다?"

집에 아직 남아 있는, 몽타주가 그려진 그 많은 유인물들을 어

떻게 처리해야 할지, 근무가 끝난 시간에는 뭘 해야 할지,

"난감하고."

앞으로 뭘 하고 살아야 할지,

"막막하다."

정확히 14년 동안 그 얼굴만 찾아다녔다. 아주 가끔은, 주 7일 근무도 힘든데 퇴근하고 이 짓까지 왜 하나, 어차피 경찰에서 죄가 없다는데 그만둘까도 싶었다.

하지만, 아주 가끔이었다. 대체로는, 대체로는 그런 생각이 들지 않았다. 얼굴을 찾느라 목이 뻣뻣하게 굳어갔지만, 죄책감으로 고개 들지 못했지만, 반드시 해야만 하는 일로 꽉 찬 자신의 삶이 어쩌면, 싫지 않았다. 해도연의 삶은 어찌 되었든, 충만했었다.

해도연은 불타 사라지는 시신의 얼굴을 또 봤다. 이미 확인한 얼굴. 이미 익숙해져버린 행동.

'살인자가 아닌 나는, 그럼 뭘까?'

'14년을 살인자로 살았는데, 앞으로는 뭘로 살아야 할까?'

해도연은 살인자가 아니었을 때의 자신을, 살인자이기 이전의 자신을 떠올려봤다.

하지만 어쩐지, 흐릿했다.

제대로 닦지 않은 안경을 쓰고 있는 것마냥 보이지만 보이지 않아 답답했다.

해도연은 갑자기 속이 울렁거렸다.

'빈속에 큰물이 들어찬 것 같다.'

해도연은 구역질을 해댔다. 하지만 물이 쏟아지지는 않았다. 손가락을 넣어 다시 구역질을 했다. 눈물만 고일 뿐 토해져 나오는 것은 없었다.

해도연은 두 팔로 땅을 짚고 공중으로 두 발을 하나씩 던졌다. 벽에 기대 물구나무를 섰다.

'속에 분명히 큰물이 있다.'

해도연은 몸을 거꾸로 하고 입을 열었다. 갑자기 찾아온 이 울렁거림을, 해도연은 뱉어내고 싶었다.

*

해도연은 죽은 몸뚱이를 삼키고 있는 불덩이 앞에서 땅을 짚고 거꾸로 서 있다.

피가 아래로 몰린다. 입을 잔뜩 벌린 해도연의 얼굴은 상기되고 있다.

그러나 벌린 입에서 쏟아져 나오는 큰물 같은 건 없다. 울렁거림은 실체가 없다.

한데도, 해도연은 붉어진 얼굴로 입을 더욱 벌린다. 살인자 이전의 자신의 삶을 가리는 울렁거림을 토해내보려고 애를 쓴다. 그럴수록, 머릿속에 맴도는 생각들은 잔인하다.

'살인자가 아닌 나는 그럼 뭘까?'

'충만했던 나의 하루는 이제 어떻게 채워야 할까?'

해도연은 자신의 기억이 아니라는 안도보다, 자신의 세월이 부정당한 것에 화가 난다. 해도연은 면죄의 기쁨보다, 규정되지 못하는 앞으로의 삶이 낯설다.

'낯설어, 두렵다.'

해도연은 이제 와 다른 존재가 되는 것이 편하지가 않다. 해도연은 살인자가 아니게 된 것이,

'불편하다.'

해도연은 쓰러졌다. 해도연의 눈은 아직도 핏발이 섰다. 그 눈으로 나직하게 말했다.

"모자를 쓰지 않은 쪽."

*

해도연은 객실 예약 담당 직원을 찾았다. 기특이 머물고 있는 객실 번호를 말하곤 일행에 대해서 물었다. 직원은 해도연을 의아하게 쳐다봤다.

"······언니가 다른 일에 관심 갖는 서 점 보내."

이어서 직원은 예약한 사람까지 넷이 일행인 것 같다고 알려 줬다.

"몇 호인지도 알려줄 수 있지? 나머지 셋 다."

해도연은 그 방들을 하나씩 방문했다. 노크를 하고 숨어서 기다렸다가 순서대로 얼굴들을 확인했다.

첫 번째 방문을 열고 나온, 오십 대 정도로 보이는 여성은 이미 본 얼굴이었다. 두 번째 방의 삼십 대 남성은 모자를 쓰고 있었다. 해도연은 그 얼굴에 시선을 고정했다. 그 또한 봤던 얼굴이었다.

하지만 그때는 알아보지 못했다. 지금 다시 보니, 몽타주 속의 얼굴은 아니었지만 분명히 닮은 구석이 있었다. 십 대였다면 같은 얼굴일 수 있을 것 같았다.

하지만 어린 직원이 가리킨 자는 저 사람의 쌍둥이였다. 세 번째 방에 있을, 모자를 쓰지 않은 쪽.

세 번째 방은 비어 있었다. 해도연은 0수의 방 호수를 한 번 더 확인했다. 주머니 속에 든 마스터키를 확인했다.

해도연은 설비담당과를 찾아갔다. 사무실 앞 복도에 앉았다. 공구함을 든 설비과 직원들이 사무실을 들락거렸다. 문은 닫히면서 자동으로 잠겼다.

한 직원이 사무실을 나왔다. 해도연은 복도를 따라 멀어지는 직원과 닫혀가는 사무실 문을 번갈아 봤다. 직원이 복도를 돌아 사라지고 문이 닫히기 직전, 해도연은 가까스로 문을 잡았다.

안으로 들어갔다.

 설비과 사무실 안에는 많은 공구들이 있었다. 해도연은 이것저것 잡아보았다. 휘둘러도 보았다.

37

 0수도 김다울의 기억을 들었다. 김다울이 사랑하게 된 그 사람을 처음 본 숲의 어느 자리, 언제든 그 사람을 바라볼 수 있는 그 자리를 기억하기 위해 그곳에 땅을 파서 뭔가를 묻었다는 것도 알았다.

 그 뭔가가 0수 앞에 있다.

 물건은 의외였지만, 해도연의 기억을 듣고 난 지금 오히려 이해가 되었다. 부드러운 비단에 감싸져 있는 날카로운 칼. 사랑의 징표가 아닌, 살인의 증거.

 0수는 그 칼을 잡아보았다.

 "……."

 영수가 살인에 썼을지도 모를 칼. 다행이라면, 칼자루를 쥔 건 이제 0수였다.

 '첫 번째 기억까지 모두 들었는데 아직 더 볼일이 남은 걸까?'

 아무도 떠나자는 소리를 안 했다.

 '무슨 일이 더 벌어져야 할까?'

해도연의 기억을 듣고 난 후로 넷은 한 번 모이지도 않았다.

'……내가, 무슨 일을 저질러야 하나?'

오한은 '어차피 숙박 기간도 남았으니까'라며 말끝을 흐렸다.

0수는 어쩐지 그 시간이 남은 인생 같았다. 자신의 삶 통틀어 남겨진 시간 같았다.

하지만 0수는 그 시간을 어떻게 써야 할지 몰랐다. 그렇다고 방 안에 가만히 있는 건 더 못 할 짓이었다. 0수는 어찌할 바를 몰라 영수 주변을 맴돌았다. 칼은 비단에 다시 싸서 깊숙이 품은 채.

0수는 영수가 어디에 있는지 확인하고 싶었다. 복제인간 0수는 인간 영수가 자신에게서 어느 정도 떨어져 있는지 확인하고 싶었다. 둘 사이의 거리를 조절할 수 있는 사람이, 0수는 자신이고 싶었다.

0수는 영수를 쫓다가 처음 가보는 오솔길로 접어들었다.

0수는 영수를, 영수는 해도연을 앞세워 걷고 있었다. 그곳에 단층 건물이 있었다. 해도연은 시신을 실은 이동 침대를 밀며 건물 안으로 사라졌다. 숨는 영수를 따라 0수도 숨었다. 곧 건물 굴뚝에서 연기가 올라왔다. 연기는 공중으로 솟아오르다가 이내 흩어졌다.

0수는 사라지는 연기에 눈이 갔다. 연기의 최후에 관심이 갔다. 한눈을 팔게 되었다. 하지만 곧, 그 짧은 방심에도 0수는 놀라고 자책했다. 품속의 칼을 되짚었다. 이건 생사의 일이다, 긴장을 다잡았다. 다시 영수의 뒷모습에 시선을 고정했다.

한참이 지나서야 빈 침대를 끌며 해도연이 나왔다. 해도연을 따라 영수의 뒷모습도 멀어지기 시작했다. 본능적으로 따라나서던 0수의 발걸음은 하지만, 멈췄다. 연기가 되어 사라지는 것에 미련이 남았다.

영수도 해도연도 충분히 떠나고 난 후, 0수는 건물 안으로 들어갔다. 연소실 안은 불씨가 살아 있었다.

0수는 들여다봤다. 시신이 타고 있었다. 0수는 그 시신을 바라보게 되었다. 생사의 일이라며 스스로를 몰아세우던 0수는, 칼을 품어 잔뜩 경직된 몸으로, 어찌 된 일인지 그 시신 앞에서 꽤 오랜 시간을 보내게 되었다.

0수는 죽어 불타는 사람과 마주했다. 쓸쓸한 침묵이 흘렀다. 혼자라는 게 드러날까 봐 0수는 숨죽였다. 말은 머릿속에서만 오갔다. 이런 말도 있었다.

'불타 사라질 때도 인간과 복제인간의 구분이 있을까?'

0수는 밤이 깊어질 때까지 그곳에 머물렀다. 오솔길을 되밟아 숙소로 돌아왔다.

*

방 한 곳에 못 보던 물건이 놓여 있다.

'뭐지? 폐지인가?'

0수는 다가가 봤다. 수백 장은 될 종이가 벽 한쪽 여러 곳에 쌓여 있었다. 종이마다 사람의 얼굴이 그려져 있었다.

"……."

그 얼굴을 본 순간 0수는 뒷걸음질 쳤다. 소름이 돋았다.

0수는 저 종이가 뭔지, 누가 여기 가져다 놨을지 단번에 알았다. 거리에서 저 유인물을 돌리며 몽타주 속 얼굴을 찾는 해도연의 모습이 떠올랐다. 해도연이 부르던, 가사도 리듬도 있지만 노래로 느껴지지 않던 낮고 건조한 흥얼거림마저 들려오는 듯했다.

한번 들려오기 시작하자 해도연의 흥얼거림은 계속되었다. 흥얼거림은 집요하게 0수 주변을 맴돌았다. 급기야 0수의 의식도 배회하는 흥얼거림을 쫓아 허공을 떠다니기 시작했다. 0수가 실제 같은 환청에 시달리고 있던 그때,

"당신이라면서요, 그 기억의 주인이."

어둠 속에서 목소리가 들려왔다.

또렷했다. 동시에 흥얼거림은 사라졌다. 0수는 재빨리 고개를 돌려 목소리를 찾았다. 하지만 빛을 반사하는 반짝임이 0수의 시선을 방해했다. 0수는 눈살을 찌푸리며 순간, 품을 만져봤다. 칼은 거기 있었다. 반짝이는 것은 칼이 아니었다.

그것은 책상 위에 놓여 있었다.

0수는 손을 쳐들어 다급히 빛을 가리고 초조함 속에 눈이 어

둠에 적응하기를 기다렸다. 점점 거칠어지는 자신의 호흡을 들으며 눈을 한번 껌뻑이고 제발, 다시 눈을 껌뻑이고 제발 어서, 자신의 두 눈이 어둠에 눈뜨기를 기다렸다.

껌뻑여서 어둠을 들이켜고, 또 껌뻑여서 다시 어둠을 들이켜고, 그렇게 껌뻑일 때마다 눈은 쫓기듯 어둠에 동화되었다. 그것의 형체는 서서히, 그러다 한순간 선명하게 드러났다.

껌뻑임이 멈추었다. 0수는 그것을 볼 수 있었다.

"……."

책상 위에서 반짝이는 것은 또 다른 흉기였다. 손도끼였다.

"당신을 해칠 생각은 없어요. 그 기억이 정말 내 것이 아니고 당신의 것이라면, 그렇다면, 당신은 살인자니까, 위험할지도 모른다는 생각에 듣고 온 거예요."

어둠에서 뻗어 나온 손이 손도끼를 매만지며 말했다. 손이 어둠을 헤집고 나자 다른 부분들도 보이기 시작했다. 얼굴도 드러났다. 해도연이었다.

"당신이야 죄책감이 싫어서 팔았을 거예요. 이해할 수 있어요. 어쨌든 내 기억이 아니라고 하니까, 지금이라도 알아서 다행이라는 생각도 들지만, 그렇지만 막막하긴 해요. 앞으로 어떻게 해야 할지. 십여 년을 넘게 살인자로 믿고 살았어요. 큰 짐을 던 건데, 홀가분하기도 한데…… 제가 그 짐에 의지했었나 봐요. 매일 꼭 해야 할 일이 있는 게 좋았던 것도 같고. 원래 목표 같은 게 없었던 것도 같고. 아 저 유인물들은, 이제 저는 필요가 없어서. ……얼핏 보면 안 닮았어요. 저도 몰라봤으니까. 근데 자꾸 보니까, 닮았어요. 그쪽 얼굴과 닮았어요. 십 대에는 제가 그린 저런 얼굴이었을 것 같아요. 당신한테는…… 갑자기 수백 장이 넘는 초상화가 생긴 거네요. 괜찮죠?"

"……."

"내가 죽인 얼굴이 이렇게 살아 있는 거니까 그 기억은 애초에 뭔가가 잘못된 것도 같고…… 그쪽은 알아요? 나한테 당신 기억을 집어넣은 사람?"

"……."

"누구예요? 누가, 왜 그랬어요? 알아요? 당신은 알죠?"

해도연은 0수를 해칠 생각이 없다고 말하고 있지만, 그렇게 말하는 그녀의 목소리와 눈빛에 확신 같은 건 없었다. 몹시도 불안정했다. 선명한 건 저 손도끼뿐이었다. 0수는 해도연의 손에서 그 도끼를 빼앗고 싶었다. 아니, 이 방에서 당장 나가고 싶었.

'해도연은 살인의 기억이 자신의 기억이 아니라는 걸 어떻게 알았을까?'

'아마도 기특이 이야기했을 것이다. 영수를 좋아하는 기특이 영수가 아닌 자신을 지목했을 것이다.'

해도연은 0수의 답을 기다리면서 도끼를 만지작거렸다. 언제라도 해도연이 저 도끼를 움켜쥐고 휘두를 것만 같았다. 흉기라면 0수에게도 있었다. 하지만, 0수는 맞서고 싶지 않았다.

해도연을 도발하고 싶지 않았지만, 0수도 몰랐다. 누가, 왜,

해도연에게 그런 끔찍한 기억을 집어넣었는지 0수도 정말, 전혀 몰랐다.

어느 순간, 도끼를 만지작거리던 해도연의 손가락들이 움직임을 멈췄다. 해도연의 눈동자에 초점이 사라졌다. 대신, 묘한 광채가 감돌았다.

"모르는구나?"

"……."

"사실은 나…… 갑자기 다른 삶을 살 자신이 없어요."

"……."

"그게 내 기억이 아니라고 하지만, 나는 받아들일 수 없어요. 나는 그 기억 속에서 살았고, 나는 그 기억으로만 살아서, 그렇게 보낸 시간이, 그 세월이 내 삶이에요. 다른 삶은, 기억이 안 나요. ……나는 그 애의 말을 믿어요. 하지만 그렇다고 갑자기 나타난 그 사람의 말만 듣고…… 바꿀 수가 없어요. 바뀌지지가 않아요. ……살던 대로 살아야겠어요."

"……?"

"확실한 방법이 있어요. ……나는 애초에 당신을 죽였었으니까, 그러니까…… 내가 그 하나의 기억만 재현한다면, 그러니까, 이제 곧 죽은 당신이 있을 테니까, 내가 이번엔 여기서 아침까지 죽은 당신을 지켜낼 거니까…… 살인은 명확해지고, 나는 비로소 그 죗값을 치를 수 있게 될 거예요."

"……!"

"죗값을 치르고 나면 그 오래되고 전부였던 반복에서 벗어나겠죠? 그 후에는, 어쩌면 살인자가 아닌 다른 삶을 생각해볼 수도 있을 거예요. 안 그래요? ……미안해요. 부탁할게요."

해도연은 말이 끝나기 무섭게 도끼를 집어 들었다. 0수에게 달려들었다. 0수는 해도연의 일격을 간신히 피했다. 도끼는 멈추지 않았다. 0수를 코너로 몰며 이곳저곳 어디든 내리찍었다. 찍히는 곳마다 파고들어 위협적인 흔적을 남겼다.

뒷걸음질 치고 있는 0수의 등 뒤 공간은 급격히 줄어들었다. 이윽고 0수의 등에 벽이 느껴졌을 때, 해도연은 달려오던 힘을 팔에 실어 휘둘렀다.

해도연이 휘두른 도끼가 가까스로 0수를 지나쳐 나무로 된 벽에 꽂혔다. 큰 힘이 실린 만큼 깊이 박혔다. 해도연은 도끼를 뽑아내기 위해 다시 힘을 줘야 했다. 그 틈을 타, 0수는 해도연을 가로질렀다. 방문을 열고 도망쳤다. 해도연은 뒤늦게 도끼를 빼들었다. 0수를 쫓았다.

0수는 앞서 있었지만 다급함에 시야가 좁아졌다. 복도를 따라 달리고 있었지만 복도의 끝이 가늠되지 않았다. 늦은 밤이었다. 요양병원은 깊이 잠들어 있었다. 아무도 깨어나 둘 사이를 막아서지 않았다.

38

 0수는 마침 층에 걸려 있는 엘리베이터로 들어갔다. 올라가는 아무 층이나 고르고 닫힘 버튼을 눌렀다. 0수는 닫힘 버튼을 거듭 거듭 또 거듭 눌렀다.

 해도연이 0수를 발견하고 엘리베이터를 향해 달려올 때, 다행히 엘리베이터 문은 닫히고 있었다. 해도인은 복도에 멈춰 섰다. 달려와 엘리베이터 문을 잡으려고 애쓰지도 않았다. 대신에,

 "방으로 들어가진 마요. 나한테 병원의 모든 문을 열 수 있는 키가 있어요."

 엘리베이터 문이 닫히기 직전, 해도연은 낮은 목소리로 말하며 마스터키를 꺼내 보였다.

 0수는 가장 높은 층으로 올라왔다. 엘리베이터에서 내려 복도를 둘러봤다. 엘리베이터와 비상문이 한 번에 보이는 구석에 쪼그리고 앉아 해도연을 기다렸다.

 하지만 해도연은 나타나지 않았다. 0수는 아무 곳이나 들어

가 숨을까 싶었지만 해도연의 말이, 그녀의 손에 들려 있던 마스터키가 떠올랐다.

'어디든, 해도연은 어디든 들어올 수 있다.'

0수는 다시 엘리베이터를 탔다. 1층으로 내려갔다.

0수는 건물에서 튀어나왔다. 허겁지겁 숲을 향해 달렸다. 건물에서 멀어지며 누군가 따라오진 않는지 건물을 살폈다. 자꾸 뒤돌아봤다.

숲의 깊은 곳까지 와서야 0수는 숨을 돌렸다. 0수는 숲속에서 자신의 방을 올려다봤다. 불이 켜진 채 그대로였다. 방 깊숙한 곳까지 보이진 않았지만, 발코니에도, 적어도 0수의 시야 안에 해도연은 보이지 않았다. 하지만 그때,

서늘한 느낌이 들었다. 0수는 천천히 돌아봤다. 숲을 살피다가 자신도 모르게 탄식에 가까운 얕은 비명을 질렀다.

"……악."

나무가 모여 숲이 된다. 숲에는 나무가 많다. 나무가 있고, 나무가 있고, 또 나무가 있고, 또 나무가 있고, 또, 해도연이 있었다. 보호색을 입은 것도 아닌데 해도연은 그들 틈에서 구분이 되지 않았다.

나무처럼 보였다. 나무처럼 꼿꼿하고 나무처럼 움직임도 없었다. 기척도 없었고 동요도 없었다. 숨소리조차 들려오지 않았다.

'저기서 언제부터 기다린 걸까? 내가 여기 오지 않았다면, 그

랬다면, 언제까지 저기서 기다렸을까?'

어쩐지 해도연은 0수가 나타날 때까지 언제까지고 기다렸을 것만 같았다. 나무가 자리를 지키는 일에는 지지 않는 것처럼 기다림으로 승부를 보는 일에 해도연은 필승일 것만 같았다.

0수는 긴장감에 온몸이 굳어갔지만 한 가지 생각으로 정신을 붙들었다.

'이건, 생사의 일이다.'

……딱!

어디선가 나뭇가지가 부러지는 소리가 들려왔다. 나무처럼 뿌리박고 선 듯 보였던 해도연이 걸음을 옮긴 것이다. 그 순간, 0수는 몸을 틀어 달리기 시작했다. 필사적이었다. 내달리며 품에서 칼을 꺼내 들었다. 칼을 감쌌던 비단 조각은 바닥에 내팽개쳐졌다. 0수는 나무와 나무 사이를 미친 듯이 달리며 곁눈질로 해도연을 찾았다.

그러나 해도연은 보이지 않았다. 사라진 듯했다. 0수는 도망치는 데 성공한 것 같았다. 하지만 바로 그 순간, 해도연이 드러났다. 해도연도 달리고 있었다. 나무에 가려졌다가 나타났다가를 반복하며 0수와 나란히 달리고 있었다. 해도연의 손에 들린 도끼가 미친 듯이 흔들리며 희번덕거렸다.

해도연은 0수를 앞서지도 뒤처지지도 않는다. 두 사람은 일생을 마주칠 일이 없을 것처럼 나란하게 앞을 향해 달리고만 있다.

'살인의 기억만으로 살인자가 될 수 있을까? 해도연은 정말 나를 죽일 수 있을까?'

0수는 나란히 달리고 있지만 자신에게 달려들지 않는, 그렇다고 자신을 놓아줄 것 같지도 않은 해도연을 보며 생각했다. 하지만,

인간인 영수는 정말 살인자였다. 0수는 그의 복제인간이었다. 0수에게는 살인의 유전자가 있었다.

'살인자가 될 수 있는 건, 오히려 나다.'

방향을 튼 건 0수였다. 0수는 순식간에 나무 몇 개를 가로질러 해도연을 향했다.

0수는 속도를 올렸다. 그리고 해도연에게 달려들었다. 칼을 치켜들었다. 그러나, 그 칼이 해도연의 몸에 닿기 직전에 0수는 땅 위로 드러난 뿌리에 걸려 넘어졌다. 넘어지며 뒹굴었다. 뒹굴다가 칼을 놓쳤다.

0수는 정신을 놓치면 안 된다는 일념으로 재빨리 몸을 일으켰다. 땅을 더듬었다. 칼을 찾기 위해 주변을 훑던 0수의 절박한 시선 끝에 움직이는 나무 한 그루가 보였다.

"……"

한 걸음, 한 걸음, 느리지만 확고한 움직임. 해도연이 0수를 향해 다가오고 있었다.

'해도연에게서 도망치는 건 불가능할 것 같다. 저 발걸음이라

도 멈추게 하고 싶다.'

다가오는 해도연을, 0수는 밀어내고 싶었다. 밀어낼 수 있는 어떤 짓이라도 하고 싶었다. 그럴 수 있는 어떤 말이라도 있다면 들려주고 싶었다. 어떠한 말이라도.

"제, 제 기억이 아니에요!"

0수는 다급히 뱉어냈다. 0수는 자신은 복제인간이고 기억의 주인은 당연히 인간인 영수라고 말하고 싶었다. 하지만, 0수는 혼란스러운 가운데에도 그런 이야기가 지금 해도연에게는 더욱 황당하게 들릴지도 모른다는 판단을 했다. 오히려 해도연을 자극할지도 몰랐다.

0수는 복제인간 같은 이야기는 빼고 자신이 아닌 쌍둥이인 영수의 기억이라고 서둘러 설명했다. 누가 알려준 건지 모르겠지만 잘못 알려준 거라고 간절히 말했다. 하지만,

"그걸 어떻게 믿죠?"

0수의 해명을 들었지만 해도연은 물을 뿐이었다. 되묻는 해도연에게 0수는 답할 말을 찾을 수가 없었다.

해도연의 손에는 여전히 도끼가 들려 있었다. 해도연은 충분히 가까웠지만 더 다가올 수도 있었다.

0수는 솔직하게 말할 수밖에 없었다. 진실 말고는 할 수 있는 변명이 없었다.

"나는, 인간이 아니에요. 나는 복제인간이에요."

*

해도연은 의아했다.

당연했다.

하지만, 십 년이 넘도록 지니고 있던 기억조차 본인 게 아니라는 걸 알게 된 마당에, 더 받아들이기 힘든 사실 같은 건 없는지도 몰랐다.

그렇다고 처음 본 이자의 말을 곧이곧대로 믿을 수도 없었다.

해도연이 혼란스러워하는 동안, 진실을 드러내고 난 0수는 일말의 여유가 생겼다.

'꾸며내지 않아도 된다. 사실을 말하자.'

"인간의 기억 때문에 복제인간인 내가 피해를 입고 싶진 않아요."

0수의 담담한 호소에는 진심이 느껴졌다. 누구라도, 해도연 또한 충분히 느낄 수 있는 거짓 없는 마음, 간절한 고백.

0수는 해도연에게 확신을 주기 위해 부지런히 말을 이었다. 해도연이 원하는 질문에 모든 답을 해줬다. 그럼에도, 해도연의 의심은 쉽게 거둬지지 않았다. 물러설 기미가 보이지 않았다.

'손에는 아직 도끼가 들려 있다.'

0수는 더 많은 이야기가 필요했다. 해도연에게서 벗어나기 위해서는 더 확실한 과거가 필요했다. 어차피 자신이 복제인간이라는 사실까지 밝혔다. 이미 책임은 인간인 영수에게 넘어가고 있었다.

'아니, 애초에 복제인간에게 책임 같은 게 있나?'

망설이던 0수는,

사실,

그 기억을 당신에게 집어넣은 사람도 인간인 영수라고,

거짓을 고했다.

"……."

충격이 불신을 거둬냈다. 그리고, 새로운 의문을 남겼다.

"……왜 그랬대요?"

가릴 것 없는 닥친 마음에 거짓말까지 한 0수지만, 0수라고 지어낸 말의 연유까지 알고 있지는 않았다.

"왜, 그렇게까지 한 거래요?"

해도연은 다시 물어왔고, 어떻게든 답을 찾아야 했던 0수는 그 순간, 다행히도 김다울의 기억이 떠올랐다. 영수가 팔아버렸던 또 다른 기억.

"당신이,"

"……."

"당신이 그 사람을 떠났으니까."

0수는 해도연에게 김다울의 기억을 들려줬다. 십 대의 영수가 좋아했던 연상의 여인에 대한 이야기를, 그 기억을 그대로 옮겼다. 누군지 몰랐던 그 여인을 해도연이라고 가정하기만 했다.

거짓말을 덮기 위한 또 다른 거짓말일 뿐이었지만, 해도연은 그 기억을 경청했다. 그 기억에 빠져드는 해도연의 집중력이 0수는 달리 두렵기도 했다.

*

0수가 들려주는 기억은 끝이 났다.

하지만, 마치 그 이후의 이야기를 아는 사람처럼 해도연은 생각에 잠겨 있다.

해도연은 그 자리에 서 있기만 한다. 움직임도 동요도 없다. 다시 나무가 된 것 같다.

바로 눈앞에 그 기억의 상들이 존재하는 것처럼 해도연은 한 곳을 바라보고 있었다. 해도연의 두 눈은 실재의 추억을 들여다보는 듯했다.

해도연은 온몸에 힘이 풀려 그리된 것처럼 손에 쥐고 있던 도끼를 놓았다. 돌아서 멀어졌다. 방황하듯 걷다가 숲 어딘가에서 사라졌다.

39

 어떤 사람들은 남들보다 많이 느낀다. 어떤 사람들에게는 남들이 보지 못하는 것들이 보인다. 그래서 어떤 사람들은 가만히 사는 것도 욕심을 내는 일이라고 느끼기도 한다. 잘 살아야겠다는 마음은 과한 욕심으로, 과하니 추하다고 느끼기도 한다. 영수가 그런 사람이었다.

 영수는 모진 사람이 못 되었다. 칼을 잃어버리고 나니 난생처음 뾰족해지던 욕망도 다시 무뎌졌다. 때로는 사는 일조차 욕심이라 느끼는 영수는 혼자 좋자고 0수의 죽음을 바랄 위인이 못 되었다. 그런 깜냥이 되는 인간이었으면 애초에 몰래 죽자고 복제인간을 사들였을까.

 영수는 0수 모르게 흔들렸던 마음에 미안함을 느꼈다. 혼자 힘들어하고 있을 0수를 생각하니, 칼을 찾겠다고 땅을 파던 자신의 두 손이 부끄러웠다.

*

영수는 0수를 찾았다. 자신은 복제인간이 아닌 인간이라고, 니가 나의 복제인간이라고 밝혔다. 그러니 살인의 기억 때문에 힘들어할 필요가 없다고, 죄책감을 가질 필요도 없다고, 그건 다 본인의 잘못이라고 털어났다. 게다가 자신은 죽고 싶다고. 실제로 곧 죽을 거라고. 자신의 자살 때문에 남은 가족이 그 죄를 짊어지는 게 싫었다고. 자신이 죽으면 남은 가족들은 주 7일 근무자가 된다고, 그렇게 만들고 싶진 않았다고.

"그래서 너를 태어나게 했어."

자신의 삶을, 근무라고밖에 여긴 적 없는 자신의 인생을 너에게 대신 살게 하기 위해서. 이기적인 생각이었지만 그게 최선이었다고. 자신은 사라지고 복제인간인 니가 대체품으로서가 아니라 주체로서 스스로의 삶을, 인생 근무를 계속해야 했기 때문에 니가 복제인간이라는 걸 밝히지 않은 거라고. 복제인간이라는 사실을 밝히면 삶에 대한 의지가 생기지 않을 것 같았다고.

영수의 고백은 이어졌다. 고백은 독백이기도 했다. 0수는 듣기만 했다.

생각해보면 영수에게 자살은 나쁜 습관 같은 거였다. 툭하면 죽고 싶다는 말을 뱉었다. 매일 새로운 경험을 바라며 지루해하고, 재미있는 일 없나 툴툴거리며 심심해하고, 엄청난 하루를 보내고야 말겠다며 지쳐갔다. 하지만 흥미로 사는 게 아니었다. 재미는 오래 지속되는 감정도 아니었다. 힘든 시절을 힘들지 않게 보내는 방법은 없었다.

영수는 채워지지 않는 욕심으로 늘 부족하게만 여겼다. 돋보일 것 없는 자신의 삶을 탓하기만 했다. 대단하지 못했으니 쓸모없다 단정했다. 하지만, 도드라지지 않아도 존재하고, 부족함도 채워진 상태고, 불안함도 동력이었다.

"나, 너 아니었으면 평생 요리도 안 해봤을 거야."

삶을 지속하는 것들은 작은 것들이었다. 한 끼 먹을 음식을 준비하는 시간도, 먹고 난 그릇을 씻고, 더러워진 바닥을 닦고, 어질러진 공간을 치우고, 창을 열어 고인 공기를 비우고, 들여놓은 바람을 느끼고, 날씨를 확인하고, 쏟아지는 햇살에 감탄하고, 그 모든 소소한 일이 필요하고 쓸모 있는 일이라는 걸 진즉에 알았다면, 어쩌면 영수는 죽음을 떠올리는 걸 버릇으로 삼지 않았을지도 몰랐다.

"나는 정말 아무것도 끝까지 하는 게 없는 것 같아. 보다 만 영화, 읽다 만 책, 하다 만 청소, 먹다 만 과자, 심지어 사는 것까지도. 왜 이럴까? ……봄에는 봄이라 그랬을까, 가을에는 가을이니까 그런 건가 핑계 대고 싶은데, 일생의 핑계치고는 그 계절들은 너무 짧아. ……너는, 너는 나처럼 그러지 말고…… 실은……."

준비해온 말을 늘어놓듯 막힘없던 영수가 주춤했다. 한동안 말을 잇지 못했다. 영수는 0수의 시선을 피했다. 영수는 0수와 눈을 맞추지 못한 채로 말을 이어나갔다.

"실은 너와 보내는 시간이 좋았어. 니가 태어나고 나니까, 니가 있으니까 마주 보고 얘기 나눌 사람도 있고 또 기특이랑 오한 씨랑 다들 어울러서 함께 다니다 보니까, 아니 또, 여기 와서 그 사람 만나고 나니까, 좋아졌어. ……죽으려는 이유가 대단했던 게 아니라, 그렇게 많은 이유가 있었던 게 아니라, 그냥, 나 외로웠었나 싶고."

영수는 민망한 듯 웃는다.

하지만, 0수의 얼굴은 굳어 있다.

"그랬으면 어땠을까? 그 기억들을 팔지 않았더라면, 힘들어도 하나도 버리지 않고 품고 살아냈으면 나는 어땠을까? ……있잖아, 사실 나, 요 며칠은……."

"그냥 솔직하게 말하면 어때? 이제는 내가 살고 싶다고. 원래는 죽고 싶었는데, 막상 저질러보고 나니까 이제는 내가 살고 싶다고, 그러니까 그냥 너는 좀 사라져달라고."

듣고만 있던 0수가 영수의 말을 잘랐다. 영수는 당황했다. 0수는 물었다.

"왜 걱정하게 됐어?"

"……뭐?"

"니가 아니라 내가 복제인간이란 걸 처음부터 말했으면 나는 너 걱정 안 했을 거야. 왜 신경 쓰게 됐어?"

"말했잖아, 니가 살아야 하니까. 처음부터 그렇게 말해버리면…… 이 여행을 떠난 것도 니가 계속 살도록 설득하기 위해서였어. 내가 아니라 너를 계속 살도록 설득하기 위해서. 팔아 버렸던 기억들을 되찾으면 혹시나 그 설득에 도움이 될까 해서. 내가 아닌, 니가 살도록 설득하기 위해서."

"그런 거라면…… 나는 이미 설득되어졌어."

"……"

"여행이 즐거운 이유는 여행지에서 마주치는 사람들 인생 부담 없이 구경하고 즐길 수 있기 때문이라고 했지? 내 인생이 아니니까, 남의 인생 구경이나 하면 되니까, 인생의 방관자가 될 수 있으니까, 그래서 여행이 즐거운 거라고. 그랬었지?"

"……"

"이건 니 인생이야. 니가 버리고 간 인생. 나는 방관자가 되어서 이 인생을 살 거야. 애초에 내 것이 아니었으니까, 나는 타인처럼 이 인생을 살 거야."

"……"

"내가 원래 이 삶의 주인이 아니라는 걸 안 순간부터, 나는 설득되어졌어. 내가 복제인간이라는 걸 안 순간부터 나는 살고 싶어졌다고. 나는 이 삶의 주인이 아니야. 나는 그저 이 인생에 발을 들인 객일 뿐이야. 나는 여행하듯 살 거야."

"……"

"니 경솔함이 내 책임은 아니잖아?"

"……"

"언제 할 거야?"

0수는 다시 한번 물었다.

"스스로 죽을 거라며? 정말 그럴 거야?"

영수는 0수의 물음이 요구라는 걸 알았다.

"이제 와서 내가 죽는다고 죗값을 다 치른다고 할 수는 없지만, 그래도 이제 내가 죽으면, 너는 정말 죄책감 같은 거 느낄 필요 없어. 아니 애초에 이건 니가 지은 죄가 아니니까……."

"정말 알아서 사라져줄 거지?"

0수는 재촉했다. 영수는 고개를 끄덕였다. 영수는 0수의 요구에 응했다.

40

 여느 날처럼 해도연은 환자가 없는 병실에 들어가 청소를 시작했다. 하지만, 이내 중단해야 했다.
 해도연은 침대 위에 걸터앉았다. 전에는 한 적 없는 행동이었다.
 고개를 들어 창밖을 봤다. 또한 하지 않던 짓이었다.
 창밖에는 비가 오고 있었다. 가을비치고는 쏟아졌다.
 해도연은 그 비를 물끄러미 바라봤다.
 하염없이.
 그리고,
 "비를 보고 싶은데, 비 때문에 창문을 못 열겠어요."
 읊조렸다. 이어서,
 "올여름엔 비가 적네요. 비 기다리다가 지치겠어요."
 해도연은 마침내…… 그 시절의 기억들이 떠올랐다.
 과거의 어느 시절이 아니라 완전히 다른 세계 다른 공간에 존재했던 자신을 되찾아와야 했다. 다행히 그곳에는 자신이 좋아했던 누군가가, 그에 대한 기억이 고스란히 머물러 있었다. 한 번도 떠올리지 않았을 뿐이지 한순간도 잊힌 적 없었던 기억들인 양, 그 시절을 떠올리자 모든 것이 너무나 선명했다.

 해도연은 처음 이곳에 환자로 왔었다. 침대에서 쉽게 몸을 일으키지 못하던 그 몇 개월, 휠체어에 의지해서야 밖을 나갈 수 있었던 그 시절에 만났던, 십 대 후반의 영수가 기억났다.
 들이치는 비에 젖지 않게 침대를 옮기고 창문을 열어주던 첫 만남. 수시로 병실로 올라올 핑계가 되어준 날씨. 병실 한쪽 구석에도 있는 휠체어를 어디선가 들고 뛰어와 흘리던 땀. 숨을 고르던 목덜미. 휠체어를 끌고 와서도 밖을 나가야 하는 이유에 대해 쭈뼛쭈뼛 한참을 설명하던 입술. 허락의 의미로 양팔을 벌렸을 때, 어떻게 안아야 할지 몰라 허공에서 헤매던 두 팔. 한낮의 여름 햇살에도 그늘을 만들어주던 숲. 혼자 여러 번 와본 건지 숲에서만큼은 주저하지 않던 발걸음. 숲의 어느 자리에 멈춰 서서 자신의 방을 가리키던 손끝. 해도연은 소년에 대한 모든 것들이 기억났다.
 자신이 사랑했던 소년의 얼굴이 자신이 죽인 사람의 얼굴과 공교롭게도 너무나 닮아 있어서 해도연은 그 소년의 얼굴은 까마득히 잊고 있었던 거였다. 자신이 사람을 죽였다는 두려움과 죄의식을 떠올리게 하고 또 확인시켜주는 몽타주 속 그 얼굴이 자신이 가장 행복했던 시절의 얼굴을 완벽하게 가리고 있었다.

어떻게 두 사람은 그토록 닮았을 수 있었을까?

같은 사람이었던 거다.

그 소년이, 자신이 사랑했던, 자신을 사랑했던 그 소년이 자신에게 살인자의 기억을 덧씌웠다는 게 해도연은 믿기지 않았다. 소년은 왜 그런 짓을 했을까?

해도연은 0수의 말을 기억해냈다.

'당신이 그 사람을 떠났으니까.'

소년에겐 실연의 기억이, 그 상실의 기억이 그토록 큰 상처였을까? 해도연에게 이렇게까지 큰 아픔을 주고 싶을 만큼?

해도연은 살인의 기억으로 매일 충분히 고통받았다.

하지만 죽인 사람으로 알았던 그 얼굴, 자신이 사랑했던 소년의 얼굴을 하루도 빠짐없이 기억하기도 했다.

소년은 해도연이 자신을 잊지 않길 바라기도 했던 걸까?

그리고, 이제는 그 소년이 살인자였다.

하지만, 그 시절 어느 하루의 날씨까지 기억이 난 지금, 아무리 돌이켜보아도 해도연이 알았던 소년은 살인자의 모습과는 거리가 멀었다. 해도연의 기억 속 소년은 누굴 해할 수 있는 악의를 지닌 인간이 못 되었다.

소년은 우울증 때문에 이곳에 왔다고 했었다. 큰 키에 덩치까지 좋아서 우울증과는 거리가 멀어 보였지만 어린 나이에 이 먼 요양병원까지 온 걸 보면 마음의 병이 깊음이 분명했다.

둘은 많은 대화를 나눴었다. 그 대화 속에는 마음의 그늘을 만든 사연도 있을 거였다.

해도연은 그 대화의 기억들을 좀 더 면밀히 더듬어봤다. 그 시절 그곳으로 돌아가 하나씩 하나씩 대화들을 다시 주고받아 봤다.

신기하게도, 그게 가능할 만큼 십여 년도 지난 기억은 또렷했다. 마치 불완전한 인간의 뇌가 아닌 최첨단의 컴퓨터 안에 차곡차곡 쌓아놓은 데이터마냥, 찾아내기만 하면 될 뿐 해도연의 기억은 온전했다.

가벼운 인사말에서 시작해 오늘의 날씨, 어제 본 것들, 내일 함께 갈 곳들, 좋아하는 마음들에 대해서, 서로를 떠올리는 순간들에 대해서, 그렇게 대화는 가까워지고 깊어졌다.

해도연이 외동인 자신을 두고 스스로 죽음을 선택한 부모들에 대한 이야기를 꺼냈을 때, 소년은 갑자기 울먹이기 시작했다. 해도연은 울먹이던 소년의 얼굴을 기억 속에서 찾아냈다.

이어서 소년이 조심스럽게 늘어놓은, 무서웠다, 숨는 게 아니었다, 피하는 게 아니었다, 신고를 했어야 했다, 후회한다, 비겁했다, 악몽을 꾼다, 병이 되었다 등의 말들과 함께 그 사연의 내용도, 해도연은 기억이 났다.

소년은 살인의 현장에 있었다. 하지만, 살인을 한 것은 아니었다. 두 눈으로 직접 살인의 행위를 보았다. 그러다, 살인자와 눈이 마주쳤다. 소년은 겁을 먹고 현장에서 도망쳤고, 보복의 두려움에 경찰에 신고하지도 않았다.

소년은 신고하지 않았다는 죄책감으로 마음의 병을 얻었다. 그 병으로 이 먼 병원까지 치료를 위해 왔다. 그게, 소년이 해도연에게 들려준 진실이었다.

소년은 살인을 목격하고 방관한 것만으로도 본인이 살인을 한 것 이상으로 힘들어하는 유약한 인간이었다. 살인자가 못 되었다. 소년은 살인자가 아니었다.

소년은, 목격자였다.

해도연은 침대에서 일어나 창문으로 다가갔다. 창문을 열고 발코니로 나갔다. 해도연은 숲을 바라봤다. 당연한 듯 영수를 찾았다.

당연한 듯, 영수는 그곳에 있었다. 해도연이 십수 년을 매일같이 찾는 동안 한 번도 그곳을 떠난 적 없었던 것처럼, 제자리에 있었다.

*

이제 영수에게는, 또다시 죽는 일만 남게 되었다. 또다시, 어떻게 죽을까만 남았다.

원래 영수의 몫은 사는 것이 아니라 죽는 것이었다. 남는 것이 아니라 사라지는 거였다. 살인이라는 거대한 죗값을 치르기

에도 사라지는 쪽이 적절했고, 영수가 오랜 시간 바라던 것도 사라지는 일이었다. 그럼에도,

마냥 신이 나지는 않았다. 사는 동안 언제나 즐거운 상상이었던 인생 근무를 끝내는 일이, 영원한 퇴근을 앞둔 지금, 영수는 어쩐지 어딘가 쓸쓸하기도 했다.

하지만 관성이란 무서운 법이니까. 십수 년을 해오던 일을 하루아침에 바꿀 수는 없으니까. 그 관성을 이길 무력 같은 게 영수에게 있을 리 없으니까.

영수는 죽을 곳을 찾느라, 조용히 사라질 곳을 찾느라 숲을 떠돌았다. 삶의 무게를 내려놓아봤다. 그래서 부유하기도 했다. 사라지고야 말겠다는 과도한 의지 덕에 투명해 보이기도 했다. 그렇게 유령이 되고는 했다.

유령이 되어 배회하다 보면 멈춰지는 곳이 있었다. 그곳에서는 해도연이 보이기도 했다. 아니, 언제나 해도연이 풍경이 되는 곳에서 실체 없는 마음 덩어리는 멈추었다. 그 사람은 멀리서 바라봐도 풍경의 가장 아름다운 부분이었다.

"……젠장."

'이래서 죽어 한곳에 붙들리는 귀신이 생기는구나.'

정말이지 이제는 둥둥 떠다닐 수 있을 만큼 삶에 대한 미련도 버린 것 같은데, 사라지고 말겠다는 악착같은 마음 덕에 이제는 정말 흐려져버린 것도 같은데, 진짜 약간 시스루인데, 이제 사라지기만 하면 되는 건데, 그런데도 미련 덩어리가 되어, 지박령마

냥 영수는 여기 붙박여서 저기만 보고 있다. 그러니, 언젠가는 일어나고 말 일이었다.

영수는 해도연과 눈이 마주쳤다. 해도연은 발코니에 서서 숲을, 숲속의 영수를 바라보고 있었다.

*

해도연은 숲으로 내려갔다. 영수에게로 다가갔다. 서른이 된 소년이 제대로 보이고 목소리가 충분히 들릴 정도의 거리에서 해도연은 멈췄다.

영수가 먼저 사과의 말을 전했다. 당신이 오랜 세월 고통받았던 그 기억은 실은 자신이 짓이라고. 누가 왜 그런 짓을 했는지는 모르겠지만 그 기억을 판 건 자신이 맞다고. 그 기억이 어떻게 당신에게 간 건지 모르겠지만 미안하다고, 정말, 미안하다고. 충분히 진심이 전해지는 말투였다.

해도연은 쌍둥이가 아니라 복제인간이라고 했던 그자의 말이 일부는 맞지만 일부는 거짓일 수도 있겠다고 생각했다. 그자는 기억을 판 사람도, 또 그 기억을 해도연에게 입힌 사람도 소년이라고 했다. 하지만 지금 저 소년은 자신의 기억은 맞지만, 자신이 그 기억을 해도연에게 입힌 건 아니라고 하고 있다.

물론, 서른의 소년이 거짓말을 하는 건지도 몰랐다. 어쨌든, 해도연이 할 말은 변할 게 없었다.

"내 기억이 맞다면, 그쪽도 살인자는 아니에요."

"……."

"떳떳하지 못했고 비겁했지만, 살인자는 아니에요. 당신은 목격자였어요. 이 말 해주고 싶었어요."

해도연은 그렇게 말하고 돌아섰다. 반가운 마음도 있었지만 원망의 마음이 없진 않았고, 화를 내고 싶기도 했지만 용서해주고도 싶었다. 막상 입 밖으로 나온 말은 저 말뿐이었다.

영수에게서 멀어지며 해도연은 마지막으로, 어떻게, 왜 소년을 떠났는지 생각해봤다. 하지만 그것만큼은 기억나지 않았다. 그저 몹시 아팠고, 기억을 잃었고, 깨어났을 때는 다행히도 다시 건강해져 있었다. 그리고 한나절이 지나지 않아 자신을 온통 짓누르고 있는 감정이 죄책감이라는 걸 알았다.

건강해진 몸으로 잠을 청한 첫날 밤, 자신이 죽인 소년의 얼굴이 떠올랐다. 소년의 얼굴이 죄책감의 대상이 된 그 후로는, 그 소년과 연애를 했었는지도, 헤어질 생각이 있었는지도, 떠날 의지가 어느 정도였는지도, 심지어 떠났는지조차 몰랐다. 이미 소년은 사랑하는 대상이 아니라 자신이 죽인 피해자였다.

그러니까, 해도연이 완치되어 깨어나기 직전에 누군가가 해도연에게 새로운 기억을 집어넣어 해도연의 기억을 헤집어놓았을 것이다. 저 소년의 말이 맞는다면, 정말 저 소년이 한 짓이 아니라면, 그 누군가는 누구일까?

분명해진 건 있었다. 그 누군가는 살인의 기억으로 사랑의 기억을 지우고 싶어 했다. 과거에 있지만 오늘을 버티게 할지도 모르는, 그래서 때로는 절박하기도 할, 희소한 그 시절을 누군가는 지워버리고 싶어 했던 거다. 그 누구보다도 해도연의 삶을 질투한, 당신은 누구였을까?

'내 삶을 자신의 삶인 양 질투했을 너는 누구였을까?'

해도연이 강렬한 질문에 사로잡혀 있을 때, 영수의 목소리가 들려왔다. 해도연은 다시 물어야 했다.

"뭐라구요?"

"……여기서 일하려면, 여기서 살려면 어떻게 해야 되냐구요."

"……."

"……."

"당신이었죠? 세탁실에서 나랑 나란히 앉아 있던 방호복."

"……."

"덥지 않았어요?"

*

두 사람을, 먼 곳에서 한 사람이 지켜보고 있다. 오한이었다.

41

 오한은 멀리서도 가까이 살피기 위해 망원경을 샀다. 망원경 덕에 숙소에서는 숲을, 숲에서는 숙소와 병실들을 들여다봤다. 거리에서는 조마조마한 미행 없이도 훔쳐볼 수 있었다. E구역에서 만났던 노인처럼 망원경을 들여다보며, 그들을 관찰했다.
 영수가 어디로 걷고 누구와 마주치는지, 0수가 누구 뒤를 쫓고 어디서 망설이는지, 기특이 누굴 찾아 뭘 털어놓는지, 해도연이 이동 침대를 끌고 어디로 가는지, 오한은 샅샅이 알았다. 영수의 고뇌를, 0수의 불안을, 해도연의 의문을, 오한도 잘 알았다.
 오한은 오십 인생에서 요즘이 제일로 신이 났다. 본인이 연출하는 첫 영상물을 만들고 있었기 때문이었다. 영수와 0수, 해도연, 기특까지, 본인들은 몰랐지만 그들은 그 영상물의 등장인물들이었다. 그들은 끝까지 모를 테지만, 오한은 최선을 다해 연출도 하고 있었다. 오로지 더 값이 나가는 영상물을 만들어내기 위해.
 그 영상물은 기억이었고, 가장 값비싼 기억은 살인의 기억이었다.

실제의 인생을 연출하는 건 한계가 있었다. 하지만 기억이 값이 나가는 이유는 그 계산되지 않는 개연성 때문이기도 했다. 오한이 원하는 것도 바로 그런 리얼한, 원래 인생에 가까운 진짜의 기억이었다.

오한은 그저 사소한 관여만 했다. 그런데도 그들의 인생은 자신의 의도대로 조금씩 바뀌고, 크게 틀어졌다. 그게 오한은 견디기 힘들 정도로 재밌었다. 신의 놀이가 있다면 이런 재미가 아닐까 싶을 정도로 재미가 있었다.

오한은 그들이 모르는 정보를 알려주었고, 기존의 정보를 바꾸었을 뿐이었다. 그러니까, 기특에게는 영수와 0수가 어느 한쪽은 복제인간이라는 걸 알려줘서 둘 중 하나는 사라져도 그만이라는 전제를, 0수에게는 영수가 아니라 니가 복제인간이라는 걸 알게 해서 불안과 갈등을, 그리고 그들 모두를 위해서, 전반적인 극의 긴장감을 끌어올리는 데 도움이 될지도 모를 작은 소품을 준비했다.

오한은 칼이 없던 자리에 칼을 두었다. 김다울이 묻어둔 사랑의 증거를 처음 발견한 건, 오한이었다.

처음부터 칼이 있었던 건 아니었다. 원래 묻혀 있던 물건은 오한이 꺼내서 감췄다.

원래 있었던 물건은 오한이 생각하는 연출 방향에 효과적이지 않았다. 심지어 영수가 그 물건을 먼저 발견했다면, 영수에게 또 다른 혼란만 줬을 거였다. 굳이 필요하지 않은 혼란. 비싼 기억을 연출하는 데 하등 도움 되지 않을 혼란.

그래서 오한은 그 물건은 본인이 감추고 그곳에 칼을 놓았다. 뾰족하고 날이 있는, 빛을 받으면 반짝거리기도 해서 보기만 해도 심장을 뛰게 하는, 누군가를 상처 입히기에 더없이 용이한, 상처가 깊으면 죽음에 이르게도 할, 값나가는 기억이 될 가능성을 어떻게든 높일, 칼을.

가장 비싼 기억은 살인의 기억이니까.

일이 되려고 그랬던 건지 영수가 처음으로 팔아치운 기억 또한 살인의 기억이었고, 덕분에 그 칼은 개연성까지 얻었다.

'십 대 시절의 영수가 살인에 쓴 흉기로 착각할 수 있지 않겠어? 묻어 감춰야 할 만하잖아?'

그럼, 원래 묻혀 있었던, 김다울이, 그러니까 십 대 시절의 영수가 거기 묻어뒀던 건 뭐였냐? 뻔한 거였다. 흔하고 시시한 거.

편지였다.

영수에게는 혼란을 줄 수 있었겠지만 오한에게는 확신을 준, 편지였다.

그 편지는, 인간이 얼마나 이기적일 수 있는지 새삼 알게 해줬다. 그러니 오한은 자신의 연출 방향이 틀리지 않았음을 다시금 확인할 수 있었다.

영수 또한, 인간이었다.

*

지금, 오한은 망원경 너머로 요 며칠 유령처럼 떠다니던 영수에게 드디어 삶의 무게가 다시 더해지고 있는 걸 본다. 해도연이라는 무게추가 영수의 두 발을 다시 땅에 붙였다. 사라질 듯 흐릿해지던 영수의 몸도 다시 윤곽이 도드라지는 것 같다. 지금 저건 곧 사라질, 죽으려는 사람의 형태가 아니다.

자, 그럼 이제 어떻게 될까? 영수라는 인간은 이제 뭘 하려나?

'유령이 되는 쪽은 누굴까?'

"응?"

오한은 즐거워 죽는다. 게다가, 오한에게는 아직 클라이맥스를 위한 연출이 남아 있다.

오한은 가벼운 발걸음으로 직원들은 소각장이라고 부르는 화장터로 왔다. 오한은 소각장에 대해서도 충분히 알았다. 죽은 환자들을 태워서 없애는 곳. 태워지고 나면 버려져 영원히 잊히는 곳. 해도연과 영수, 0수, 셋 모두 알고 있는 곳.

오한은 소각장의 위치를 다시 한번 살폈다. 좁은 길을 따라가서야 드러나는 곳이지만, 이곳에서 불이 시작된다면 숲 어디로든 번질 수 있었다.

42

 이틀 후면 영수와 0수, 오한과 기특은 이곳을 떠나야 했다. 반드시랄 건 없고, 숙박 기간이 끝이 났다. 아무도 연장하자는 이야기는 없었다.

 영수는 아직 살아 있었다. 0수에게 스스로 죽겠다 했었지만, 아직도 살아 있다.

 비는 며칠간 없었고, 숲은 가을의 대기로 말라 있었다.

 새벽 1시 45분, 환자가 사망했다. 당직실에 있는 해도연에게 연락이 왔다. 해도연은 원래 오늘 당직이 아니었지만 동료의 부탁을 들어주기로 했었다. 해도연은 갑작스럽게 불어난 시간을 어떻게 써야 할지 여전히 몰랐고, 해결하지 못한 한 가지 의문에 여전히 빠져 있기도 했다. 여러모로 밤에 깨어 있는 일은 환영할 만했다.

 해도연은 골똘히 생각에 잠긴 채 사망한 환자의 병실로 향했다. 최근에 자신에게 벌어진 일들이 사고의 외연을 넓혀줬다. 이전의 해도연이라면 평생 상상도 못 했을 일들이 벌어진 거였으니까. 미결인 채 남겨져 있는 질문에 대한 답도 어쩌면 해도연의 상식 너머에 있을지도 몰랐다.

'살인의 기억으로 사랑의 기억을 지워버린 당신은 누구였을까?'

해도연은 병실로 들어섰다. 사망선고가 끝난 환자의 얼굴은 흰 천으로 가려져 있었다. 해도연은 침대를 밀며 병실을 나섰다. 직원용 엘리베이터를 타고 건물을 내려왔다. 뒤뜰로 통하는 직원용 출입구로 건물을 벗어났다. 숲이 드러났다. 오솔길로 들어섰다.

'내 삶을 질투했을 너는 누구였을까?'

해도연을 아는 사람임이 분명했다. 해도연에게 그 기억이 무엇보다 소중하다는 걸 아는 사람이다. 해도연을 너무나 잘 아는 누군가가 해도연의 사랑의 기억을 질투한 나머지 그 기억을 살인의 기억으로 짓눌러놓은 거다. 해도연이 사랑했던 얼굴을 해도연이 살인한 사람의 얼굴로 덧씌워 절대 다시는 그 사람을 사랑할 수 없도록 말이다.

마침, 흙길에 돌덩이라도 있었는지 해도연이 밀고 있는 이동침대가 크게 한번 들썩였다. 흰 천 밖으로 환자의 팔이 툭 떨어졌다.

놀랄 수도 있는 일이었지만, 해도연은 이런 일이 처음도 아니었다. 해도연은 무심히 걸음을 멈추고 시신의 몸을 밴드로 다시 고정하려 했다. 한데 떨어진 팔을 들어 올리던 그때, 시신의 손가락 끝이 보였다. 손가락 끝엔 매니큐어가 칠해져 있었다. 놀랄 일도, 처음 있는 일도 아닌데, 매니큐어가 칠해진 손가락에 해도연은 시선이 갔다. 보게 되었다. 왜 계속 눈이 가는지 스스로도 이유를 찾지 못한 채 바라보고만 있던 그 순간,

"……!"

해도연은 한 가지 기억이 떠올랐다. 그 기억에 붙박였다. 해도연의 얼굴은 미세하게 굳어갔다.

그 기억은, 일을 시작한 첫날의 기억이었다.

그날의 기억은 오후의 짧은 잠에서 시작했다. 해도연은 어쩐 일인지 직원 휴게실에서 잠들어 있었다. 동료들도 아닌, 의사가 직원 휴게실까지 내려와서 해도연을 깨웠다.

의사는 다른 직원들이 아닌 해도연에게 일을 지시했다. 의사가 직원 휴게실까지 내려와 잠들어 있는 해도연을 굳이 깨워 직접 지시한, 이곳에서의 해도연의 첫 일은, 소각이었다.

불태워 없애는 일.

흰 천으로 뒤덮인 시신을 소각장으로 옮겨 연소실에 밀어 넣고 연소 버튼을 누르는 일.

죽은 누군가를 온전히 사라지게 하는 일.

첫날이라 익지 않은 흙길은 더 기찰었다. 오늘처럼 한자익 팔이 덮어놓은 흰 천 밖으로, 침대 아래로 떨어졌었다. 그 손에도 매니큐어가 칠해져 있었다.

해도연은 죽은 사람의 몸의 일부를 처음 봤었다. 크게 놀라 허겁지겁 팔을 다시 침대 위로 올렸다. 서둘러 흰 천으로 덮어 가리고 시신을 고정하는 밴드를 다시 조였다.

그때, 해도연이 놀란 것은 단순히 죽은 사람의 몸을 처음 봐서였을까?

해도연은 순간이지만 분명히 보았다. 매니큐어가 칠해진 손끝, 그리고 그 손.

어딘가 낯이 익은 손.

매일 내려다본 듯한, 어쩐지 익숙한 손.

해도연은 이동 침대를 밀고 있는 자신의 손을 문득 내려다봤다. 매니큐어가 칠해져 있진 않았다. 하지만, 방금 봤던 그 가늘고 긴 손과 몹시도 닮아 있었다.

해도연은 환자의 얼굴을 확인하고 싶은 충동이 일었다. 아니, 환자의 손이라도 다시 보았으면 싶었다. 자신의 손과 환자의 손을 나란히 놓고 비교해보고 싶었다.

하지만, 동시에 알 수 없는 두려움이 느껴졌다. 쉽게 다스려지지 않았다. 의사의 말이 떠오르기도 했다. 처음 맡은 일의 부담감으로 해도연은 별 의미 없이 물었었다. 환자가 누구인지. 그때, 의사는 말했었다.

"사라질 사람, 누군지 알아서 뭐하게요?"

해도연은 그 말이 맞는다고 생각했었다. 해도연은 그 말에 의지해 호기심과 두려움을 억눌렀다.

해도연은 시신을 연소실로 밀어 넣었다. 입구를 닫고, 잠금을 확인하고, 연소 버튼을 눌렀다.

시신을 덮고 있던 흰 천이 타들어가며 시신의 머리가 잠깐 드러났다. 짙은 갈색의 긴 머리였다. 해도연의 머리색과 같았다.

불붙은 머리카락은 재빨리 흔적을 감췄지만 그 색만큼이나 짙은 냄새가 났다. 짙고, 역하고, 악착같은 냄새. 자신이 처음 소각한 그 환자는 그렇게 불 속에서 영원히 사라졌다.

해도연이 확인하지 않은 환자의 얼굴은 자신이 처음 소각한 그 얼굴뿐이었다. 어쩌면, 해도연이 확인하려 하지 않았던, 유일한 얼굴이었다.

해도연은 이제, 그 얼굴이 누구인지 알 것 같다.

*

새벽 2시쯤, 해도연은 소각장에 이르렀다. 해도연은 소각장에 들어가 입구에서 가장 가까운 연소실의 문을 열었다. 그 안으로 시신을 밀어 넣고 문을 닫았다. 잠금장치를 확인하고 연소 버튼을 눌렀다.

해도연은 소각장을 나왔다. 연소실 안의 불은 갇힌 채 타오르고 있었다.

영수도 깨어 있었다.

잠들지 않는 게 살아 있음을 확인할 가장 수월한 방법이라면 영수는 숱한 불면의 밤도 각오가 되어 있었다. 그 밤에 영수는 다시 혼자가 되겠지만, 되찾은 기억들이 그 밤을 버티게 해줄 거라 믿었다.

사람들은 자꾸 오늘을 살고 미래를 준비하라지만 영수는 과거에 머무르는 게 좋았다. 현재를 위로하기에 과거만큼 좋은 게 어디 있을까? 영수는 과거의 기억들이 적금 같았다. 힘들 때 언제든 빼서 쓸 수 있는, 틈틈이 소중히 모은 적금.

하루 이틀 며칠 어느 계절을 그 적금으로만 살고 싶었다. 하지만, 영수도 알았다. 적금도 바닥이 난다는 거. 과거의 기억도 오늘을 살아서 생긴 거라는 거.

정말 이곳에서 새롭게 일을 시작한다면, 할 수 있다면, 그 오늘이 생길 수 있었다. 과거의 기억은 현재가, 또 미래로 이어질 수도 있었다. 그럼에도, 이곳에서 일을 하려면 어떻게 해야 하나 해도연에게 물어놓고도, 영수는 망설였다. 0수와의 약속을 잊었을 리 없었다.

영수는 자신의 인생을 0수에게 온전히 맡기고 스스로 사라져주기로 0수와 약속했다. 게다가, 죽음을 생각하는 일이 영수에게 정말 관성 같은 게 맞는다면, 지금 이런 감정들도 결국은 지나가게 될지도 몰랐다. 결국에는, 다시 죽고 싶어질지도 몰랐다.

아니, 영수는 스스로를 알았다. 이건 충동이었다. 이따위 얄팍한 충동으로 삶을 지탱할 수는 없었다. 이런 한 시절의 감정으로 삶을 지속할 수는 없었다. 계속 살고 싶다는 마음은 곧 사그라들 거였다.

그러니, 요 며칠 밀어내도 자꾸만 들이치는 생각은 말이 안 되는 거였다. 그건 정말 말도 안 되는 생각이었다.

'애초에 없던 일이었으면, 0수가 그냥 사라졌으면, 0수가 죽어버렸으면,'

'누가 0수를 좀 죽여줬으면,'

'……나 살자고 너의 죽음을 바라다니,'

"말도 안 되는 생각이야."

하지만, 충동은 제어가 되는 이성적인 것이 아니었다.

영수는 아프도록 뛰는 심장을 안고 숲을 떠돌았다. 떠돌고 또 떠돌며 너무 늦게 찾아온 생에 대한 지나친 호감을, 그 진의를 헤아렸다. 헤아리고 헤아려도 도대체 어떻게 해야 할지를 몰라 결국은 다시 헤매게만 되던 어느 밤, 영수의 두 눈에 반짝이는 물건이 보였다. 땅에 떨어진 채 아주 일부만 보였지만, 그것은 빛이었다.

'내가 찾은 것이 아니다. 저 빛이 나를 찾아온 거다.'

영수는 비로소 답을 구한 것 같았다.

빛은 칼이었다. 영수가 묻어뒀지만 잃어버렸던 그 칼. 묻힌 곳을 알았던 누군가가 꺼내어 쓰고 다시 버려놓은 그 칼.

이제, 영수는 그 뾰족한 빛에만 의지해 어두운 복도를 걷고 있다. 그 칼을 앞으로 쥐고, 어느 방문을 두드렸다.

43

 두 개의 원 안에, 문 앞에 선 0수의 뒷모습이 있다. 0수가 열어준 방문으로 영수가 들어선다. 0수는 뒷걸음질 친다.
 들어선 영수는 앞으로 다가오기만 한다. 0수가 뒤로 걷는 동안 몸이 틀어지고 0수와 영수는 마주 서게 된다. 0수를 찾아온 영수의 손에는 날카로운 것이 들려 있다.
 영수의 칼은 0수를 향하고 있다. 0수와 영수는 몹시 닮았다. 한 사람이라 해도 믿겠다. 둘에게 주어진 인생도, 하나다.

*

 숲속 어딘가에서 키득거리는 기분 나쁜 웃음소리가 들린다. 그따위로 웃고 있는 누군가의 불편한 주둥이가 보인다. 망원경으로 키운 큰 눈으로 0수의 숙소를 훔쳐보던 누군가가 망원경을 내린다. 오한이다.
 오한은 천천히 숲을 가로지른다. 오한은 소각장에 들어선다.

연소실 안에는 불타고 있는 시신이 있다.

오한은 연소실 잠금을 푼다. 문을 연다. 바깥 공기가 유입된다. 연소실 안에만 갇혀 있던 불이 연소실 밖으로 너울댄다.

*

영수가 0수의 목을 조른다.

0수는 영수의 칼을 어찌 막아냈지만, 그 틈에 영수는 0수 위에 올라탈 수 있었다.

영수는 0수의 목을 조르고 있다. 0수가 저항할 수 없을 만큼 영수의 무력은 의지가 있다.

한데, 영수는 어째, 자신의 목을 조르는 것 같다.

'나는 나를 죽이고 있다. 나는 마침내 죽어간다. 나는 죽어가는 나를 바라본다.'

영수는 숨이 넘어갈 듯 보이는, 이제는 정말 이 세상에서 사라질 듯 보이는 0수를 내려다보고 있다. 그리고, 0수의 눈 속에는 영수가 있다.

0수의 두 눈 속에 0수를 죽이려 드는 영수의 얼굴이 있다.

결국, 영수도 그 얼굴을 보고야 말았다.

"……."

0수의 목을 조르던 영수의 손에서 힘이 빠진다. 영수는 숨이 돌아오고 있는 0수에게, 물음 같은 혼잣말을 한다.

"욕심을 내는 건, 추하다. 그지?"

충혈된 0수의 두 눈이 그 말을 듣는다.

*

새벽 2시가 넘은 시간에는 깨어 있는 환자도 직원도 드물었다. 어디선가 불 냄새가 나고 있었지만 잠을 깨울 정도는 아니었다. 소각장 전체가 불에 휩싸였을 때에야 당직이었던 직원이 불을 발견했다. 그 직원은 소각장의 연소 버튼을 누른 직원이기도 했다. 해도연이었다.

해도연은 서둘러 소방서에 알렸다. 그러곤 곧장 당직실로 돌아가 소화기를 집어 들었다.

*

0수는 살아 있다. 0수는 두려움 가득한 눈으로 영수를 올려다보고 있다. 그런 0수의 두 눈에 불길이 인다.

영수도 그 불을 봤다. 영수는 일어났다. 돌아봤다. 발코니로 다가갔다. 불이었다.

불은 구경꾼들도 없이 혼자서 타고 있었다. 소각장에서 시작된 불은 이제 숲의 일부까지 번지고 있었다. 영수는 그 불을 확인했다.

0수는 몸을 가눌 정도가 되자 바닥에 버려진 칼부터 집어 들었다. 그 칼을 영수에게 겨누었다.

영수는 타오르는 불에서 눈을 떼지 못하고 있다. 무방비 상태였다. 뒤에서 영수를 겨눈 0수의 칼이 점점 가까워지고 있었다.

"……로망 중에 로망, 알지?"

영수가 0수에게 맥락 없이 물었다.

"갑자기 뭔 개소리야!!!"

0수는 소리쳤다. 영수는 아랑곳 않고 말을 이었다.

"산불."

"……."

"산불이 난 와중에 해볼 만한 나무를 찾아서, 그 나무 꼭대기까지 올라가 불로 뒤덮인 붉어진 숲을 구경하다가 재도 안 남기고 죽기."

0수 또한 알고 있었다. 수많은 자살의 방법 중, 로망 중의 로망, 산불.

'그걸 어떻게 모르겠어.'

해묵은 로망을 떠올리며, 영수는 불타는 숲을 바라보고 있다. 저 큰불을 보고 있으니 영수는 머리가 맑아진다. 마음이 편해진다. 한데, 그런 영수의 시선에 불타는 숲을 향해 달려가는 누군가가 보였다. 누군가의 손에는 소화기 하나가 들려 있었다. 소화기를 든 직원이었다. 영수가 알고 있는 유일한 직원, 영수가 절대 알아보지 못할 수 없는 직원, 해도연이었다.

영수는 망설임 없이 돌아섰다. 칼을 든 0수를 지나쳐 방문으로 다가갔다. 방문을 열던 영수는, 하지만 돌아섰다. 0수를 바라보며 말했다.

"······같이 가자."

"······."

"같이 가."

*

"내가 또 사람에 미쳐 여기까지 왔구나."

잠들지 못한 기특은 혼잣말을 했다.

"아, 이 미친 인류애."

다시 혼잣말을 할 때, 기특도 불을 봤다. 기특은 이왕 보는 불구경 좀 더 가까이서 보자 싶어 뒤뜰로 내려오다가, 미친 듯이 숲을 향해 달리는 영수를 발견했다.

"······!"

불은 숲 어딘가를 태우고 있었지만 기특은 어쩐지 강 건너의 일 같았다. 그러니까 더 가까이 내려와 구경이나 하자는 마음도 들었다. 하지만, 그 숲을 향해 영수가 달려간 거다.

숲을 야금야금 삼키고 있는 불이 언젠가 영수도 삼킬지 몰랐다. 이제 불은 구경이나 할 수 있는 대상이 못 되었다.

'님을 따라갔어야 하나? 지금이라도 달려갈까?'

하지만 무서웠다. 그제야 기특도 불이 실감 났다. 기특은 겁을 먹은 채, 이리로 저리로 휘청거리며 멋대로 몸을 키우고 있는 불을 쳐다봤다. 그러다가, 그 사람도 눈에 들어왔다.

숲 가까이 서서 불을 바라보고만 있는 사람.

그 사람은 불이 번지는 모습에, 그 속에서 벌어지고 있는 무언가를 바라보는 일에 빠져 있었다. 보는 일에 골몰해 몸이 숲을 향해 기울어져 있었다. 고개가 몸보다 앞에 있었다. 오한이었다.

그때, 뭔가 쿵 하고 무너지는 소리가 났다. 불길이 더 깊은 숲으로 순식간에 번졌다. 때마침, 기특 곁으로 0수가 다가왔.

0수는 영수를 따라 달려 나오기는 했지만, 어떻게 해야 할지 몰라 두리번거리고 있었다.

그런 0수의 시선이 숲속에 있는 오한의 눈과 마주쳤다. 조금 전까지만 해도 분명히 숲 너머를 바라보고 있던 오한이었다. 한데, 오한은 지금 고개를 돌려 0수를 쳐다보고 있었다.

*

오한 뒤로, 멀지 않은 곳에서 점점 커지고 있는 불길이 보인다. 오한은 0수에게서 눈을 떼지 않는다. 0수도 그 시선을 피하지 않는다. 오한과 0수는 시선을 교환한다. 뜻을 주고받는다.

시선만으로는 부족하다 느낀 건지, 오한은 입을 열어 말을 전한다. 0수는 오한이 멀리서 전하는, 들릴 리가 없는 그 말을 어찌 된 일인지 또렷하게 읽는다.

"가. ……가서, 죽여."

0수는 오한에게서 천천히 시선을 옮긴다. 그곳에 활활 타고 있는 숲이 있다.

0수는 갑작스럽게 숲을 향해 달리기 시작했다. 기특이 뻗은 손이 미처 0수를 말리기도 전에, 0수는 순식간에 기특을 앞서고 오한을 지나쳐 숲의 깊은 곳으로, 불길 속으로 사라졌다.

*

오한은 숲을 관망했다. 그 숲에는 불을 끄러 간 해도연과, 해도연을 구하러 간 영수와, 영수를 죽이러 간 0수가 함께했다.

해도연은 이 일 또한 자신이 벌인 건 줄 알고 안절부절못할 테고, 영수는 그런 해도연을 다시는 잃고 싶지 않을 테고, 0수는 이 기회를 절대 놓치고 싶지 않을 거다.

오한은 이 완벽한 세팅을 연출한 스스로를 칭찬했다. 흐뭇한 미소를 지었다.

열기가 점점 거세졌다. 오한은 오히려 숲 쪽으로 한 걸음 다가갔다. 최대한 가까이서, 하나도 놓치지 않고 바라봐야 했다. 만에 하나 아무도 살아나오지 못할 경우를 대비해야 했다. 그럼 이건 온전히 오한만의 기억이 될 테다. 값은 좀 떨어지겠지만, 그 또한 괜찮았다.

44

  길은 좁았다. 소방차는 진입할 수 없었다. 소방관들은 최대한 가까운 곳에 차를 댔다. 소방 호스를 연결하고 연장했다. 소방관들이 소방 호스에서 물을 뿜으며 도착했을 때는 이미 숲 전체로 불이 번져 있었다.

  소방관들은 소각장 부근에서 연기에 질식해 있는 해도연을 발견해 구조했다. 더 이상의 구조가 불가능하다 여겨질 즈음, 옷 하나 걸치지 않은 맨몸의 남성이 숲에서 걸어 나왔다. 옷에 옮겨붙은 불을 끄기 위해 입고 있던 옷들을 다 벗은 듯 보였다. 소방관들은 달려가 젖은 담요로 사내를 감쌌다. 사내에게 숲속에 누가 더 있냐고, 남은 사람이 있냐고 물었다. 사내는 고개를 저었다.

"혼자였어요."

  답했다.

  소방관들은 숲길을 잘 알아서 살아난 거다, 불이 붙은 옷을 벗은 건 잘 판단한 거다, 사내를 다독였다.

멀리서 그런 사내의 모습을 지켜보고 있던 기특은 돌아섰다. 더 이상 숲에서 나올 사람은, 기특이 기다릴 사람은 없었다.

오한만은 그 자리에 서서 사내를 한동안 살폈다. 불 속에서 걸어 나온 유일한 인간은 살아 나왔음에도 불안해 보였다. 그 불안함이 어디서 비롯되었는지 오한은 알 것 같았다.

'불안함 정도는 어쩔 수 없는 일이고.'

오한은 흡족했다. 자신의 연출이 들어맞아 너무나 기뻤다. 오한은 사내를 보며 낮게 중얼거렸다.

"이제야 삶의 개연성을 획득하셨네."

*

나행히 비가 쏟아졌다. 불은 숲 밖으로 번지지 않고 꺼졌다.

해도연을 구하러 불 속으로 뛰어든 남성은 서른의 박영수였다. 해도연은 자신을 구하러 온 박영수를 봤다고 증언했다. 갑자기 거세진 불길 때문에 소각장 안에 갇히는가 싶었을 때, 박영수가 자신을 소각장에서 밖으로, 불길이 닿지 않는 곳으로 옮겼다고 말했다. 하지만 곧 정신을 잃었고, 그 후로 병실에서 깨어날 때까지의 기억은 없다고 했다.

박영수는 기절한 해도연을 최대한 숲 바깥까지 끌어다 놓고 혹시나 더 있을지도 모르는 사람을 찾아서 다시 숲으로 들어갔다고 했다. 이미 불이 번져버린 소각장 쪽 길을 벗어나 본인이 익숙한 숲길까지 오는 도중 잠깐 길을 헤매는 바람에 위험했었다고도 했다. 예상한 대로, 불이 붙은 채 떨어지는 나뭇가지 때문에 옷에 불이 옮겨붙어 옷들을 벗게 되었다. 유일한 목격자였던 오십 대 여성과 이십 대 남성도 불 속으로 달려간 사람은 해도연과 박영수 두 사람뿐이었다고 확인해줬다.

소각장 부근에서 유해들이 발견되기는 했지만 그건 자연스러운 일이었다. 애초에 그곳은 가족들이 수거해가지 않은 환자들의 유해가 많았다.

*

사실 기특은, 그리고 오한도, 불 속으로 달려간 사람이 세 사람이라는 걸 알았다. 해도연을 쫓아 숲으로 들어간 사람이 두 사람이라는 걸 알았다.

하지만 숲에서 살아 나온 그가 영수인지, 0수인지는 정확히 알 수 없었다. 불이 번지고 있는 숲속에서 둘 중 누군가가 죽음을 스스로 선택했는지, 혹은 강요받았는지, 그 또한 알지 못했다.

아니 어쩌면 기특도, 오한도, 살아 나온 그가 누구인지 알았을 수도 있다.

하지만, 어쨌든 이제 혼자가 된 그를 '영수'라고 부르는 게 맞았다.

45

 오한과 영수는 체크아웃을 했다. 숙박 기간이 끝났고, 그곳을 떠났다.

 오한은 차를 렌트했다. 운전도 직접 했다. 요양병원에서 충분히 멀어지고, 인적이 드물어진 길 위를 달리고 있을 때, 오한이 입을 열었다.

 "팔고 싶은 기억이 있을 것 같은데, 어때? 내가 비싼 값을 받아줄 수 있는데."

 "……."

 "내 아이디어 죽였지? 좀 위험하긴 했지만, 그래야 인생의 개연성 정도 생기는 거 아니겠어? 깔끔했잖아! 불 속에 들어갈 때는 둘, 나올 때는 하나. 불 속에서 하나는 사라진다. 거기 어차피 소각장이라 유골들 천지고, 죽어서 사라지게 하기에는 너무 딱 아니었냐고. 어? 아무도 의심을 안 하잖아. 니가 얻은 하나뿐인 인생에! 어때? 나한테 고맙지 않아? 어?"

 "……."

"내가 너한테 인생을 준 거나 마찬가지야! 아냐? 안 그래? 그럼 보답을 해야지! 내가 아주 비싼 값을 받아줄 수 있다니까?"

오한의 다그치는 질문에도 영수는 묵묵부답이었다. 그러자, 오한은 품에서 낡은 편지 하나를 꺼냈다. 종이에 쓰인 편지의 실물은 생소했다. 오한은 그 편지를 영수 앞에서 흔들었다.

"이거, 너 줄게. 어차피 이제는 너한테 온 편지기도 하니까. 내가 읽어봤는데, 아주 재밌는 내용이 있어. 어때? 궁금하지?"

영수는 그 편지를 힐끔 봤다. 땅속에 묻혀 있었던, 오한이 가장 먼저 발견하고 칼로 바꿔놓았던, 그 편지였다. 해도연과 영수가 처음 만났을 때 해도연 앞에 놓여 있었던, 침대 위 그 노트에 적은 편지였다. 하지만 영수는 그 편지에 관심이 없었다. 무심히 말했다.

"당신 기억 속에서도 모두 일어난 일이잖아요. 당신 걸 팔아요."

"그래, 내 것도 꽤 근사하지. 하지만, 내 기억 속에 그 숲 깊은 곳은 없어. 그 숲속에서 니가 느꼈을 감정 같은 건 없다고. 그게 진짜거든. 흉내 낼 수 없는 진짜, 감정. 그게 값이 나간다고. ……좋은 기억도 아니잖아? 팔아버리고 산뜻하게 살아."

"……안 팔아요."

"……."

"안고 살 거예요. 어떻게든."

오한은 영수를 신기하다는 듯 바라봤다. 예상과 다른 답 때문에 의아함을 넘어 짜증이 치밀었다. 모든 게 연출대로 되었는데 막판에 와서 이 무슨 개소린가, 화가 났다.

"안고 살면 뭐? 너도 평생 죄책감에 시달려보게? 그러면서 아 인생 이런 거지! 인생이 원래 이렇게 힘이 드는 거지! 그래보게? 어?"

"……"

"내가 그 얼굴 모를 줄 알아? 숲에서 벗은 채 나왔을 때, 누군지 구분 못 하게 하겠다고 홀딱 발가벗고 나왔을 때! 그 불안에 떨던 얼굴! 내가 못 본 줄 알아?"

"……"

"좀 솔직해보자. 옷 벗고 나오라는 건 내가 시킨 것도 아니잖아. 니가 스스로 그런 거잖아! 이거, 너도 계획했던 사샹아! ……숙였지?"

"……정말, 죽을 뻔했어요."

"그랬겠지! 서로 죽자 살자 싸웠겠지! 내가 니네 둘 그렇게 되도록 만들었으니까!! 하지만 결국 죽인 건 너잖아. 그러니까 니가 살아 나온 거고! 그 기억을 팔라고! 그 살인의 기억을 팔란 말이야!! 그거 내가 만든 거라고!!! 그거 내 거라고!!!"

"……옷은 벗고 나가는 게 좋겠다고 했어요."

"……"

"……그 개연성, 내가 거기서 살아 나온다면 내 인생이 될 거라는 그 개연성, 아무도 내 인생을 의심하지 않을 거라는 그 개연성, 그쪽만 생각한 거 아니에요."

"……"

"……내게는 절대 팔 수 없는 기억이 생겼어요."

"……"

"힘들 때마다 꺼내볼 기억이, 죽고 싶어질 때마다 버텨볼 기억이 생겼어요."

"……"

"나는, 나를 구해내는 나를 봤어요."

영수의 답을 들은 오한은 충격에 빠진 듯 멍해졌다.

"……제기랄, 인간 참 모르겠다."

오한은 그렇게 말하곤, 편지를 구겨서 차창 밖으로 던져버렸다.

*

편지는 차 밖으로 던져져 도로에서 뒹굴다가 도로 옆 어느 땅바닥에 버려졌다. 바람이 불어 날리고 날려 멀어져갔다. 비가 와서 젖고 볕이 내리쬐어 닳아 사라져갔다.

편지는 인간 해도연이 죽기 며칠 전 박영수에게 남긴 것이었다. 박영수가 읽고 땅속에 묻어버린 인간 해도연의 유언이었다.

'너를 처음 봤을 때부터 나는 니가 좋았는데, 니가 나한테 다가왔으면 했는데, 너는 온통 니 우울에만 관심이 있더라. 그래서 너랑 좀 가까워졌을 때, 나는 그 기억을 내가 사겠다고 했었어. 살인을 목격했지만 아무 조치도 취하지 않았던 비겁한 목격자의 기억을. 너를 우울하게 만들고 병들게 만든 별것도 아닌 기억을. 나는 외동이었고 우리 집은 돈이 많았으니까. 엄마 아빠가 죽은 후에 그 돈은 모두 내 돈이 되었으니까. 그 기억을 지워버려야 니가 나한테만 관심을 가질 거니까. 나는 그땐 기억이 어디 쓸모가 있을 거라고 여기진 않았지만 잘 보관했었어. 내가 아니라 기억 매매를 하는 회사가. 어쨌든 그건 비싼 돈을 치른 내 상품이었으니까.

그 기억을 팔아버린 너는 내 바람대로 나에게만 집중했고, 우리는 정말 행복한 시간을 보냈어. 그치? 내가 이식해야 할 장기들을 지닌 복제인간이 제때 만들어지기만 하면 우리는 남은 인생을 행복하게 살겠지. 안 그래? 근데 너랑 보내는 시간이 너무 좋아서인지 자꾸 불안해지더라. 부모도 가족도 없는 나에게 너는 전부였으니까. 언제부턴가 너무 무서워졌어. 내 복제인간이 완성되기 전에 내 심장이 멈춰버리면 어쩌나 하고. 내가 그깟 복제인간보다 먼저 죽어버리면 어쩌나 하고. 그럼 너무 억울할 텐데. 나는 죽었는데 혹시나 뭔가 잘못되어서 영화에서 그러는 것처럼 복제인간 따위가 나를 대신하면 어쩌나 하고. 생각만 해도 화가 치밀었어. 복제인간 따위가 나를 대신하면서 너와 계속 연애하고 함께 살아갈 모습을 상상만 해도 억울하고 짜증나고 화가 났어. 그 생각이 한번 드니까 매일 밤 그 생각 때문에 분해서 잠을 못 자겠더라. 본 적 없는 그게 벌써 너무 밉고 싫었어.

 그래서 작은 조치를 취했지. 혹시나 내 이 약해 빠진 심장이 대체할 심장이 만들어지기도 전에 멈추면, 나는 죽었는데 그 뒤에야 내 복제인간이 세상에 나온다면, 그건 정말 못 참을 일이니까, 내 장기를 위해 제조된 것 따위가 만에 하나라도 나보다 행복해지는 꼴을 볼 수 없으니까, 미리 벌을 내려야겠다고. 나는 내가 너에게 샀던 그 기억을 살인의 기억으로 편집해서 그 복제인간 머리에 심어달라고 했어. 그 복제인간 폐기하지 말고, 평생 이 숲 너머 요양병원에서만 일하면서 평생 죄책감에 갇혀 살게 하라고. 내가 못된 거야? 나는 죽고 사라지는데, 그래도 계속 살게 해주는데, 나 때문에 지가 태어나서 나는 못 하는 거 계속할 수 있게 해주는데, 살게 해주는데! 이 정도는 해도 되는 거 아냐? 나는 그래도 돼. 나는 걔한테 생명을 줬잖아! 인생을 줬잖아!

 그리고, 너도 나랑 한 가지만 약속해. 내가 먼저 죽는다면 나와 연애한 기억은 꼭 팔아치우겠다고. 모조리 지워버리겠다고. 니가 나와 행복했던 기억은 내 것이기도 해. 내가 없으면 그 기억도 없어야 해. 이 편지가 너에게 있다면 나는 죽은 거야. 나에 대한 기억을 지우면 이 편지에 대한 기억도 지워지겠지. 이제 이 편지는 땅속에 깊이 묻어버리고, 너는 나와의 행복했던 기

억을 지워. 내가 없는 너도, 내 덕에 태어난 그것도 불행해지길 바라.'

　해도연의 복제인간은 해도연이 갑작스러운 심장마비로 죽은 바로 다음 날 병원으로 배달되어왔다. 만약의 경우에 대비해 해도연의 몸은 죽은 채로도 자신의 복제인간을 기다렸지만, 끝내는 소용이 없었다.
　해도연의 복제인간은 해도연의 유언대로 살인의 기억을 지닌 채 병원 직원 휴게실에서 깨어났다. 그녀의 복제인간이 낮잠에서 깨어나 제일 처음 한 일은 자신을 기다렸던, 죽어버린 인간 해도연의, 몸을 태우는 것이었다.

46

 점심시간이 되자 해도연은 직원 식당에서 음식들을 이것저것 좀 샀다. 지하에 있는 주차장으로 내려갔다. 영수와 오한은 이미 떠난 뒤였지만, 기특의 차는 여전히 그곳에 주차되어 있었다. 해도연은 음식을 들지 않은 손으로 차 문을 두드렸다. 조수석에서 자고 있던 기특이 일어났다.

*

 해도연은 뒷자리에 앉아서 먹는 기특을 기다린다. 기특은 오물오물 먹으며 종알종알 떠든다.
 "내 이름이 왜 특인 줄 알아요?"
 "어떻게 알겠어요?"
 "옛날에는 식당 가면 많이 먹는 사람들을 위해서 돈 더 받고 음식을 더 주는 게 있었대요. 엄마랑 아빠가 연애할 때 아빠가 그랬대요. 늘 특만 시켜 먹었대요. 아빠가 늘 보통 먹는 사람이었으면 나는 기보통이 됐을지도. 나는 다 좋아요. 엄마랑 아빠가 내 이름을 그렇게 장난처럼 지은 것도, 늘 특만 시켜 먹었을 아빠를 떠올리는 것도, 그렇게 잘 먹는 아빠를 흐뭇하게 봤을 엄마 얼굴 그려보는 것도. ……나는 영수 개 보는 것도 참 좋았는데."

"누군가를 중심에 두고 빙빙 돈다고 했었죠? 그 말을 좀 생각해봤었는데, 근데 누굴 중심에 두고 계속 빙빙 돈다는 거 그거 좋은 거 아닌가요. 그럼 적어도 두 사람이잖아요. 그 중심에 내가 있는 사람은, 나만 가득한 사람은 얼마나 외롭겠어요?"

"……"

"근데 나도 잘 모르지만, 타인을 사랑하는 일만으로도 시간을 보낼 수 있을 것 같긴 한데…… 한세월 정도를 그렇게 보낼 수는 있겠지만, 일생을 그렇게 살 수는 없을 것 같아요. 그러니까, 누굴 좋아하기 전에 먼저 자신을 좋아하는 게 어때요?"

"……누나는 말을 참 무심히 이쁘게 해. 근데 또…… 나는 의지가 너무 약해서."

"너는 의지가 약한 게 아냐. 타인이 더 좋을 뿐이지."

"갑자기 말 트는 거?"

"자꾸 누나라 하니까. ……너는 이미 충분히 고유해. ……나와는 달라."

"……?"

"나 복제인간인 것 같아. 모든 정황들이 그래."

"……!"

"내가 여태 살아온 목적은, 인간이었던 그 친구가 죽기 전에 심어놓은 기억이었고…… 복제인간이어서 살아갈 이유도, 방향도 목표도 잡을 수가 없나 봐. 애초에 내 인생이 아니라서. 그냥 강요받은 인생이라서. 나는 원해서 태어난 게 아니잖아. 나…… 너무 헤맨다."

"뭐래? 누나, 인간들도 원해서 태어나는 거 아니야."

"……."

"헤매는 거는, 그거는, 복제인간이어서가 아니라, 그건 그냥, 살아내느라 그런 거지."

우적우적, 해도연이 가져다준 음식을 씹어대며 기특이 아무렇지 않게 말했다.

해도연은 기특이 다 먹은 도시락을 챙기며 아무렇지 않게 말했다.

"덜 외로우려면, 인간이 아닌 다른 것에 관심과 애정을 쏟아야 해. 음악이라도 들어. 영화라도 보고. 책이라도 읽어. 드라마도 있네. 걷거나, 뛰기라도 해. 인간한테만 매달리면, 답 없어."

"나는 이미 누나 좋은데?"

"그럼 많이 발전한 기야. 이미 니 외름병은 나아지고 있다고."

"어째서?"

"나는 인간이 아니니까. 나는 복제잖아."

"올, 지금 이거 농담인 거? 와 씨, 이거 누나만 할 수 있는 농담이네! 좋은데?"

해도연은 웃었다. 기특도 웃는다.

해도연은 도시락통을 들고 차에서 내렸다. 기특도 따라 내렸다. 몇 발자국 멀어지던 해도연이 돌아봤다. 기특에게 말했다.

"내가 들어줄 수 있어. 니 이야기가 끝날 때까지. 아무리 긴 이야기여도, 재밌는 이야기가 아니어도, 니 이야기라면 내가 들어줄게. 혼잣말이 될 일 없게."

"……."

"우리 친구할까?"

기특은 해도연의 말을 본능적으로 경계한다.

"누나, 외로운 사람 외로움은 함부로 건들면 안 되는 서 알지?"

"복세인간 친구 괜찮겠어?"

"인류는 인류니까."

"……."

"모처럼 나의 거대한 인류애가 쓰임을 찾았네."

기특은 해도연을 향해 양팔을 벌렸다.

"일루와 인류야. 안아보자."

해도연은 안기지 않고 돌아섰다. 기특은 팔을 벌린 채 따라갔다.

*

기특은 요양병원에 남았다. 제대로 된 면접을 봤다. 기특 인생의 첫 면접이었다.

기특은 해도연과 같은 일을 하게 됐다. 해도연과 함께 일했다.

기특은 만 스무 살이 되는 날부터는 주 6일 근무자가 되었다. 엄마의 부재를 평생 실감하게 되었다. 하지만 기특에겐 해도연이 있었다. 기특에게 해도연은 동료였고, 누나였고, 가끔은 엄마였고, 언제나 친구였다.

해도연은 계속 그림을 그렸다. 비슷하지만 똑같지는 않은 하루와 또 하루를 보냈다.

해도연은 기특과 친구가 되었다. 해도연에게는 매일같이 기분이 다른 기특이 계절의 변화와는 상관없는 삶의 기후가 되어주었다. 기특은 구름 낀 날에도 깨알같이 웃었고, 볕이 짱짱해도 훌쩍이면 그만이었다. 매번 아침 일찍 걸어보자 다짐을 했지만, 두 사람의 산책은 늘 해 질 녘이었다.

기특과 함께하는 해도연의 삶은 누군가가 정해준 목표를 성실하게만 좇던 이전의 삶과는 달랐다. 어쩌면 그때가 더 단순했고 맘 편했는지도 몰랐다. 하지만 산다는 일이 단순할 수가, 맘 편한 일일 수만은 없었다. 끼니를 때우는 것도 일일이 정해야 했다. 해도연은 삶을 이루는 게 기대한 하나의 감정이 아니라 잘게 나눠진 소소한 순간들이라는 걸 알게 됐다.

지금도 기특과 해도연은 점심 메뉴를 정하는 일에 몰두 중이었다. 병원 식당에 없는 걸 먹겠다고 기특이 성화였다.

해도연과 기특은 방호복을 옆에 끼고 숲을 가로질렀다. 숲을 절반쯤 지나왔을 때, 기특이 해도연에게 물었다.

"누나, 나이 들면서, 뭐 바라게 되는 거 있어?"

"……."

"누나가 나보다 한참 나이 들었잖아."

"갑자기 웬 팩폭?"

"응? 없어? 늙으면 이랬으면 좋겠다 뭐 이런 거, 어? 없냐고."

"나는 노인이 돼서, 편하게 들를 수 있는 식당이 있으면 좋겠어. 식당은 아주 붐비지는 않고, 그렇지만 단골들이 있어서 문 닫을 걱정은 없어. 그래서 구석 자리라면 졸고 있어도 눈치가 보이지 않아. 간단한 요기도 할 수 있지만, 주로 커피와 차를 팔아. 근데 게다가, 술도 내어줘. 여름엔 시원한 술, 겨울엔 따뜻한 술. 봄, 가을엔 대충 사장 맘대로 술. 그런 식당엘, 오후에 찾아가서, 앉은 채로 졸아. 배를 먼저 채우고 커피를 기다리는 그사이를 늙은 몸이 못 견디고 조는 거야. 고개가 떨어지는 방향으로 아무렇게나…… 아무도 깨우지 않아. 귀에 익은 소음에 스스로 깨어보면 식당은 여전히 적당히 분주하고, 앞에는 커피가 적당히 식어 있어. 커피는 식어도 맛있어. 어느 날은 식당이 끝날 때까지 졸고, 가까운 지인이기도 한 사장이 나를 깨워서 집으로 보내주는 거지. 그런 식당이, 늙었을 때는 하나 있었으면 좋겠어."

"졸자고 단골? 그게 다야?"

"쉬운 일 같아?"

"전혀."

숲이 끝나는, 그래서 거리가 시작되는 길 앞에서 해도연은 기특에게 물었다.

"꼭 이렇게까지 해서 먹어야겠어?"

"단골 식당 만들고 싶다며. 그게 하루 만에 되는 거야? 매일매일 들러야 단골 되는 거야. 같이 노력해주겠어. 오늘부터."

기특은 이미 방호복을 입고 있다. 해도연은 웃는다. 해도연도 기특을 따라 방호복을 입었다. 두 사람은 식당들이 늘어선 거리로 나섰다.

*

영수는 냉장고 냉동실 문을 열었다. 냉동 음식을 녹여 배를 채우고 일찍 잠들었다. 아침 또한 같은 식으로 해결하고 잠깐 창문 앞에 앉았다.

바람에 흔들리는 나무. 시선이 닿으면 머물게 되는 풍경. 좋아서 보고는 있지만 왜 좋아하는지는 잊었다.

영수는 옷 위에 방호복을 껴입었다. 한적한 아파트단지를 나와 한적한 거리를 걸어 한적한 버스에 올랐다. 에탄올 샤워를 하고 회사 안으로 들어갔다. 모니터 앞에 앉아 타인의 기억을 편집했다. 다음 날도, 그다음 날도, 또 그다음 날과 그다음의 다음 날들도.

경력이 쌓이자 영수는 오한과 같은 메인 편집자가 되었다. 내용을 수정하고 주와 객이 전도되고 사람의 얼굴을 바꾸는 그런 일은 아무것도 아니라는 걸 알게 됐다.

하루 근무를 끝내고 파마기에 머리를 넣고 앉았다. 근무의 기억을 지웠다. 집으로 돌아와 방호복을 벗었다.

문득, 몸이 가벼워진 게 느껴졌다. 매일 방호복을 입고 벗었지만 이런 걸 느낀 건 처음이었다. 기분이 괜찮았다. 영수는 침대에 걸터앉아 한동안 가만히 있었다. 감정이 기억으로 자리를 잡을 때까지 기다렸다.

영수는 냉장고 냉동실 문을 열었다. 몇 남지 않은 냉동 음식을 꺼내는데 종이 쪼가리가 보였다. 언제부터 저기 있었던 걸까? 성에에 엉켜 얼어붙어 있었다. 메모지였다. 영수는 조심스럽게 꺼내서 펼쳐봤다.

'엄마 좀 자주 찾아가.'

업체에서 차를 빌릴 수도 있었지만 영수는 기특을 찾아갔다. 영수는 숲을 건너 요양병원에서 일하고 있는 기특을 만났다. 기특은 영수를 반겼다. 해도연도 인사를 나눴다.

셋은 함께 밥을 먹었다. 수다를 나눴다. 여러 번 웃기도 했다.

영수는 기특에게 차를 빌렸다.

　영수는 기특의 차를 몰아 엄마에게 향했다. 엄마는 이제 E구역에 있었다.

　엄마를 너무 오래 못 봤다.

　'나, 알아나 볼까?'

E구역에 조금씩 다가가자 영수는 E구역의 바다가, 그곳의 등대가, 그 등대에서 살던 노인과 김다울이 기억났다. 그리고, 해변에서 울고 있던 나를 달래던 너가 떠올랐다.

　영수는 습관처럼 혼잣말을 뱉는다.

　"추하지 않아."

　너의 오래된 혼잣말에 답을 한다.

　"사는 거 욕심 아냐."

　대화가 됐다.

작가의 말

『영수와 0수』는 계획에 없던 이야기였습니다.『곰탕』다음에 쓰려던 소설은 따로 있었어요. 고등학생 김백구가 등장하는, 형사 양창근의『곰탕』이전의 이야기 말이죠.

『영수와 0수』는 갑작스럽게 찾아온 이야기입니다. 모든 이야기가 예고 없이 찾아오기는 하지만 이 이야기는 정말 어느 날 불쑥이었다고나 할까요. 전혀 소설을 쓰고 싶다거나 그럴 여유가 있는 것도 아니었는데 쓰게 된 이야기입니다.

『곰탕』드라마 대본을 한창 쓰고 있을 때였어요. 온 힘을 다하고 있는데도 결과물은 허들을 넘지 못하거나 허들을 넘었다 싶으면 새로운 허들이 나타나는, 태어나 처음으로 번아웃이라는 걸 겪고 있을 즈음이었습니다. 정말 그만하고 싶다, 아 죽고 싶다, 라는 생각을 하게 된 날이 있었어요.

작업실을 나와 합정 어딘가 자주 가는 카페로 일단 피했지요. 사람들의 소음 속에서 먼저 마음을 가라앉혔어요. 그리고, 죽으면 안 되는 이유에 대해서 따져봤습니다. 대번에 엄마가 떠올랐습니다. 보청기에 열심히 적응하고 있는 울 엄마. 아빠도 없는데 나도 없으면, 아 그건 좀 아닌가? 싶었어요. 울 엄마 장수하게 해주세요! 어디든 가면 빌고 다녔는데, 이날은, 나도 힘든데 어쩌지? 싶더라구요.

적어도, 제가 사라져도 누군가 그 자리를 대신해야 할 거 같았습니다.

그 세상 부담스러운 일을 부탁할 타인은 없었어요. 정말 방법이 없나 싶다가, 복제인간이 있다면 사다놓고 그만 살고 싶다는 생각을 했습니다. 묘안이다 싶었지만, 민망하고 부끄러운 생각이기도 했지요. 마흔하고도 중반을 넘긴 나이에 인생 대타라니요. 하지만 그 생각에서 쉽게 헤어나지 못했습니다.

그날 그렇게 시작된 이야기를 '근무자'라는 가제로 『곰탕』 대본을 쓰다가 틈틈이 생기는 공백의 시간에, 그 쪽시간들을 모아서 썼습니다. 가볍지 않은 소재였지만 애써 가볍게 쓰려고 해봤습니다. 그래야 덜 부끄럽겠더라구요. 어느 날은 한두 장을 쓰고 어떤 때는 며칠을 달아서 쓰고 그렇게 몇 년이 걸렸습니다.

새벽에 깨어나 지난날들을 돌이켜보며 후회한 적이 이 작업을 할 때 자주 있었어요. 아직도 힘들면 죽음을 생각합니다. 어떨 때는 습관이 되었나 걱정이 될 정도로 자주요. 하지만 저는 여전히 살아 있습니다. 어쩌면 살기 위한 동력, 삶에 대한 핑계를 찾기 위한 습관일지도 모르겠다 싶어요. 삶과 죽음에 대해 가볍게 말할 수 없지만, 가만히 죽음을 생각하다 보면 오히려 사는 건 뭐 별건가? 싶어지는 순간이 있더라구요.

 죽음을 생각하는 게 좋은 습관이라고는 할 수 없지요. 권하는 건 더욱이 아닙니다. 다만 죽음을 건강하게 떠올린다는 건, 어쩌면 삶이랑도 적당한 거리를 두고 있는 건지도 모릅니다. 너무 가까이 두지는 말자구요. 어차피 그 한가운데에 있으니까요.

 소설에서와는 달리 우리의 인생 근무를 복제인간이 대신하는 날은 오지 않을 겁니다. 영원한 은퇴를 하는 것도 한참 멀었구요. 그때까지는 계속 살아야 할 겁니다. 나를 대신할 수 있는 사람은 나뿐입니다. 우리 모두 알고 있죠.

 그렇지만, 우리는 영수로 태어났지만 0수처럼 때로는 여행하듯이 우리의 인생을 살았으면 좋겠습니다. 그런 마음으로, 여러분들도 또 저도, 때로는 남의 인생인 양 관조하듯이, 때로는 남의 일인 양 모른 척도 하면서, 그렇게 부담을 좀 덜고 살아갔으면 하는 마음으로 썼습니다. 그 인생의 동반자가 나 자신뿐이라고 해도 부지런히 대화를 주고받으면서 말입니다. 저의 이 소설이 어느 날 참을 수 없어 터져 나오는 당신의 혼잣말에 대한 대답이, 대화가 되었으면 좋겠습니다.

2025년 9월
김영탁

영수와 0수

1판 1쇄 발행 2025년 9월 17일
1판 3쇄 발행 2025년 10월 30일

지은이 김영탁
펴낸이 김영곤
펴낸곳 (주)북이십일 아르테

출판기획 (주)카카오엔터테인먼트 손유리
편집진행 박은경
디자인 김단아
일러스트 권서영
문학팀 김지연 원보람
출판영업팀 정지은 한충희 남정한 장철용 강경남 황성진 김도연 이민재
제작팀 이영민 권경민

출판등록 2000년 5월 6일 제406-2003-061호
주소 (우 10881) 경기도 파주시 회동길 201(문발동)
대표전화 031-955-2100 **팩스** 031-955-2151
이메일 book21@book21.co.kr

아르테는 (주)북이십일의 문학 브랜드입니다.

ISBN 979-11-7357-501-3 03810

※ 책값은 뒤표지에 있습니다.
※ 이 책은 ㈜카카오엔터테인먼트의 독점 연재 소설을 종이책으로 편집해 출간한 것입니다.
㈜북이십일과 ㈜카카오엔터테인먼트의 계약에 의해 출판된 것이므로 무단 전재 및 유포, 공유를 금합니다. 이 책의 연재 버전은 카카오페이지 앱에서 감상하실 수 있습니다.
※ 잘못 만들어진 책은 구입하신 서점에서 교환해 드립니다.